KB244678

소통을 위한 글쓰기

소통을 위한 글쓰기(증보 개정판)

초판1쇄 인쇄 | 2009년 11월 1일
초판1쇄 발행 | 2009년 11월 5일

지은이 | 박진숙
펴낸곳 | 예옥
펴낸이 | 이승은
등록 | 제 2005-64호(등록일 2005년 12월 20일)
주소 | 서울시 마포구 동교동 200-16 101호
전화 | 02-325-4805
팩스 | 02-325-4806

ISBN 978-89-93241-08-2 03800
값 12,000원

소통을 위한 글쓰기

writing for
communication

박진숙 지음

예옥

『소통을 위한 글쓰기 입문』을 쓴 지 1년 6개월 만에 다시 개정증보판을 내게 되었다. 제목을 바꿀까 생각해 봤지만, '입문'만 떼어버리기로 했다. 이 책을 쓰면서 가장 중요하게 생각한 문제의식이 '소통'에 있었기 때문이다. 초판에 대한 재미있다는 촌평과 수강생들의 호응은 더 본격적인 작업을 추동한 힘이었다. 무엇보다 인터넷 속 '스밀라'라는 블로거가 『소통을 위한 글쓰기 입문』을 두고, "글쓰기의 깊은 곳을 아주 섬세하게 포착하고 있다. 게다가 글 쓰는 자의 심리까지도 현미경으로 들여다본다"고 평가한 내용을 우연히 본 것이 촉진제가 되었다고 할 수 있다. 역시 피드백은 중요하다.

'글 쓰는 자의 심리를 들여다볼 수 있었던 것'은 순전히 첨삭지도 덕분이었다. 첨삭지도는 오래전부터 해왔으나, 본격적으로 하기 시작한 것은 2005년 3월 성균관대학교 학부대학 '글쓰기의 기초와 실제' 강좌를 맡으면서부터였다. 글쓰기 강의를 한 지 10년이 넘었고, 성균관대학교에서 글쓰기 강의만 밀도 있게 한 지 5년째다 보니 이제 첨삭지도라는 게 투명하게 보이는 듯하다. 그런데 학생들의 글을 첨삭지도를 하다 보니, 나의 글쓰기 과정 또한 돌아보게 되었다. 내가 논문을 쓰는 과정에서 일어나는 일과 수강생들이 해온 과제를 첨삭지도하는 과정을 통해 자연스럽게 인지 구성주의에서 제시하는 여러 이론들을 확인할 수 있었다. 최근 『미국처럼 쓰고 일본처럼 읽어라』라는 책에 소개되는 첨삭지도 내용이나 최재천 교수가 미국에서 글쓰기 지도를 받았던 경험 등을 보고는 내가 진행했던 첨삭지도와 강의가 유용했음을 확인할 수 있었다.

가끔 다른 대학에서 사례 발표를 해달라는 요구를 받을 때가 있다. 모 대학에서 발표를 하면서 첨삭지도 부분을 설명했더니, 어떻게 모든 학생들을 대상으로 첨삭지도를 할 수 있느냐며 좀 무식한 방법 아니냐, 대학에서 할 만한 것이냐 하는 반응이 돌아와 씁쓸했던 경험도 있다. 물론 현실적으로 많은 어려움이 있다. 그런데 이상한 것은 글쓰기를 가르치면 가르칠수록 첨삭지도가 가장 유용하다는 사실을 확인하게 되는 것이다.

최근 대학들의 움직임을 보면 첨삭지도의 필요함을 알아차린 듯하다. 아마 한동안은 첨삭지도를 통한 글쓰기 클리닉이 유행할 것 같다. 조금 조심스러운 발언이지만, 현재 논의되고 있는 내용을 보면 WAC(학제적 글쓰기, Writing Across the Curriculum)가 확장되어 학습의 한 방법으로서 글쓰기의 유용성도 강조될 듯하다. 내 강의를 듣고 열심히 글쓰기 연습을 한 학생들은 대체로 학기 전체 성적이 좋았다는 이메일을 보내오기도 한다. 면밀한 검토가 필요하겠지만, 글쓰기를 잘 하는 학생들은 다른 과목에서의 성취도 역시 높은 것 같다.

이 책은 강의와 첨삭지도를 통해 쓰여진 책이다. 학생들의 실제 글쓰기에 구체적인 도움이 되도록 이것저것 연구해 보았고, 지도 과정에서 발견한 사소한 문제들을 해결하고자 고민도 없지 않았다. 그렇기 때문에 이 책은 내 수강생과의 상호작용 속에서 그들이 탐구하고 고민한 결과물에 내 지침과 해석이 덧붙여져 이루어졌다고 보는 것이 옳다. 나는 원래 책의 분량을 늘이는 것에는 관심이 없다. 분량이 적을수록 좋은 책이라는 편견마저 갖고 있으니! 그런데도 인용문이나 예문이 길어진 이유는 독자들에 대한 배려 때문이었다. 많은 글쓰기 책에서 자투리처럼 제시된 예문은 항상 감질나는 느낌이었다.

또 이 책은 읽으면서 쓴 책이다. 최근 한국의 '글쟁이'들의 이야기와 미국 글쓰기 교육 방법, 레토릭 관련 책 등을 읽으면서 강의에서 적용해 보기도 하고 덧붙여 설명도 해보았다. 참고한 책들은 각 부의 미주로 실려 있음을 밝혀둔다. 참고한 책들은 내 생각의 발판이자 토대였다. 이 책의 차별성은 이러한 성과에 기대고 있다.

나는 국문학 연구자이면서 글쓰기 전담 교수이다. 문학 연구자와 첨삭지도 교수자는 어떤 점에서 닮아 있다. 문학 연구자는 텍스트에서 작가나 사회 문화적인 맥락과 함께 텍스트 내부에서 무슨 일이 발생했는지 주목하여 문학사적 시야 안에서 판단하고 분석하는 일을 한다. 첨삭지도 교수자는 학생들의 글 속에서 맥락을 확인하고 글의 구조나 논증 과정은 어떠한지 점검하여 당대 문화적 흐름 안에서 대상 학생의 가치관을 어떻게 정립하게 할 것인지도 조언할 수 있다. 나는 두 가지를 동시에 수행하면서 어떤 매력을 발견하고 있다. 문학 텍스트나 이론을 보다가 글쓰기 교육에 필요한 사례를 발견하기도 하고 글쓰기 관련 도서나 읽기 책을 고르다가 문학 텍스트 해석에 시사점을 주는 내용을 발견할 때도 종종 있다.

항상 좋은 글이라 생각하여 뽑아놓고 보면 이것저것 허점이 보이곤 한다. 강의에서는 그 글의 장점은 본받되, 단점은 타산지석으로 삼으라고 할 수밖에 없다. 이 책에 대해서도 마찬가지다. 이 책에 예문으로 제시한 글도 장점과 단점을 가지고 있으며, 나의 글 역시 마찬가지다. 독자들이 이 책의 장점은 활용하되 단점은 타산지석으로 삼아 더 나은 방향으로 나아간다면, 이 책이 세상에 나온 의미는 충분하지 않은가 생각한다.

5년의 시간이 저장된 셈인 이 책이 나오는 데 여러 분들의 도움이 있었다. 한결같이 큰딸의 인생을 지지해주는 부모님, 20년 넘게 항상 따뜻한 시선으로 지켜봐 주시는 지도교수 박동규 선생님, 박사논문 심사로 인연을 맺게 된 장사선 선생님, 동기이면서 여러 가지 배려를 마다 않는 방민호 교수, 일일이 불러드릴 수 없으나 크고 작은 도움을 준 분들의 행복을 빌어본다. 늘 내 원고의 첫 독자가 되어주는 남편 도면회, 모자라는 사랑에도 반듯하게 자라준 관홍이와 채현이에게 고마움을 전한다. 아낌없이 지원하며 책이 되도록 힘써준 예옥 출판사의 이승은 사장님이 없었다면 이 책은 빛조차 볼 수 없었을 것이다. 진심으로 고마움을 전하고 싶다.

2009. 10.

박진숙

차례

7부 대학생을 위한 리포트 작성법

이 시대의 글쓰기에 주목하라

2009년 10월 24~25일자 조선일보에는 드림웍스Dreamworks 애니메이션 대표인 제프리 카젠버그Jeffrey Katzenberg를 인터뷰한 기사가 실려 있다. 이 기사의 초점은 '이야기 팔아 성공하려면 관객을 보스로 모셔라', '영화에서 스스로를 발견하게 하라', '가장 좋은 스토리텔링은 우리 자신의 모습을 담는 것이다'라는 것이다. 이를 상기하면서 인터뷰 질문 답변중 다음 내용에 주목해 보자.

　─슈렉이 그렇게 크게 성공한 까닭은 무엇인가?

　"아마도 우리 모두 마음속에 조금씩은 괴물(ogre)을 품고 있기 때문일 것이다(웃음). 우리들은 모두 스스로 완전하지 못하다고 생각한다. 또 슈렉은 삶을 통해 긴 여행을 하고, 스스로를 사랑하는 법, 다른 사람을 사랑하는 법, 다른 사람이 자신을 사랑하도록 허락하는 법을 배운다. 이는 사람들이 인생에서 일반적으로 겪는 과정이고, 그래서 공감을 얻었던 것 같다."

자기 발견, 스토리텔링, 공감으로 요약되는 내용이다. 이 기사를 읽던 중 최근 한국 사회에서 베스트셀러로 주목받고 있는 몇 권의 책이 떠올랐다. 늘 베스트셀러를 기록하는 한비야의 『그건 사랑이었네』, 김정운의 『나는 아내와의 결혼을 후회한다』, 장영희의 『살아온 기적 살아갈 기적』. 이 책들은 하나같이 잘 읽힌다는 장점이 있다. 독자들이 난독증 때문에 괴로워할 이유 없이 술술 읽어 내려갈 수 있다는 것이다. 또 하나는 이 책들이 각자 '나를 팔고 있다'는 것이다. 나를 판다는 것은 내 이야기를 진술하게, 그리고 자신을 스토리텔링 대상으로 놓고 있다는 것, 이에 그치지 않고 최근 글로벌이라고 하는 화두에 걸맞게 삶을 앞서 나가고 있다는 것, 문제의식을 보편성의 차원으로 끌어 올리고 있다는 것 역시 이 책들의 장점이다.

오마에 겐이치는 『지식의 쇠퇴』(양영철 역, 말글빛냄, 2009)에서 교양의 중요한 기능 중 하나를 '지적 기반의 공유'라 하였으며, 21세기의 교양은 고전에 대한 식견보다는 글로벌화된 세계에서 한 개인으로서 갖는 의식의 가치를 요구한다고 보았다. 21세기의 교양을 좌우하는 것은 '지구시민으로서 구체적으로 어떻게 생각하고 어떤 행동을 하는가?'에 있다는 것이다. 노블레스 오블리주라는 이름으로 행해지는 기부와 봉사가 성행하는 것을 이러한 차원에서 논의하고 있다. 이런 점에서 많은 독자들이 한비야의 책에 호응하는 것을 이해해 볼 수 있다. 물론 베스트셀러란 광고나 다른 부수적인 요소들이 동원된 효력도 있겠지만, 독자들의 선택을 지구시민이라는 보편성의 차원과 월드비전 구호사업 등으로 옮겨놓고 있는 것은 분명 소득이라 할 만하다.

이는 한국 사회가 이제 지구시민이라는 보편성에 대해 논의할 단계에

왔음을 뜻하기도 한다. 누구나 자신의 생각을 인터넷의 블로그나 싸이월드 등을 이용하여 표현하고, 네티즌으로서의 자유로운 영혼을 구축해 가고자 하는 이들의 열망은 이제 더 이상 거대 담론이 아니라 개인의 행복으로 옮겨온 지 오래다. 최근 장애인 문화예술대상을 받은 고 장영희 교수의 책은 인간 장영희의 성실하고 따뜻한 삶 자체가 수사학적 장치 역할을 하는 것이다. 김정운 교수는 한국 사회의 변화를 가시화하며 문화사회학을 통해 그 이동 경로를 보여주고자 한다. 이제 한국 사회의 문제의식은 한국이라는 사회에만 한정되지 않는다. 글로벌화가 일상생활 깊숙이 침투해 있을 뿐만 아니라, 우리들의 보편적 문제의식 역시 이에 말미암고 있음을 독자들의 공감능력을 통해 확인할 수 있는 것이다.

이렇듯 삶은 다르지만 그들은 새로운 화두를 들고서 체험에서 우러난 글을 재산으로 하고 있다. 게다가 진솔함은 기본이고 구체적인 체험이 글의 구체성을 확보하고 있어 독자를 사로잡는다. 독자들은 이들의 책을 읽으며 자기를 발견하게 된다. 글로벌과 보편성을 아우르는 시의적절한 화두의 선점과 진정 어린 체험은 독자들의 공감을 끌어내는 데 무엇보다 중요한 요소가 된 것이다.

자, 이제 이것을 우리의 글쓰기 현실로 옮겨서 얘기해 보자. 하버드 대학의 경우 신입생들은 모두 'Expository Writing'이라는 글쓰기 강좌를 듣고 1:1 첨삭지도를 받는다고 한다. 'Expository Writing'은 논증적 글쓰기다. 이러한 강의가 설정된 것은 미국 고등학교 과정까지의 에세이 쓰기에서 표현으로서의 글쓰기가 충분히 연습되어 있기 때문이다. 튼튼한 기초 위에 논증적 글쓰기가 이루어지고 있는 것이다. 그런데 한국의 현실은 어떤가. 글쓰기 교육을 위한 교재와 목표는 설정되어 있을지 몰라도 지식으로서가 아닌 실제로서 글쓰기를 교육받은 학생은 거의 없다.

그들이 받은 글쓰기 교육은 대학 입시를 위한 논술뿐이라 해도 과언이 아니다. 한국의 학생들은 표현으로서의 글쓰기, 즉 나를 스토리텔링의 대상으로 삼는 글쓰기에 익숙하지 않다는 것이다. 이는 물론 문화적 차이에서 비롯된 문제이기도 하다. 나를 팔 수 있으려면 나에 대해 말할 수 있어야 하는데, 우리는 남 얘기는 잘 해도 자신에 대해 이야기하는 것을 어색해 한다. 내 이야기를 어떻게 해야 하는지 모르기 때문이기도 하겠지만, 말한 뒤에 나타날 타인의 반응이 부담스러워 자신 있게 드러내지 못한다. 또는 자신이 무엇을 원하는지 알지 못해 괴로워하기도 한다. 누군가 자신의 이야기를 진술하게 토로한 책을 출간하면 사람들이 관음증처럼 남의 사적인 이야기에 탐닉하게 되는 것은 그래서일까? 싸이월드에서 여러 방식으로 자기를 표현하는 것이나 블로그 꾸미기 등도 자기의 표현이며 이런 현상이 자리잡은 것은 남의 속내를 들여다보고자 하는 심리의 반영이다. 이러한 변화를 살펴볼 때, 앞으로 글쓰기는 나를 표현하는 데 익숙한 방향으로 나아가리라 에상해 볼 수 있다. 그렇게 되면 한국 글쓰기의 여건은 조금 달라질까?

글을 잘 쓰기 위해서는 소통 방법을 제대로 알아야 한다. 카젠버그가 '관객을 보스로 모셔라', '가장 좋은 스토리텔링은 우리 자신의 모습을 담는 것이다'라고 강조한 것이나, 한국의 대중들이 열광하는 대상 텍스트만 봐도 독자와의 소통의 중요성 또는 한 개인의 성실한 삶이 지니는 위력을 확인할 수 있다. 이 두 가지는 글을 잘 쓰기 위한 중요한 요건이다. 소설가 김영하는 이런 말을 했다.

글이라는 게 그것을 쓰는 인간하고 너무 밀착돼 있어서, 어떻게 하면 글을 잘 쓸 수 있냐는 질문은 마치 "인생을 어떻게 하면 잘 살 수 있나요?"라고 묻는 것과 비슷한 어려운 질문이 돼 버립니다. 그렇다고 해서 글이 물론 인생 그 자체는 아니죠. 저는 글이 가진 매력은 세계와 인간 사이에 흥미로운 매개를 설정하는 것이라고 생각해요. 내가 어떤 여행을 하고 여행기를 쓰면 그 순간 글이 실제의 세계를 대신하잖아요. 마르코 폴로Marco Polo가 동방견문록을 쓰면 그가 실제로 본 세계는 사라지고 동방견문록의 세계만 남지 않습니까?[1]

글쓰기가 삶의 방식의 문제이기도 하다는 데 이르면, 논증적 글쓰기는 어떻게 성립할 수 있는가 하는 문제에 부딪힌다. 이 점이 바로 논술이라는 시험 제도가 만들어낸 한국 사회의 문제 지점이다. 논술은 주어진 문제를 해결하게 함으로써 글쓰기 주체가 작동할 수 있는 지점을 소거해 버리는 경향이 있다. 물론 논술 시험이 한국 사회가 합리성을 존중하는 시민 사회로 진입하는 데 큰 역할을 했다는 데는 동의한다. 그런데 자기주도적인 학습을 목표로 한다는 논술 원래의 목적과는 달리, 모순되는 결과에 이르고 만 것이다. 현행 논술식 글쓰기에서 창의적인 능력이 발휘되기는 쉽지 않다.

논증적 글쓰기 훈련도 글쓰기 주체를 전제한 상태에서 이루어져야 한다. 그럴 경우 쓰여지는 글은 공허한 논리체계로만 구성되지 않고, 진실성이 확보된 논증으로 이루어질 가능성이 높아질 것이다. 도정일 교수는 캐나다의 고등학교가 글쓰기 교육을 어떻게 시키는지의 사례를 알려준 바 있다.[2] 몇 년 전 동남아 지역에 지진해일로 인해 많은 사람들이 희생되는 사건이 발생했을 때, 그 고등학교에서는 3학년 학생들을 피해 지역에 보내어 실제로 어떤 피해가 있었고 희생 규모는 얼마이고 또 지진이 쓸고 간 현장의 참상은 어떠한가를 직접 눈으로 관찰하게 했다. 그런 후 학생들에게 각자 쓰고 싶은 것을 쓰도록 하되 "졸지에 재난을 당한 사람들, 희생자들과 피해 지역을 위해서 캐나다 국민이나 학생들이 할 수 있는 일이 무엇일까, 그들을 돕기 위해 캐나다가 할 수 있는 일이 무엇일까에 대해 생각한 것을 마지막에 언급하라"는 공통과제를 내주었다. 공통과제를 제외하고는, 어느 피해 현장엘 가보고 누구를 만나 인터뷰하고 무엇을 쓸 것인지는 학생들의 자유에 맡겼다.

이와 같은 방식의 글쓰기 교육은 학생들로 하여금 삶의 경험을 사회적 문제와 연결하여 생각하게 하고, 그 생각의 산물로 글쓰기를 하도록 유도하는 것이다. 논증적 글쓰기 역시 주어진 문제를 푸는 것이 아니라 학생들 스스로 문제를 발견하고, 글쓰기의 재료를 자신의 체험 영역에서 끌어오게 하고, 이를 학문적 또는 정치경제적으로 중요한 이슈와 연결되는 지점을 발견할 수 있도록 하는 교육이 필요하다. 이러한 글쓰기를 훈련하게 되면 사고 결과를 반영하는 글을 쓸 수 있다. 형식논리에 얽매인 글쓰기가 아니라 자신의 고민과 인문학적 상상력을 동원한 글쓰기를 할 수 있는 것이다.

그 다음에 세부적인 글쓰기 훈련을 하면 된다. 대상에 대한 세밀한 관찰을 통해 자신의 관점을 확보하고, 그 대상이 어디에 위치하고 있는지 맥락을 파악하며, 사실과 의견을 정확히 분리할 뿐만 아니라 자신의 생각과 다른 사람의 생각을 분리하면서 독자를 논리적으로 설득할 수 있는 글을 쓰도록 하는 것이다. "규칙에 근거해서만 글을 쓸 수는 없다.

그 규칙을 적용하면서도 글의 목적이나 독자의 성격에 따라서 늘 수사학적인 선택을 할 수 있는 것이다."[3]

"소통의 목적을 기억하라"

현대사회에서 글쓰기의 가장 중요한 기능은 소통에 있다. 소통은 쌍방향으로 이루어지는 것이다. 상대방을 배려하며 또 자신을 돌아보며 서로 다가가는 것이다. 이때의 소통은 필자가 글을 써서 그 글이 해독되어 독자에게 읽힌다는 문식성文飾性이라는 의미에서부터 설득을 통한 이해의 차원까지 그 진폭이 아주 크다.

일방적인 글쓰기는 소통이 불가능하므로 필자와 독자 사이에 적절한 상을 정립할 필요가 있다. 특히 '필자 중심적 글쓰기'를 할 것이 아니라, 독자를 배려하며 독자를 지향하는 글쓰기를 해야 한다. 독자에 대한 배려는 필자 자신의 글쓰기 습관을 성찰해 보는 데서 시작한다. 이를 위해 세 가지 소통을 염두에 두도록 하자.

"나 자신과 소통하라"

글쓰기를 잘 하기 위해서 무엇보다 먼저 이루어져야 하는 것은 나 자신과의 소통이다. '내가 이러한 내용의 글을 써도 될까? 이렇게 과감하게 써도 될까?' 하는 문제를 스스로 물어볼 필요가 있다. 자신의 허락을 먼저 구해야 한다는 것이다. 스스로 허락하지 않으면 대체로 본인의 생각을 바깥으로 끄집어내는 과정이 여의치 않다. 계속 자기검열을 하기 때문이다. '이렇게 쓰면 남의 비웃음을 사겠지, 이렇게 쓰면 당연한 사실도 모르고 있었느냐고 질책 받겠지' 하며 생각의 뭉텅이를 싹둑 싹둑

잘라내게 된다. 이것은 내 사고과정을 언어로 번역하는 데 끼어드는 방해꾼들이다. 이 방해꾼으로부터 자유로우려면 먼저 나 자신과 소통해야 한다. 내가 전하려는 생각이 잘 표현될 수 있도록 편한 마음을 갖도록 하자. 나 자신과의 소통은 이렇게 이루어진다.

"독자와 소통하라"

글쓰기 교육에 사회인지적 관점, 수사학적 관점이 도입되면서 가장 먼저 강조된 것이 독자와의 소통이다. 사람들은 대체로 자신의 사고영역에 갇혀 글을 쓰게 된다. 그러다 보면 자신을 고백하는 데 익숙해져 정작 독자에게 전달해야 할 내용을 효과적으로 구성하지 못하는 경우가 많다. 글쓰기에 능숙한 사람이라면 독자와의 소통이 얼마나 중요한지 알겠지만, 글쓰기 연습생들은 자신의 생각을 언어로 표현하는 것조차 힘들어하기 때문에 독자와의 소통까지 생각할 겨를이 없다.

우선 자신의 생각이 자연스럽게 표현되도록 신경 써야 한다. 그 다음에는 자신의 글을 읽을 독자가 어떤 반응을 보일까를 상상해 보라. 그러고 나면 자기 글에서 어느 부분을 수정해야 할지 찾을 수 있다. 이런 방식의 습관을 들이면 자기중심적인 글에서 탈피할 수 있다. 특히 실용적인 글을 쓸 때는 독자를 염두에 두는 것이 더욱 중요하다.

"담화공동체와 소통하라"

학문 분야마다 글쓰기 방식에 약간의 차이가 있다. 그것은 글쓰기 방식의 차이라기보다는 학문의 내용으로 인해 비롯되는 문제다. 각자 개인적인 성찰과 인식방식에 근거하여 책을 읽고 글을 쓰지만, 사실은 각 분야마다 존재하는 담화 관습의 영향을 받는다. 사회구성주의 관점처럼 담화 관습이 글쓰기를 전적으로 지배하는 것은 아니지만, 그 영향 속에서 학문의 방법을 익히고 글쓰기를 해나가는 것은 사실이다. 개인의 인식 방법 역시 담화 관습의 장 안에서 상호관계를 통해 형성된다는 점을 감안해 볼 때 담화공동체와의 소통은 필수적이다.

1. 김영하, 「존재 · 삶 · 쓰기」, 『글쓰기의 최소원칙』, 룩스문디, 2008, 291-292면.
2. 도정일, 「무엇을 쓸 것인가」, 위의 책, 16-17면 참조.
3. 신우성, 『미국처럼 쓰고 일본처럼 읽어라』, 어문학사, 2009, 117면.

1부

글쓰기와 소통

현대사회에서 글쓰기의 가장 중요한 기능은 소통에 있다.
소통은 쌍방향으로 이루어지는 것이다. 상대방을 배려하며
또 자신을 돌아보며 서로 다가가는 것이다.

01

글쓰기를
시작하는 자세

글쓰기라는 쾌락

"글쓰기는 쉽지 않다. 글쓰기는 고통스럽다."

누구나 가지고 있는 통념이다. 글쓰기를 전문적으르 하는 신문기자, 저술가, 소설가들에게 물어도 글쓰기는 어렵고 힘들다고 말한다. 그러니 학생들이 "글쓰기가 어려워요"라고 말하는 것은 당연하다. 나를 드러내어야 하는데 그런 방식에 익숙하지 않기 때문에 힘들고, 나를 표현할 만한 마땅한 언어와 지식이 없어 힘들다.

마냥 힘든 채 이대로 내버려둘 것인가? 그럴 수는 없다. 대학생활을 하기 위해서건 취업 후의 회사생활을 위해서건 글쓰기는 필수적이다. 리포트를 훌륭히 작성해야 학점을 잘 받고, 좋은 학점으로 대학을 졸업해야 취업의 문도 넓다. 회사에서는 제안서나 결과보고서를 잘 써야 업무가 원활해진다. 결국 글쓰기라는 장벽을 뛰어넘지 않고 피해 갈 수는 없다.

지그문트 프로이트Sigmund Freud는 상담을 통한 구체적 사례로 이론을 정립한 정신분석학자였다. 프로이트의 '포르-다' 게임을 통해 글쓰기를 시작하기 전의 태도와 자세에 대해 설명해 보겠다.

프로이트는 한 아이의 어머니에게서 어떤 사건을 의뢰받았다. 1년 6개월 된 남자아이의 이상한 습관을 고쳐달라는 것이었다. 프로이트는 이 아이의 집에서 몇 주간 같이 생활하며 아이의 어머니와 함께 문제를 분석하고 해결하기로 하였다. 아이의 다른 모든 행동은 지극히 정상적이었지만, 손에 잡히는 물건은 무엇이든 집어 던지는 습관을 가지고 있었다.

프로이트가 지켜보기 시작한 지 얼마 지나지 않아, 아이는 물건을 집어 던지면서 이상한 비명을 질렀다. 관심과 만족의 표현이 수반된 "오-오-오-오" 하는 소리였다. 이 비명을 듣는 순간 어머니와 프로이트는 이것이 단순한 감탄사가 아니고 독일어 'fort(가버린)'를 의미한다고 생각했다. 그러던 어느 날 아이는 실패(바느질할 때 쓰기 편하도록 실을 감아두는 도구)를 들고 익숙한 솜씨로 침대 가장자리로 집어 던졌다. 실패는 그 틈으로 사라졌고 아이는 인상적인 "오-오-오-오" 소리를 냈다. 실을 잡아 당겨 실패를 침대 밖으로 끌어내고는 다시 나타나자 'da(거기에)'라고 소리를 치는 것이었다.

이는 사라지게 했다가 돌아오게 하는 완벽한 놀이였다. 아이의 물건을 던지는 습관은 어머니의 외출 때문에 형성된 것이었다. 아이는 어머니의 외출에 불쾌감을 느끼고 본능적으로 물건을 집어 던짐으로써 그 고통을 없애고자 했다. 그런데 외출했던 어머니가 반드시 집에 돌아온다는 것을 확인한 아이는 물건을 더욱 멀리 던지기 시작했다. 멀리 던지면 던질수록 돌아올 때의 기쁨이 더욱 커진다는 사실을 알아차린 것이다. 아이는 이제 아무 저항 없이 어머니를 가도록 허용하는 대신, 물건이 사라졌다 되돌아오는 것을 스스로 연출함으로써 포기에 대한 보상을 받고 있었던 것이다. 어머니의 사라짐은 즐겁게 돌아올 것에 대한 필수적 예비조치로 상연되었던 것이다. 이 놀이의 진정한 목적은 바로 어머니의 귀가로부터 얻는 즐거움이었다. 이 과정을 지켜본 프로이트는 무릎을 쳤다.

그 즈음 프로이트는 '모든 인간은 본능적으로 쾌락을 추구하기 마련이다'라는 자신의 이론적 전제에 약간의 문제가 있음을 느끼고 있었다. 본능적으로 쾌락을 추구하고자 해도 즐거움을 느끼는 순간에 비해 불쾌감이 지속되는 시간이 더 긴 것을 어떻게 설명할 것인가?

프로이트는 아이의 놀이를 지켜보면서 이에 대한 해답을 찾았다. 어머니가 집을 나갈 때의 불쾌감을 쾌락으로 바꾸기 위해 물건을 집어 던지는 이 놀이를 프로이트는 'fort(사라져버린)―da(거기에)' 게임이라고 명명했다.

'인간은 불쾌감조차 쾌감으로 바꾸어내는 것을 본능으로 삼는 존재다.'

이것이 프로이트의 결론이었다.

글쓰기에 임하는 것도 이와 같다. 글쓰기로 인해 두려움, 긴장, 불쾌의 감정이 생겨나는 것은 당연하다. 그러나 그것을 쾌감으로 바꾸어내고자 하는 것 역시 당연한 본능이다. 자, 프로이트의 포르―다 게임이론을 믿고 나 역시 인간으로서의 본능을 구비한 존재라는 점을 명심하자.

정답에 대한 강박관념을 버려라

"틀려도 괜찮다, 자기의 생각이 풀려 나오도록 주문을 걸어라!"

글쓰기 강의를 하면서 학생들에게 가장 많이 하는 충고는 '틀려도 괜찮으니 네 생각을 써보라'는 것이다. 사람들은 대개 이러한 생각을 가지고 있을 것이라는 막연한 추정에 기대어 그에 부합하는 방식으로 쓴다면 글쓰기 실력은 나아질 수 없다. 틀려도 괜찮으니 일단 자신의 생각을 써본 뒤 그것이 많은 사람들이 지닌 생각, 즉 보편적 상식이라고 하는 것과 비교하여 어떤 차이가 있는지 파악할 필요가 있다. 어떤 차이가 왜 발생하는지 비교하는 과정을 통해 자신의 가치관을 확인할 수 있기 때문이다.

일본에서 초등학교 교사를 오랫동안 지낸 마키타 신지의 그림책『틀려도 괜찮아』(토토북, 2006)를 보면 다음과 같은 내용이 담겨 있다.

틀리는 걸 두려워하면 안 돼.
틀린다고 웃으면 안 돼.
틀린 의견에
틀린 답에

이 럴 까 저 럴 까

함께 생각하면서
정답을 찾아가는 거야.
그렇게 다 같이 자라나는 거야.

여기에서 핵심은 '이럴까 저럴까 생각하면서 정답을 찾아가고, 그렇게 자라난다'는 것이다.

정리되지 않은 의견이라도 표명한 다음에는 더 나은 의견을 찾아갈 수 있으며, 그러한 과정을 거쳐야 성장할 수 있다. 정확하지 않더라도 말하고 나면 '이렇게 말하면 더 좋았을걸' 하고 깨닫는 경험을 맛볼 수 있다. 덜 준비된 생각이라도 표명하는 것이 중요한 까닭은 이 때문이다. 이와 같은 과정을 거쳐야 성장의 기회가 주어지고, 부족한 걸 알고 나면 스스로 고치기도 쉽다.

이것이 글쓰기 교육의 목적이고 방법이다. 즉 글쓰기는 이런 과정의 경험을 통해 자기 생각을 쉽게 표현할 수 있도록 돕는 것이다. 구체적으로는, 첨삭지도 후 수정하여 퇴고하는 형식이 있다.

내가 쓰고 싶은 글을 써라 –진정성의 문제

"내 머리와 내 마음을 관통해서 나온 글을 써라."

윌리엄 진서William Zinsser도 말했듯이(『글쓰기 생각쓰기』, 이한중 옮김, 돌베개, 2007), 학생들은 교수가 원하는 걸 써야 한다고 생각하는 경향이 있다. 학점을 잘 받지 못했을 때도 학생들은 교수가 원하는 내용을 쓰지 못했기 때문이라고 생각한다. 물론 한 학기 강의에서 교수가 강조했던 내용을 파악하고 거기에 걸맞은 내용을 찾아 학생 **자**신의 생각에 근거해서 리포트를 쓰거나 시험 답안을 작성했다면 평가 결과는 당연히 좋을 것이다. 하지만 **중요한 것은 교수의 견해가 아니라 학생 자신의 견해를 쓰는 것이다.**

자신의 입장과 생각을 쓰는 것을 교수가 원하지 않는다고 생각하는 학생들은 특정한 문제에 대한 교수의 견해나 관점에 반대되는 내용을 써서 자신이 부당한 평가를 받았다고 믿는다. 이러한 생각을 가지고 있는 한 자신의 생각을 발전시킬 수 있는 기회는 없으며, 결과적으로 눈치 보는 글쓰기일 뿐 인식의 성장을 향한 글쓰기를 이룰 수 없다.

당장은 성적을 잘 받아야 한다는 생각에 이렇게 판단할 수 있으나, 맹목적으로 타인의 관점에 따르는 방식으로는 글쓰기 능력도 성적도 나아질 리 없다. 주제에 근거하여 자기의 머리와 마음을 통해서 나온 충실한 생각을 써야 한다. 내 생각을 뒷받침해 줄 만한 전문가의 견해를 찾아 각주로 보충하면 더 좋다. 중요한 것은 진정성이다. 내가 진심으로 쓰고 싶은 내용을 공들여 쓴다면, 글쓰기 능력이 신장될 가능성은 충분하다. 처음부터 잘될 리는 없지만 시행착오를 거치며 사고하는 능력을 키우면 글쓰기 능력 또한 향상될 것이다.

"인용은 해도 베끼지는 말라"

다시 말하지만, 글쓰기에서 가장 중요한 것은 자기 생각을 쓰는 것이다. 대상이나 주제에 대한 생각을 펼쳐 나가는 데 필요한 자료를 인용할 수는 있지만 그대로 옮겨서는 안 된다.

그러기 위해서는 대상이나 주제에 대해 떠오르는 생각들을 메모해 둘 필요가 있다. 자료를 찾아보는 것은 그 다음에 할 일이다. 활자화된 글은 대체로 그럴 듯해 보이므로 자료부터 먼저 보게 되면 자신의 생각들이 빈약하게 느껴질 수 있다. 특히 책을 읽거나 영화를 보고 글을 써야 하는 경우, 다른 사람이 써놓은 감상문을 인터넷 등에서 먼저 읽게 되면 독창적인 자기 감상을 쓰기가 어렵다. 강의 시간에 느낌을 간략하게 써보라고 하면 개성 있는 내용을 볼 수 있는 반면 과제로 주면 비슷한 내용의 글이 많은 것도 이런 이유 때문이다. 학생들은 자신이 알지도 못하는 내용까지 '긁어서 그대로 붙여' 놓는다. 출처도 밝히지 않고 짜깁기를 하는 것이다. 이런 행위는 '표절'에 해당한다.

과제를 제출한 학생들에게 이런 잘못을 지적하면, 학생들은 교수자인 나에게 죄송하다는 말을 한다. 그러면 나는 "네 자신의 인생에 죄송해야 한다"고 말한다. 교수는 표절한 학생에게 학점으로 평가하면 된다. 문제는 그로 인해 학생 자신에게 돌아오는 부메랑이다.

최근 한국 사회에서 표절 문제가 학계의 중요한 화두로 떠오르고 있다. 작년부터 표절 가이드라인을 제정하는 모임이 만들어졌으며, 주요 신문에서도 표절에 대해 집중적으로 다루며 경종을 울리고 있다.

'표절(剽竊, plagiarism)'이란 말은 어린아이 납치범을 의미하는 라틴어 'plagiarius'에서 유래된 것이다. 출처를 밝히지 않은 채 남의 견해를 무단 인용하는 것은 다른 사람의 아이디어를 훔치는 비도덕적 행위라는 의미가 이 말에 담겨 있다. 앞으로 엄격한 표절 규정이 이루어지겠지만, 대학교 과제부터 자신의 의견과 읽은 내용을 구분하고 출처를 밝히는 것을 생활화해야 할 것이다.

02

사물을 인식하는 기본자세

"똑같아요"의 마술

글쓰기에 대해 교사나 교수는 '생각한 바를 쓰면 된다'고 충고하지만, 많은 학생들은 막상 무엇을 어떻게 써야 할지 모르겠다는 하소연을 한다. 생각이 나지 않는데 어떻게 생각하는 바를 쓸 수 있느냐는 것이다.

이럴 경우 생각을 작동시키는 첫 번째 방식은 '무엇이 똑같은가'를 찾아보는 것이다. 국민 누구나 알고 있는 동요에 중요한 지침이 담겨 있다.

"무엇이 무엇이 똑같은가/ 젓가락 두 짝이 똑같아요// 무엇이 무엇이 똑같은가/숟가락 네 짝이 똑같아요."

동요 「똑같아요」는 인간이 사물을 인식하는 가장 기본적인 방법이 무엇인가를 잘 알려준다.

'똑같아요'를 외치는 이면에는 '모든 사물은 다르다'는 인식체계가 전제되어 있다. 다를 것이라 예상하고 있으면 오히려 그 속에서 같은 점을 발견하기는 쉽다. 글을 쓰기 전에 무엇을 써야 할지 모르겠다고 포기하지 말고, 주어진 화제와 비슷한 것이 무엇인지를 먼저 찾아보자. 거기서 글의 단서를 발견할 수 있을 것이다.

단서뿐만이 아니다. 글을 구성해 나가는 방법 역시 찾아낼 수 있다. 비슷하지만 어떤 차이가 있는지를 확인한다면 일차적인 글쓰기의 내용은 발견한 셈이다. 이와 같은 방식으로 접근해 나가는 것이 생각을 진전시키는 방법이고 또한 글을 쓰게 하는 힘이다.

분류/구분의 힘

인간이 무엇인가를 인식하면서부터 '분류classification'와 '구분division'은 존재했던 개념이다. 분류와 구분은 유사성과 차이가 동시에 작용하여 발생하는 인식방법이다. 계층적인 부류조직의 상위에서 하위로 이행하는 방식을 구분이라 하고, 그 반대의 경우를 분류라고 한다. 다시 말하면 전자는 유개념에서 종개념으로 나누는 것이며 후자는 종개념에서 유개념을 뽑아내는 것이다.

분류와 구분은 여러 대상을 일정한 원리에 따라 나누어, 대상들 상호간의 관계나 각 대상이 전체에서 차지하는 위치를 드러내는 설명 방법이다. 쉽게 말하면, 무질서하거나 잡다한 대상에 질서를 부여하여 설명하는 방법이라고 할 수 있다.

분류는 지식을 체계화하고 조직화하는 데 주된 관심이 있다. 구분은 이 체계화된 지식을 기준으로 다른 것들을 나누어 인식하는 방법이다. 이 분류의 선택에는 언제나 이데올로기의 선택도 함축되어 있다.

"네가 어떤 식으로 분류할 것인지 내게 말해 주렴. 그럼 난 네게 네가 누구인가를 말할 것이다."[1]

분류하는 과정을 통해 어떤 기준이 만들어지는가? 독자들은 분류라는 설명 방법으로 쓰여 있는 글을 읽으면서 그 글을 쓴 사람이 어떤 기준을 중요시하는 사람인가를 알게 된다. 그러한 의미에서 분류의 선택에는 항상 이데올로기가 내재되어 있다고 할 수 있다.

분류(구분)에 담겨 있는 다음 내용을 음미해 보자.

분류는 기본적으로 그 분류를 행하는 인간의 주관적 결정 없이는 불가능하다. 바꿔 말하면, 인간의 인지양식으로부터 자유로운 관점에서 보면, 모든 대상은 똑같은 정도로 유사하다. 대상은 여러 객관적 성질(크기·색·무게·모양)에 따라 규정되는데, 각 성질에 동일한 가치가 있다고 보는 한, 예를 들어 색깔이 크기보다 중요하다든지 모양의 차이는 무시하고 무게에 중점을 둔다든지 하는 기준을 미리 정하지 않으면 분류는 성립되지 않는다. 유사성의 개념이 의미를 갖기 위해서는 대상의 여러 성질 사이에 중요도의 차이를 밝혀내는 것이 꼭 필요하다. 반대로 말하면, 분류는 어느 한 기준보다 다른 기준이 중요하다고 인간이 결정하는 행위며, 그것은 분류를 행하는 인간의 주관적인 세계관을 드러내는 것과 다름없는 일이다.[2]

발상의
몇 가지 힘

'생각하기'는 힘이 세다

글쓰기에 익숙하지 않은 사람은 막연히 글을 쓰는 경향이 있으나, 글쓰기에 익숙한 사람은 글을 쓰기 전에 구상하는 데 시간을 많이 할애한다.[3] 대학생을 대상으로, 쓰기 전 활동으로서 '생각하기' 과정을 강조했더니 실험에 참여한 학생들의 글이 훨씬 나아졌다는 보고도 있다. 대학생 기말시험의 경우 생각하지 않고 써낸 시험 답안보다 생각을 거쳐 써낸 답안이 훨씬 좋은 결과를 보여준다는 사실을 입증한 사례도 있다.

  글을 쓰기 전 발상 단계에서의 생각하기는 그 자체로도 이러한 힘을 갖는다. 하지만 이를 강화하기 위해 몇 가지 더 고려할 점이 있다. 발상의 레토릭, 즉 착상을 구체적으로 하는 데 도움이 되는 구체적인 단서들은 '누가, 무엇을, 어디에, 어떤 수단으로, 왜, 어떻게, 언제'라는 일곱 가지의 질문이다.[4] 이에 따라 생각을 전개해 나가면 좀 더 구체적인 성과를 얻을 수 있다.

"금기에 도전하라!"

양귀자의 소설『나는 소망한다 내게 금지된 것을』(1992)의 내용은 '강민주'라는 여성이 폭력적인 남성중심주의와 사회의 지배적인 질서에 도전하는 내용으로 구성되어 있다. 기존의 수동적인 여성상을 벗어나고자 하는 욕망 자체를 금기시했던 시대에, 이 소설은 통속적이긴 해도 신선한 시도를 보여주었다.

　새로운 글쓰기를 위한 발상은 기존의 지배적인 질서나 이데올로기에 대한 도전에서 시작된다. 1999년『당대비평』에 발표한 임지현의「일상적 파시즘의 코드 읽기」라는 글이 신선했던 것도 우리 일상생활 깊숙이 들어와 의식하지 못하고 있던 것들 혹은 묵인하고 있던 것에 대한 도전으로서의 의미가 있었기 때문이다.

매 순간 질문하라

도정일은「질문의 힘」(『한겨레신문』, 2006.8.11)에서 한국인 유학생의 특징으로 '질문이 없다, 자기 생각이 없다, 토론할 줄 모른다' 세 가지를 들고 있다. 학생들은 '뭘 알아야 질문하지'라고 생각하겠지만, 자신의 정체성에 대한 질문부터 시작하면 된다. '나는 왜 여기에 있는가'라고 스스로 질문하며 자신을 돌아보는 것이 인문학의 가치를 실현하는 하나의 방법이라는 것이다.

토론의 장에서 질문하기

다음은 성균관대학교 학부대학 명륜 강좌에서 김열규 교수가 강연을 하고 김병욱 교수가 토론을 할 때 나왔던 내용이다. 토론의 장에서 질문은 어떻게 해야 하는가?

① 모르는 것을 물어라.
② 발표자가 충분히 설명하지 못한 내용을 보충할 기회를 주어라.
③ 토론의 장을 여는 질문을 해라.
④ 논평을 하지 말라.
⑤ 발표자의 견해를 인정해라.

위에 제시한 질문 방법 중 네 가지는 이론의 여지가 없지만, '④ 논평을 하지 말라'에 대해서는 다른 견해도 있을 수 있다. 이것은 질문을 하고 있으므로 질문 내용이 위주가 되어야 한다는 의미가 강조된 것이다. 그러나 좋은 토론을 위해서 때로는 적절한 논평이 필요할 수도 있다. 물론 좋은 질문을 위해서도. 좋은 질문은 자기 글쓰기의 바탕이 될 수도 있기 때문이다.

글쓰기를 위해 질문하기

다음 김진명의 콩트 「미리 가본 2020년 한국」(『조선일보』, 2005.2.18)를 읽고 질문을 던져보자.

2020년 2월 경기도 안산에 위치한 국내 굴지의 A기업 생산현장. "청장님, 중국 여성 노동자들의 시위가 난동으로 이어지고 있습니다." "규모는?" "이미 10만 명을 넘어섰습니다. 이들이 이렇게 한꺼번에 몰아칠 줄은 생각조차 못했습니다." "그들의 구체적 요구조건은 뭔가?"
"관리직을 모두 중국인으로 바꾸란 겁니다." "뭐야, 모두 강제 진압
해!" 경찰청장은 치솟는 분노를 삭이지 못하고 명령을 내렸다. 그러나
그는 잠시 후 국무총리로부터 전화를 받았다.

"당신 지금 정신이 있소? 즉시 멈추시오. 그들이 한꺼번에 다 나가
버리면 어떻게 할 거요, 나라 망칠 작정이오?"

TV에서는 고장난 녹음기처럼 아나운서의 말이 반복되고 있었다.
"4900만 명을 정점으로 인구가 올해부터 줄어들기 시작했습니다."

국내 최대의 외식업체인 B사의 사장은 주주총회에서 폭탄선언을
했다. "점포확장은 이제 중단하고 회사 이름을 바꾸어 내년부터는 관
광업과 간호사업에 도전할 것입니다."

며칠 전에는 세계적인 자동차 회사인 B자동차가 내수 부진을 견디
지 못하고 아예 미국으로 본사를 옮긴다고 발표하자, 울산과 광주
시민들이 서울로 몰려와 "이전 반대" 운동을 벌였다. 젊은 소비 인구
의 급격한 감소로 모든 산업은 추락하고 말았다. 20~30대가 15년 전
보다 무려 389만 명이나 감소했다. 2005년부터 계산하면 하루 720
명씩 줄어든 것이다. 기술 진보가 노동력 감소를 보충할 수 있다는
주장도 있었지만, 이제 그런 논리는 사라졌다. 노동력 감소가 기술
진보보다 훨씬 빠르게 진행됐기 때문이다.

빈 아파트가 넘쳐나고 서울, 지방 할 것 없이 문을 닫는 학교들이
속출했다. 대학은 학생 수 부족으로 2000년대 340개 대학에서 100개
대학이 사라졌다. 초·중·고교는 학생 수 부족으로 학급당 40명이던
인원이 30명 이내로 줄어들었다. 항공산업도 철도산업도 매년 10%씩

성장률이 떨어졌다. 극심한 불황을 겪은 2005년만 해도 경제성장률이 5%였는데 올 예상성장률은 그때의 절반 수준어도 못 미쳤다. 경기는 계속 최악의 침체 상태를 면치 못하고 있다. 일본은 이미 2009년부터 마이너스 성장으로 접어들었다.

엊그제는 징병제를 모병제로 바꿔 외국인 용병을 데려오겠다는 국방부 장관의 국회연설로 나라가 발칵 뒤집혀졌다. 징병 대상자가 40만 명에 불과해 필요한 장병 수(50만 명)에 턱없이 부족하다는 참담한 소식이었다.

20세기 후반부터 한국인들이 아이를 낳지 않기 시작한 결과였다. 한국의 부흥을 이끌었던 젊음은 사라지고 사회 곳곳에 노인들과 외국인들만 꽉꽉 들어차 있다. 어린아이들은 15년 새 294만 명이 줄었지만, 노인은 오히려 343만 명이나 늘었다. 국회에선 "아기를 안 낳고 혼자 사는 사람들에게 독신세를 매겨야 한다"는 주장이 동조를 얻고 있었다. 마치 로마제국이 인구감소를 막기 위해 독신세를 신설했던 것처럼.

퇴근길에 한잔 하던 젊은이들 중 하나가 얼굴이 벌게진 채 내뱉었다.

"이놈의 나라는 어떻게 된 게 일하는 사람보다 노는 사람이 더 많잖아. 월급이라고 세금으로 다 나가니 직장 다닐 기분이 안 나. 왜 대통령은 연금개혁을 안 해? 일하는 놈부터 살아야 하잖아!" 그날 밤, 어느 목사는 무거운 정적으로 휩싸인 교회당에서 "주여! 한국인들은 다음 세대를 길러내는 법을 망각했습니다. 부디 죄를 사하여 주소서!"라며 기도를 올리고 있었다.

질문

① 왜 2020년으로 설정했는가?

② 국가가 개인의 선택을 좌지우지할 수 있는가?

③ 노동력 감소보다 기술 진보가 훨씬 빠르게 진행되고 있는가?

④ 필자의 의도는 무엇인가?

⑤ 조선일보는 왜 이 필자의 콩트를 실었을까?

위와 같이 다섯 가지 정도의 질문만 만들어놓으면 이 질문에 대한 답변을 마련하면서 글을 써나갈 수 있다.

한 사람의 생각이 파편적이지 않다는 것을 전제한다면, 그에게서 나오는 질문 역시 하나의 주제로 수렴되는 경향이 강하다. 만약 벗어나는 내용이 있다면 검토해서 배제하며, 하나의 주제로 수렴되는 내용을 중심으로 구조를 짜본다.

문답법―글쓰기 초보자가 활용해볼 만한 방법

글을 어떻게 써야 할지 전혀 모르는 경우, 스스로 질문을 던져보고 그에 답변하는 방식을 반복하다 보면 글을 구성해 나갈 수 있다. 단, 이 방법은 필요한 경우에만 해야 한다.

조금 진척이 되면 질문을 의문문 대신 평서문 형식으로 바꾸어서 한 편의 주제가 있는 글을 구성해 본다. 무엇보다 분량을 채우지 못하는 학생들에게 유용한 방식이다. 글쓰기 초보자는 분량 채우기를 걱정하지만, 글을 많이 써본 사람들은 오히려 분량이 넘쳐서 어떻게 축약해야 할지를 고민한다.

자연발생적으로 떠오른 의문에 좋은 주제가 있다

나는 고등학교 때부터 김동리의 단편소설 「무녀도」가 왜 가장 한국적인 작품인지 궁금했다. 한참을 잊고 지내다가 학술진흥재단 프로젝트 '일제강점기 조선적인 것의 기원과 형성'이라는 주제를 기획하면서 일제 동화정책 중 하나로 무속조사사업이 있었다는 사실을 알게 되었다. 그때 나는 김동리의 「무녀도」가 왜 한국을 대표하는 작품으로 세계에 알려지는지를 밝히기 위해 이것을 논문 주제로 선택했다. 학술진흥재단 선도자연구에 선정되었던 「한국 근대문학에서의 샤머니즘과 '민족지 ethnography'의 형성」은 이렇게 논문의 결실을 맺게 된 것이다.

전공 논문의 주제도 자연발생적으로 발생했던 의문을 바탕으로 이루어졌는데, 대학에서 쓸 리포트나 일반적인 글의 주제는 과연 어떠하겠는가. 평소에 떠올랐던 의문이 무엇인지 다시 점검해 보라! 진심이 담긴 주제는 가능성이 많은 주제다.

1. 김현, 『수사학』, 문학과지성사, 1988, 61면.
2. 고자카이 도시아키(小坂井敏晶), 방광석 역, 『민족은 없다』, 뿌리와이파리, 2003, 24~25면.
3. 이재승, 『글쓰기 교육의 원리와 방법 – 과정중심접근』, 교육과학사, 2002, 266~267면.
4. 사와다 아키오, 『논문과 리포트 잘 쓰는 법』, 이명실 역, 들린아침, 225면.

2부

글쓰기와
읽기의 위상

감동이나 깨달음 없이 주어진 행동지침이 과연 우리의 사
고와 행동을 얼마나 견인할 수 있을까? 의지보다는 감성
이나 인식이 더 큰 힘을 발휘하는 것이므로, 각자 감수성을
키우고 인식의 지평을 확대할 수 있는 책을 읽을 필요가
있다.

01

읽기에 관한
모든 것

독자는 누구인가

글을 잘 쓰기 위해서는 '많이 읽고 많이 생각하고 많이 쓰라'는 말이 진리처럼 통용되고 있다. 제대로 읽고 생각하고 쓴다면 당연히 글을 잘 쓸수 있다. 그런데 어떻게 읽고 어떻게 생각하고 어떻게 써야 하는가? 먼저 읽기에 관해 얘기해 보도록 하자.

윌리엄 진서는 독자에 대해 "산만한 주의나 졸음 때문에 언제 날아갈지 모르는 조급한 새"라고 한 바 있다. 주의를 지속하는 시간이 30초 정도밖에 되지 않는다는 말도 덧붙인다. 내가 보기에 독자는 '이기적'이다. 대상 텍스트를 읽는 목적에 따라 독자는 달라진다. 예를 들어 책 한권을 읽고 시험을 봐야 하는 독자라면 그 책이 아무리 어렵고 읽히지 않아도 눈을 부릅뜨고 읽어낼 것이다. 그러나 읽어도 좋고 안 읽어도 좋은 상황에 난해한 책이 주어지면 당연히 독자는 책을 슬그머니 밀어버릴 것이다. 독자가 이러한 존재라는 점을 상기하면서, 글을 쓰는 자신 역시 그들 중 한 사람이라는 점을 잊지 말아야 할 것이다 물론 독자는 문장이나 단락, 글 전체를 의식적으로 분석하면서 읽지는 않는다. 그러나 이제까지 자신이 읽어온 방식에 의해 문장이란 어떤 역할을 하며 단락은 어떻게 구성되는지 체득해 왔기 때문에 그러한 기준으로 글의 흐름을 판단한다. 한 문장이 끝나면 다음 문장에서는 어떤 내용이 전개되어야 할지 무의식중에 알고 있다는 것이다. 이런 이유로 독자들은 글 한 편을 읽고 나면 '이 글은 왠지 잘 읽히지 않아' 또는 '이 글은 의문 나는 점을 잘 짚어주는 방식으로 전개되었어'와 같은 느낌을 지닌다.

여기서 중요한 것은 글을 쓸 때에는 독자의 입장에서 생각해 봐야 한다는 것이다. 즉 자신의 글을 객관화하여 독자로서 읽어보는 것은 글이 자연스러운지 또는 어떻게 쓰면 좋을지를 점검할 수 있는 계기가 된다. 뿐만 아니라 자신의 쓰기와 읽기가 더욱 유연하게 또 정확하게 진행될 것이다. 쓰기와 읽기는 상호적이기 때문이다.

무엇을 읽을 것인가

책을 읽되 축약본은 아무리 많이 읽어도 큰 도움이 안 된다. 축약본에는 필자의 아우라가 없기 때문이다. 특히 고전의 경우, 원본을 다 읽지 못한다 해도 단 30페이지만이라도 정성을 들여 읽을 필요가 있다. 축약본을 30페이지 읽는 것보다 원본을 반성적으로 30페이지 읽는 것이 더 효과적이다. 괴롭고 힘들어도 자신에게 약이 되는 책을 읽어야 한다. 읽는 주체가 책을 열심히 자기 것으로 만들어내기만 한다면 어떤 책이든 도움이 되겠지만, 그래도 읽지 말아야 할 것은 요약본이다.

글쓰기가 시험으로 둔갑하면서 만들어놓은 부작용 중 대표적인 것이 문학작품 요약본 출판이다. 출판인들이 상업적인 성공만 따지고, 출판인으로서의 자의식을 갖지 못해 생겨난 것이 바로 이 현상이다.

인터넷에 넘치는 요약본, 이것 또한 문제다. 인터넷은 사용 주체에 따라 훌륭한 도구인 것은 분명하지만 주체가 수동적일 때는 쓸모 없는 도구가 된다.

누구든 그렇겠지만 나도 거의 보지 않는 종류의 책이 있다. 하나는 문학작품의 요약본이고, 다른 하나는 '~하라'는 청유형의 목록으로 가득 찬 자기계발서다. 문학작품에 요약본이라니? 문학작품 한 권을 읽는다는 것은 사과 한 알을 오감으로 충분히 음미하는 과정과 같다. 먹기 전에는 사과의 모양과 색깔과 향기를, 한 입 베어 물었을 때는 새콤달콤한 맛과 아삭 씹히는 감촉까지를 고스란히 느끼고 자기 것으로 만드는 과정이다. 반면 요약본은 사과를 그저 비타민 C의 공급원으로만 여기고 사과 맛 비타민 알약을 먹는 것과 마찬가지일 것이다. 진짜 사과를 얼마든지 구할 수 있는데 지겹게 사과 맛 비타민 정제만 먹는 것은 어리석다.

자기계발서도 그렇다. 예전에는 베스트셀러가 된 이유가 궁금해서 읽어본 적이 있지만 이제는 궁금하지도 않다. 누가 들어도 합당한 글로 가득하지만 결국 자기를 계발한다는 건 정보의 문제가 아니라 실천의 문제니까.[1]

요즘 대학교 1학년 학생들이 가장 읽고 싶어하는 책 분야에 자기 계

발서도 포함되어 있다. 물론 모든 대학생이 그럴 리는 없지만, 갑자기 주어진 자유를 어떻게 처리해야 할지 모르는 상태에서 자신의 인생을 설계해야 하는 부담을 가진 대학생들의 반응이라는 걸 생각해 보면 이는 어쩌면 당연한 현상일 수도 있겠다. 그러나 감동이나 깨달음 없이 주어진 행동지침이 과연 우리의 사고와 행동을 얼마나 견인할 수 있을까? 의지보다는 감성이나 인식이 더 큰 힘을 발휘하는 것이므로, 각자 감수성을 키우고 인식의 지평을 확대할 수 있는 책을 읽을 필요가 있다.

지난 학기 읽기 대상 텍스트로 강상중의『고민하는 힘』(사계절, 2009)을 추천했더니, 많은 학생들은 이 책을 자기계발서로 알았다가 전혀 아닌 것을 확인하고 당황스러웠다는 고백을 들은 바 있다. 쓸쓸했지만 이 기회에 자기계발서보다 인문서가 왜 좋은지를 설명하리라 마음먹었다. 인문서가 왜 좋은가? 인문서는 읽는 동안 독자에게 생각의 공간을 제공하여 사색으로 초대한다. 당장 어떻게 하라는 방법지가 아니라 감동을 주기 때문에 그 감동이 조금 고통스럽다 해도 오랜 동안 여운으로 남아 우리 인생을 활기차게 하거나 보람되게 하거나 비전을 제시하기도 한다.

내 인생의 한 권의 책을 추천하라고 할 때 우리는 대체로 각자의 인생에서 가장 큰 영향력을 발휘한 책을 꼽기 마련이다. 혹은 자신에 대해서거나 자신이 맺고 있는 관계에 대한 성찰을 가능하도록 하여 삶의 방향을 이끌어주는 역할을 하는 책, 혹은 창의적인 아이디어를 만들 수 있도록 두뇌를 자극하는 책 정도라면 어떨까?

어떻게 읽을 것인가

텍스트의 외재적 요소를 파악하라

남인수의 「감격시대」라는 대중가요가 있다. 언젠가 라디오에서 음악평론가 이영미가 소개하는 이 노래를 들으며 8·15 해방을 맞이한 감격을 표현한 노래일 것이라고 생각했다. 그런데 이 노래는 1939년에 발표된 노래로, 일제가 권장한 건전가요였다. 징병 징용에 청춘을 바치자, 천황의 부르심에 달려가자는 뜻이 담긴 노래라는 것이다. 다음은 「감격시대」의 가사다.

거리는 부른다. 환희에 빛나는 숨쉬는 거리다.
미풍은 속삭인다. 불타는 눈동자
불러라 불러라 불러라 불러라 거리의 사랑아 아아
휘파람을 불며 가자 내일의 청춘아

바다는 부른다. 정열에 넘치는 청춘의 바다여
깃발은 팔랑팔랑 바람에 좋구나
저어라 저어라 저어라 저어라 바다의 사랑아 아아
희망봉은 멀지 않다. 행운의 뱃길아

잔디는 푸르다 봄향기 감도는 희망의 대지여
새파란 지평 천리 백마야 달려라
갈거나 갈거나 갈거나 갈거나 잔디의 사랑아 아아

저 언덕을 넘어가자. 꽃피는 마을로

　이 노래를 학생들에게 들려주면 1960~1970년대 새마을운동의 활기
찬 모습이 떠오른다고 말하는 경우가 많다. 간혹 해방의 감격을 노래
한 듯하다는 의견도 있지만, 대체로는 경제개발 5개년 계획을 실시할
무렵 희망에 차 있는 국민들의 모습이 떠오른다는 것이다. 텍스트 자체
만 놓고 보면 해방의 감격이나 새마을 운동을 연상하는 것이 자연스럽
다. 각자 자신이 알고 있는 지식과 경험에 기대어 내용을 이해하는 것이
당연하므로.

　그런데 텍스트를 읽고 이해하려면 텍스트의 내재적인 요소만 봐서는
안 된다. 외재적인 요소에 대한 고려 역시 필요하다. 이 텍스트의 '출생
연도'가 언제인지, 어떠한 상황 속에서 나온 것인지, 작가는 누구인지 등
을 전제하면서 텍스트를 이해할 필요가 있다. 이 두 가지가 제대로 고려
된 상태에서 텍스트를 이해해야 올바른 감상을 할 수 있다.

　독자들은 대체로 그 텍스트의 출판 연도나 저자에 대한 이해 없이 지
금 현재의 관점에서만 텍스트를 읽는 경향이 있다. 제대로 된 이해, 나아
가 정확한 비판을 위해서라면 외재적인 관점 역시 중요하다는 사실을
잊지 말아야 할 것이다. 대중가요는 책의 경우와 다를 수도 있겠지만 이
러한 이해방식은 보편적으로 어떤 텍스트에나 적용된다.

입체적 읽기의 세 가지 포인트

　① 차이를 비교하며 읽어라. 내 생각과 책 속에 있는 내용의 차이, 내가
읽었던 다른 책과 지금 읽는 책의 관점의 차이 등을 비교하며 메모해라.

② 서로 관련되어 있는 것을 표시하며 읽어라. 내가 읽고 있는 책 속에서 관련되어 있는 것들끼리 어떤 관계를 지니고 있는지 지형도를 그려보아라.

③ 책 속에 담겨 있는 내용의 상위 범주의 문제의식이 무엇인지 생각하며 읽어라.

위의 세 가지를 고려하며 읽어두면 글쓰기를 할 띠도 도움이 된다.

구체적 읽기의 다섯 가지 포인트[2]

① 중요하다고 생각되는 부분에 밑줄을 긋는다.

② 키워드를 찾아 표시해 둔다.

③ 요점을 메모하면서 읽는다.

④ 논의의 전개 과정에 번호를 매긴다.

⑤ 논리구조를 쉽게 이해할 수 있도록 접속사에 주의하면서 읽는다.

이때 특히 유의할 것은 다섯 번째 항목의 접속사다. 읽을 때 주의할 접속사는 대체로 다음과 같다.

＊ 그러나, 그렇지만, 하지만, 그래도, 그럼에도 불구하고(역접 접속사)

역접 접속사 앞뒤로 '최종적으로는 부정되어야 핱 생각(대부분은 일반적으로 알려져 있는 통속적 견해)'→'그러나'→'작자의 의견'으로 문장이 구성되어 있다. '사람들은 ~라고 할 것이다. 그러나, 실제로는 ~하지 않다' 같은 식이다. 따라서 '그러나'라는 접속사가 나왔을 때 그 바로 뒷부분에 주목하면 작자의 주장을 잘 파악할 수 있다.

 * 첫째/둘째, 한 가지는/또 한 가지는, 원래/덧붙여서, 우선/게다가(병렬 접속사) : 이러한 접속사로 시작되는 내용은 사실을 열거하는 부분이다. 역시 표시를 해두면 논점도 정리되고 내용을 망라할 수 있다.

 *그리고(논리의 전개를 나타내는 접속사)

 *그러므로(결론을 이끌어내는 접속사)

읽기의 결과가 쓰기의 방법이 된다 1[3]

읽기를 통해 논의의 구조를 파악해 두면 당연히 문장을 쓸 때에도 그대로 구현할 수 있다. '일반론→부정→자신의 의견'이라는 틀은 설득 기술의 전형적인 패턴이며, 사적인 자리든 공적인 자리든 언제 어디서나 사용할 수 있다. 이때 '일반론'의 자리에 상대의 주장을 넣어 응용할 수 있다. 그 다음에는 부정을 하고, 자신의 논지를 전개하는 것이다.

　일방적으로 자신의 논지만을 주장해서는 설득력을 가질 수 없다. '이렇게 생각하고 있겠지'라는 식으로 기존의 논리를 제시한 뒤 '그렇지만 그렇지 않다. 이러이러하다. 왜냐하면 이러이러하니까'라는 반론을 전개하여 설득력을 높일 수 있다.

　논쟁을 매끄럽게 하기 위해서는 '상대의 의견→이해→그러나(부정)→자신의 논지 전개'라는 형식이 가장 효과적이다. '확실히 그런 견해도 있겠지요. 그렇지만~' 하고 말을 꺼내는 것도 한 가지 방법이다. 그리고 상대에게 반론을 당했을 때 일단 그에 대한 이해를 표시하고, '잘 알았습니다. 실제로도 그렇다고 생각합니다. 다만 이 경우에는~'이라는 형식을 따르면, 상대의 자존심도 살려주고 논쟁의 결과가 관계에 나쁜 영향을 미칠 염려도 없다. 다음 푸코의 글은 '일반론→부정→자신의 의견'이라는 틀을 명확하게 보여주고 있다.

교육제도가 어린이와 사춘기 소년들의 성에 대대적으로 침묵을 강요했다는 것은 정확하지 않을 것이다. 오히려 그것은 18세기 이래 이 문제에 대한 담론의 형태를 세분화했다. 그것은 성을 위해 성이 자리 잡아야 할 여러 가지 설치점을 확립했다. 그것은 내용을 코드화시켰고 화자의 자격을 정했다. 어린이의 성에 대해 말하고, 그것에 대해 교육자에게, 의사에게, 행정관에게, 부모에게 말하게 하며, 또한 어린이들을 담론의 그물망 속으로 집어넣었으며, 그러한 담론의 그물망은 어떨 때는 어린이들에 대해 말하고, 어떨 때는 어린이들에게 규범적인 지식을 강요하고, 어떨 때는 어린이들을 기점으로 하며, 또 어린이들은 잘 알 수 없는 하나의 지식을 형성한다. ─이러한 모든 것은 권력의 강화와 담론의 증대가 서로 연결되게 한다. 어린이와 사춘기 소년의 성은 18세기 이후 중요한 쟁점=목적이 되었으며 그것을 둘러싼 무수한 제도적 장치와 담론의 전략이 전개되었다. 확실히 어른으로부터 그리고 어린이 자신으로부터 성에 대해 말하는 어떤 방법은 박탈되었을지도 모른다. 그렇게 성에 대해 말하는 방법을 직접적이고 노골적이며 천박한 것이라고 하며 부정한 경우도 있을 수 있다. 그러나 그것은 다른 담론이 기능하기 위한 대가, 아니 어쩌면 조건이었던 것이며, 그러한 다른 담론이라는 것은 다양하게 뒤얽혀 있고 미묘한 계층구조로 엮여 있으며 더구나 모든 것이 권력 관계의 다발을 중심으로 강하고 견고하게 짜여 있다.[4]

읽기의 결과가 쓰기의 방법이 된다 2

책을 읽을 때 새로운 개념이 나오면 사람들은 그것을 이해하려고 노력한다. 그래야 개념에서 뻗어나가는 사고의 전개과정을 이해할 수 있기 때문이다. 글쓰기도 마찬가지다. 개념을 정확히 알고 있어야 그에 근거하여 글을 확장하여 쓸 수 있다. 개념을 숙지한다는 것은 사고가 뻗어나갈 수 있는 토대를 마련하는 작업이나 다를 바 없다.

이와 같은 국어 국문론은 교육과 신지식의 보급이라는 실용적인 요구를 담고 있을 뿐만 아니라, 언어와 문자라는 것이 한 나라의 국민의 심성을 바로잡고 국가의 독립을 완전히 할 수 있다는 언어민족주의[5]의 관념을 바탕에 깔고 있다. 언어와 문자가 각 민족마다 다르고 바로 그 유별난 특징이 민족의 특수성을 규정해 주는 요건이 된다는 생각은 언어와 민족의 일치를 강조하고 민족의 독자성을 내세우기에 필요한 것이다. 물론 박은식이나 장지연의 주장에서 볼 수 있는 것처럼 각 나라의 말이 그 나라의 관습이나 풍속에 따라 서로 다르고 그 나라의 언어는 하나의 문자로서 통일된다는 사실은 언어와 문자의 국가적 민족적 특수성만을 강조하기 위한 것이 아니며, 오히려 각 민족의 독자적인 언어 규범과 문자 원리를 설명하기 위한 것이라고 할 수 있다.[6]

이 글에서 '언어민족주의'라는 개념을 제대로 알고 있지 않으면 언어와 문자, 민족 간의 관계를 설명하는 다음 내용의 전개는 불가능하다. 언어민족주의의 개념이 명확히 제시되면서 이 규정이 다음 내용을 전제하고 있음을 확인할 수 있다. 즉, 각 민족의 독자적인 언어 규범과 문자 원리를 설명하기 위한 전제였던 것이다.

다음 인용 역시 개념을 정확히 하는 것이 얼마나 중요한가를 보여주고 있다.

풍자라는 말은 어떤 주제를 우스꽝스럽게 만들거나 거기에 대한 멸시, 분노, 냉소 등의 태도를 환기시킴으로써 그것을 격하시키는 하나의 문학적 기법을 의미하는 것으로 알려져 있다. 그러나 서사 양식의 하위 장르로서 풍자는 '풍자적'이라는 관형적인 의미나 '풍자하다'와 같은 서술적인 뜻을 넘어서는 하나의 문학 형식을 말한다 개화계몽 시대의 풍자는 등장인물이 어떤 특정의 상황에 고정되어 있어서 행위의 구조를 따지기 어려우며, 이야기의 줄거리도 단순하다. 풍자는 여러 인물들이 등장하여 자신의 입장을 주장하는 일련의 논쟁이 중심을 이루며, 그 논쟁 자체가 주제를 우스꽝스럽게 만들기도 한다.[7]

위의 글은 풍자 개념에 대한 정의를 한 다음, 풍자 개념의 비교를 통해 개화계몽 시대의 풍자를 설명하고 있다. 개념에 대한 숙지가 얼마나 중요한가를 보여주는 대목이다. 이는 읽으면서 분석한 것이지만, 글쓰기의 전개과정으로 바뀌어도 손색이 없는 과정이다.

02

문제의식과 창의성을
키우는 읽기

시의성과 참신한 문제의식

칼럼만큼 시의성을 요구하는 읽기도 없을 것이다. 그런데 신문의 칼럼을 읽는 독자는 대체로 '오늘' 동시대적인 감각으로 읽기 때문에 읽기 방식을 꼭 염두에 둘 필요는 없다. 철 지난 칼럼을 꺼내서 다시 보는 독자는 별로 없기 때문이다.

그런데 칼럼을 모아서 책으로 출판하는 경우는 사정이 달라진다. 1999년 당시의 이슈를 다룬 칼럼을 2009년에 읽을 때 과거의 시각을 그대로 수용할 수는 없기 때문이다. 1999년에 발표된 박노자의 「독재자에게 후한 한국인」(『한겨레 신문』)이라는 글은 칼럼의 성격을 지닌 글이다. 칼럼은 대체로 시사적인 주제를 다루기 때문에 이 글을 제대로 읽기 위해서는 당시의 사정을 이해할 필요가 있다.

우선 『논쟁으로 본 한국 사회 100년』(역사비평사, 2000)이라는 책을 보면 정해구의 「박정희 신드롬」이라는 글이 실려 있다. 1997년 3월 「고대신문」에서 '가장 복제하고 싶은 인물'에 대한 설문조사 결과가 몇 개 일간지에 실리면서 박정희 대통령을 기억하는 현상이 확산되어 갔다는 내용이다. 언론 및 출판매체의 호응과 정치권의 가세, IMF는 박정희를 대중적인 문화코드로 자리 잡게 만들었다. 이에 따라 박정희 기념관 건립과 건립 반대운동이 동시에 일어나고 있을 때 발표된 글이 바로 박노자의 「독재자에게 후한 한국인」이다. 내용상 박정희 대통령을 비판하는 내용이라, 박정희 대통령을 긍정적으로 평가하고 기억하는 독자라면 불편해할 만한 글이다. 그러나 저간의 사정이 이러했다는 것을 염두에 두면 박노자의 글과 입장이 다른 독자라 하더라도 비판 일변도로 읽지는 않을 것이다.

그렇다면 시의성이란 무엇이며 참신한 문제의식은 무엇일까? 요즘 대학생은 사회과학 관련 잡지를 많이 읽지 않겠지만, 1999년 무렵만 해도 달랐다. 1999년 2학기 서울대에서 대학국어를 강의하면서 필자는 한양대 사학과 임지현 교수의 「일상적 파시즘의 코드 읽기」(『당대비평』 1999)를 읽고 서평을 써오는 과제를 준 적이 있다. 수강생은 사회복지학과와 지리학과 학생들이었는데 반응은 가히 폭발적이었다. 그들의 관심사를 짚어준 셈이었다. 그런데 IMF 위기로 금모으기 운동이 일어난 다음 해의 수강생들의 경우는 반응이 달랐다. 시의성이 이 글의 문제의식을 이긴 결과였다.

2008년 4월 임지현 교수는 「한겨레신문」에 『윌슨주의의 순간』이라는 책의 서평 「윌슨은 식민지 민중에 의해 '해방의 전도사'로 둔갑했다」를 발표했다. 윌슨의 민족자결주의는 3·1운동을 논할 때마다 언급되는 용어다. 그리고 3·1운동은 한국사, 한국 문학사, 사회학 등 각 분야에서 일대 전환을 가져온 사건이다. 염상섭의 『만세전』이라는 소설은 이렇게 시작된다.

조선에 '만세'가 일어나던 전해 겨울이다. 세계대전이 막 끝나고 휴전 조약이 성립되어서 세상은 비로소 번해진 듯싶고, <u>세계개조의 소리가 동양 천지에도 떠들썩한 때이다.</u>

"세계개조의 소리"란 윌슨의 자결주의를 가리키는 것으로, 우리는 기미독립선언서를 배울 때 이 사실에 대해 배운 바 있다. 그런데 임지현 교수는 한국 근대 학문 전개과정에서 중요한 전환점이 되고 있는 3·1운동의 사상적 기저를 별 것 아니라고 해석한 책을 소개하고 있다. 윌슨의 14개 조항에는 '자결'이라는 단어가 없다는 것이다. 이것이 바로 참신한 문제의식이다. 이를 임지현 교수는 식민지 행위 주체들이 "트랜스내셔널한 관점으로 역사를 전유한 예"라고 설명한다.

이처럼 의미 있는 사회적 맥락 속에서 시의 적절한 문제를 제기하고 이를 해결해 나가는 과정은 글쓰기가 지향해야 할 목표 중 하나가 아닐까?

읽기에서 창의적 글쓰기로

한국작가회의가 2009년 6월 27일에 전국 고교생 백일장 대회를 열면서 출제한 시제를 보기로 하자. 대회의 시제는 세 종류였고, 이 중 하나를 선택하여 쓰게 되어 있었다. 도종환이 소개한 내용을 보기로 하자.[8]

① 아일랜드 극작가 존 밀링턴 싱의 희곡 「바다로 가는 기사들」이란

연극을 배우들이 무대에서 40여 분간 입체낭독을 하게 하고 연극의 주제와 관련된 문제를 출제. 무대 뒤에는 연극의 내용을 그림으로 그려 영상으로 계속 보여주면서 배경음악과 함께 감상하게 했다. 학생들이 좋은 작품을 입체적으로 감상하고 사고하게 하고, 인간보다 더 강한 존재인 바다와 삶과 죽음의 문제, 바다로 갈 수밖에 없는 남자들과 남아 있는 여자들의 의미를 생각하는 시간을 갖게 하였다.

② 시제로 '계단, 반환점, 환승역, 새벽, 첫만남, 우유, 차창' 등 일곱 가지를 주고 그 중에서 세 가지 이상의 어휘가 들어간 시나 산문을 쓰도록 하였다.

③ 조지 투커의 그림 이미지와 찰리 채플린의 영화 「모던 타임스」의 유명한 장면을 보여주고 느낌과 생각을 쓰게 했다.

이 세 가지 시제를 곰곰이 생각해 보자. ①과 ③은 대상 텍스트가 주어져 있는 상태에서 글쓰기를 하는 것이다. 쓰기의 가장 좋은 방법은 읽기의 결과로부터 빚어지는 것이라는 점을 단적으로 보여주는 문제라 할 수 있다. 나아가 창의적 사고를 끌어내는 가장 좋은 방법 역시 텍스트 읽기를 통한 끊임없는 자극에 있음을 확인할 수 있다. 세계에는 이미 많은 것들이 존재하고 있으므로 더 이상 새로운 것은 없다고 단언하며 우리가 할 수 있는 새로운 작업이란 주석달기에 불과하다는 주장 속에서도 창의적인 작업이 발생하는 것은 이러한 이유 때문이다.

이 시험에 응시한 학생들은 그림, 영화, 연극 등 다양한 매체를 접하며 텍스트를 읽고 상상하여 글을 썼을 것이다. 텍스트 자체가 낯선 것들이기 때문에 창의적인 발상 또한 증폭된다. 낯선 것이 아니라 해도 텍스트와 텍스트의 틈새에서는 창의적 발상의 여지가 커진다.

이 시험에 제공된 조지 투커George Tooker의 작품은 「Landscape with Figures」였던 것 같다. 「Subway」(1950)도 여러 가지를 성찰해 보는 계기를 제공하므로 함께 보는 것도 좋다. 시험 결과에 대해 도종환은 "독서실 같기도 하고 끝없이 이어진 상자 같기도 한 네모 칸 속에 갇혀 있는 고립된 인간의 모습이 붉은 색으로 강렬하게 표현된 그림에서 학생들이 수많은 상상을 끌어내고 있는 것을 보았다"고 평했다.

Landscape with Figures

Subway

　위 대회에서 제시한 ②는 상상력을 길러주는 아주 고전적인 방식으로, 창의력 테스트가 필요한 시험에서 자주 나오는 글쓰기 문제다. 이 문제에서는 주어진 단어 중 3개 이상을 넣어 시나 산문을 쓰도록 하고 있지만, 단어 여섯 개를 주고 형식에 제한 없이 글을 써보라고 해도 아주 다양한 결과가 나온다는 사실을 확인할 수 있다. 이 책 3부의 1장에 학생들이 실제로 쓴 예문이 수록되어 있으니 참고해 보기 바란다.

　이외에 읽기에서 창의적 글쓰기로 전환하는 방법으로 적절한 것이 바로 소설 이어쓰기이다. 소설 이어쓰기는 한 편의 소설을 읽고 결말 이후를 이어서 써보라고 하는 것으로, 주로 단편소설을 대상으로 삼는 경우가 많다. 이를 수행하기 위해서 먼저 학습자는 소설이 어떻게 구성되어 있는지를 파악해야 한다. 주제가 무엇인지, 주요 인물은 누구인지, 소설의 주된 갈등은 무엇인지, 인물과 인물 사이에서 빚어지는 사건은 무엇인지, 그 갈등이 어떻게 전개되어 나가는지 핵심 내용을 정확히 파악해야 그 다음 상상이 가능해진다. 정확한 읽기가 동반되지 않으면 창의적인 이어쓰기가 여의치 않다는 것이다. 이 방법이 상상력을 길러주기에 적합한 이유는 전문적인 작가의 상상력을 다시 한 번 자신의 머릿속에서 구현해 보아야 하기 때문이다. 자신의 상상력을 작가의 수준에 맞춰 수행해 보고, 그 상태에서 결말을 어떻게 이어나갈지를 구성해야 하는 것이므로 소설 이어쓰기는 상상력을 확장시키는 훌륭한 방법이다.

1. 한비야, 『그건 사랑이었네』, 푸른숲, 2009, 169면.
2. 이 부분은 히라노 게이치로의 『책을 읽는 방법』, 김효순 역, 문학동네, 2008, 84~85면을 참고하였음.
3. 위와 같음.
4. 미셸 푸코, 『성의 역사 1―앎의 의지』, 신초샤, 와타나베 모리다키 옮김, 39~40쪽. 히라노 게이치로의 『책을 읽는 방법』(김효순 역, 문학동네, 2008, 200~201면) 재인용.
5. 이 용어는 이병근, 「애국계몽시대의 국어관」, 『한국학보』 12집 .1978)에서 그대로 옮겨온 것이다.
6. 권영민, 『한국현대문학사』 1, 민음사, 2002, 55~56면.
7. 위의 책, 101면.
8. 도종환, 「새로운 방식의 글쓰기 대회」, 『한겨레 신문』, 2009.7.4.

3부

글쓰기 규율의
외부와 내부

주눅 들지 말고 자신이 생각하는 바를 써보자. 중요한 것
은 '글쓰기의 절차'를 지키는 것이 아니라, 자신이 생각
한 바를 원하는 대로 구성할 수 있는 힘을 기르는 것이다.
필요에 의해 절차는 반복될 수도 있고 한번 지나온 길을
돌아갈 수도 있다.

01

내 생각을 글쓰기의
주인으로

매뉴얼이나 '복제 가능한 샘플'은 잊어라

글에는 글쓴이의 개성이 발휘되기 마련이다. 개성은 진정성을 바탕으로 이루어지므로 자신의 정체성을 확인하는 계기가 되기도 한다. 다음은 조한혜정 교수의 글이다.

이런 과외 공부 위주로 굴러가는 교육의 부작용은 대학에서 이미 나타나고 있지요. 학생들의 팀별 공동 작업의 수준이 갈수록 떨어져서 이번 학기에 그 이유를 알아보았지요. 학생들은 내 수업이 '샘플'을 보여주지 않기 때문에 힘들다고 했습니다. 내가 훌륭한 '샘플'이라고 생각하고 보여주었던 다큐멘터리 감독의 특강이나 영화 제작자의 사례발표, 또 내 자신의 작업들은 아주 어릴 때부터 학원과 개인 과외식 학습에 길들여진 아이들에게는 샘플이 아니었던 겁니다. 족집게 과외 선생님들이 했던 복제 가능한 샘플이 필요했던 것입니다. 그러면 개인 리포트는 왜 그렇게 잘 쓰느냐고 물었더니 리포트야 대입 논술고사 준비로 이력이 나 있고, 게다가 인터넷에서 검색을 하면 온갖 정보를 다 찾을 수 있으니까 짜깁기만 하면 되는 아주 쉬운 일이라고 했습니다. 그러나 여럿이 토론을 하거나 현실을 관찰하면서 스스로 이슈를 잡아내는 일은 너무 어렵다고 했습니다. '마마스(mamas) 보이'를 넘어서 이제 '학원 티처스(teachers) 보이'가 나오고 있는 겁니다.[1]

나 역시 조한혜정 교수처럼, 학생들에게 '복제 가능한 샘플' 제시하는 것을 좋아하지 않는다. 학생들은 항상 '복제 가능한 샘플'을 원한다. 그런데 실제로 '복제 가능한 샘플' 없이 설명만 해준 뒤 글쓰기를 하게 했을 경우와 '복제 가능한 샘플'을 주고 글쓰기를 하게 했을 경우 성과가 다르다. '복제 가능한 샘플'이 주어지면 대부분의 학생들은 그대로 복제하려고 할 뿐 스스로 고민하거나 상상하려는 노력을 하지 않는다. 복제하는 글쓰기에 길들여진 것이다. 이런 글쓰기 방식에는 개성이 발휘될 여지가 없다. 진정성도 투영되지 않는다.

다음의 예는 2005년 예술의 전당 입사시험 문제(「당신의 상상력은 몇 점?」, 『조선일보』, 2005.4.23)를 수강생 160명에게 글쓰기 과제로 제시한 후 그럴 듯한 글을 추린 것이다.

* 다음 단어들이 모두 들어가는 글짓기를 해보십시오.
    −참새, 나(내, 我), 수박, 어머니, 오르간, 동전−

1. 무더운 여름날 아이들이 원두막에 모여앉아 **수박**을 먹고 있다. **나**는 아이들과 어울리지 않는다. 아이들은 나를 괴롭히기 때문이다.

그 아이들은 내게 돌, 쓰레기, 10원짜리 **동전** 등을 던지며 낄낄거렸다. 정말 얄미운 녀석들이다. 하지만, 이제는 그들을 두려워하지 않는다. 내게 기쁨과 행복을 주는 곳이 있기 때문이다. 1주 전 아이들을 피해 간 산 너머 이웃마을에서 무엇과도 견줄 수 없는 소중한 것을 찾았다. 십자가 우뚝 선 곳에서 흘러나오는 그 소리는 내게 무한한 기쁨을 주었다. 난생 처음 들어본 그 소리가 무척 궁금하였다. 열린 창틈으로 보인 것은 크고 육중해 보이는 물건 앞에 한 아이와 그의 **어머니**가 함께 앉아 있는 모습이었다. 분명 저 물건에서 나는 소리였다! 나는 흥분을 감추지 못하고 그 물건이 무엇이냐고 크게 물었다. 그때 아이가 내 목소리에 반응하여 돌아보며 말했다.

"엄마! **참새가 오르간** 소리에 맞춰 노래해요."

2. **참새**가 하늘을 날고 있다. 우리 집 논의 벼를 갉아먹는 주범이란 것을 알기에 **나**는 힘껏 돌팔매질을 했다. 명중했다! 그런데 문제가 발생했다. 내가 던진 것이 너무 큰 돌이었던 모양이다. 돌이 우리 집 **수박**밭에 떨어져 수박이 박살났다. 엄청난 굉음에 **오르간**을 연주하시던 **어머니**는 화들짝 놀라셨다. 놀란 가슴을 가라앉히고 사태의 실상을 파악하신 어머니는 노발대발하셨다. 요즘에는 벼보다 수박이 더 상품가치가 높기 때문에, 참새를 그냥 내버려 두는 것이 더 이익이었다. 나는 수지타산을 제대로 하지 못한 죄로 수지타산의 기본인 **동전**이 가득 든 물통을 2시간 동안 지고 서 있으라는 벌을 받았다.

3. **내** 돼지저금통의 배를 갈라 **동전**을 한 움큼 움켜쥐고 문방구로

달려가 딱총을 사고, 어제 퍼먹은 **수박**통을 머리에 쓴 뒤, 살금살금 **참새**에게 다가가 딱총을 겨누는 순간, 갑자기 울려퍼지는 **어머니의 오르간** 소리에 참새는 놀라서 날아가 버린다.

4. 이번 8·31 부동산 대책은 혁신적이다. 과거 10·23 정책이 매를 잡는 데 **참새** 잡는 새총을 썼다면 이번 정책은 약간은 미흡할지도 모르지만 공기총까지는 구해왔다고 할 수 있다. 이번 정책의 배경은 강남 투기의 종결이다. 만연한 투기로 떨어진 노동에 대한 유인효과를 다시 올리겠단 것이다. 어떤 TV프로에서처럼 강남의 **어머니**들이 **내**가 취업해서 버는 연봉을 6개월, 3개월 만에 버는 모습을 확인했을 땐 나도 노동을 하고 싶단 생각보단 투기나 해야겠다는 생각이 들기도 했다.

지방의 아파트는 분양이 다 되지 않아 불 꺼진 새 아파트도 많다. 투기의 대상인 강남에 5만 가구를 짓는다는 것이 목마른 강남투기꾼들에게 달콤하고 물 많고 양 많은 **수박**을 준 듯 또 다른 투기의 대상이 될 것이라고 한다.

그러나 또 다른 투기를 막기 위해 양도세의 인상도 같이 병행하지 않는가! 물론 평화로운 **오르간** 멜로디마냥 순탄하진 않을 것이다. 그렇다고 **동전** 뒤집듯 정책을 바꾸기만 할 수도 없다. 내부의 부조리나 정부의 무능함을 원망하며 탓하기만 하지는 말자. 가까이는 중국이 엄청난 속도로 발전하고 있고 일본도 미래를 준비하고 있다. 국제화시대에 내부에서 말고도 밖에서 경쟁해야 할 많은 것들이 있다. 이제 우리는 정책을 정부에 맡기고, 비난에 힘은 적게 쓰고 함께 힘을 합쳐 이 경제적 불행을 극복해야 할 것이다.

5. 공사소장 박은 이 갯벌을 메우는 것이 모두에게 이익이라고 사람들을 설득하고 다녔다. 그것은 주민들에겐 쉬이 이해되지 않는 말이었다. 갯벌은 마을 전체를 지탱하는 삶의 터전이었고, 원하는 것은 아낌없이 주는 화수분 같은 존재였기 때문이다.

나는 이곳으로 돌아왔다. 도시에서 벤처 붐을 등에 업고 사업을 시작한 지 2년 만에 계획성 없는 운영으로 부도를 내고 고향으로 돌아온 것이다.

드넓은 갯벌은 내가 최초로 마음을 얹었던 친구다. 아침마다 어머니는 5일장을 돌아다니시며 장사를 하셨기에 어릴 때부터 나는 혼자였다. 혼자일 때 처음으로 간 곳이 저 갯벌이었다. 그 후로 내 생애에서 그를 잊고 산 것은 사업을 하는 동안 단 2년뿐이었다. **어머니**보다 더 어머니 같은 그곳을 차가운 시멘트 바닥으로 만드는 것이 박의 꿈인 것이다.

그러나 그는 모른다. 그는 저 갯벌이 주는 편안함을 느끼지 못한다. 개발과 보존, 그것은 **동전**의 양면과도 같은 대립이다. 중요한 것은 개발해서 이익을 얻는 것은 우리가 아니라 그들이라는 사실이다. 이곳엔 한 번도 와 보지 않으면서 사진에다 선만 긋는 그들, 화폐가 절대 숭상가치인 그들에게만 이익이다. 그들에게 뿌연 안개 속에서 **참새**의 지저귐을 듣는 아침은 도형화되지 않는 아침, 개발되어야 할 아침이다. 작은 분교의 **오르간** 소리는 가난의 다른 외침이며, 오두막 위에서 먹는 **수박** 한 조각은 세균 한 덩어리쯤으로 치부될 것이다. 그들에겐 피아노가 필요하고 대형 마트가 문명적인 삶이다.

이 갯벌의 변화는 먼 훗날 그들의 삶에도 영향을 줄 것이다. 그것이 어떠한 방향일지 섣불리 예측할 수는 없다. 분명한 것은 파괴하자고 주장하던 그들이 경제적인 논리로 다시 갯벌을 복원하자고 할 것이라는 점이다. 안타까운 것은 그들은 미래를 내다보는 능력이 없다는 것이다. 미래는 우리나 그들, 누군가에 한정되는 것이 아니라 전체가 껴안아야 할 숙제가 될 것이다.

위 다섯 개의 예문은 학생들이 쓴 글 중에서 뽑은 것이다. 다양한 시도가 돋보였다. 콩트 같은 글에서 사회현상을 분석하는 비평문에 이르기까지.

그 다음 학기에는 학생들이 어떤 방식으로 쓰면 좋은지 '복제 가능한 샘플'을 달라고 해서, 위의 다섯 가지 예를 학생들에게 보여주었다. 전 학기와 마찬가지로 160명을 상대로 글쓰기를 시행했으나 결과는 실망스러웠다. 위의 예보다 나은 글이 하나도 없었다. 물론 대상 학생이 동일하지 않기 때문에 단순 비교는 의미가 없을 수도 있다. 그러나 샘플을 준 경우, 단 한 편의 개성적인 글도 볼 수 없었다는 사실이 의미하는 것은 무엇이겠는가.

강요된 글쓰기를 활용하라 –일기, 논술, 댓글

『한겨레 21』 2005년 5월호에 보면 「글쓰기는 나의 힘」이라는 기사가 있다. 이 기사에서는 '글쓰기의 적' 세 가지를 다음과 같이 제시하고 있다. 한 줄짜리 댓글, 일기장 검사, 일률적인 논술 시험.

이 기사가 일기와 논술을 글쓰기의 적이라고 한 이유는 외적인 강요에 의한 글은 진심이 담기기 어렵기 때문일 것이다. 강요된 글쓰기라는 점에서 보자면 일기나 논술은 비슷하다. 일기는 '숙제'의 일종이며, 논술은 원하는 대학에 입학하기 위해 해야 할 '공부'이다. 가짜 성찰을 해야 하고 점수를 잘 받을 수 있을 만한 판에 박힌 답안을 써야 한다면 이 두 가지는 분명 글쓰기의 적이다.

반면, 일기장을 검사한다는 이유로 무성의하게 쓰기보다 허구를 곁들여 교사에게 말을 거는 방식으로 활용한다면 일기 쓰기는 글쓰기 연습의 중요한 과정이 될 수 있다. 논술 역시 일률적으로 쓰기보다 자기만의 생각을 논리적으로 체계화하는 연습이라 여기고 활용한다면 글쓰기는 오히려 학생들에게 훌륭한 연습의 장이 될 것이다.

한 줄짜리 댓글의 경우는 좀 사정이 다르다. 한 줄이라는 것은 단순히 어떠하다는 감정 노출이거나 '너나 잘 하세요'와 같은 문구일 확률이 높다. 그러나 왜 '너나 잘 하세요'라는 말을 하고 싶은지에 대한 이유까지 설명한 댓글이라면 긍정적인 토론의 장을 여는 계기가 될 수 있다. 또한 감정 노출의 댓글이 아닌 경우라면, 전반적인 개념을 파악한 뒤 자신의 생각을 한 줄의 문장으로 요약해 내는 힘을 키울 수 있다는 면에서 긍정적 효과를 가져올 수 있다.

필자는 학기마다 학생들에게 조별로 리포트 작성 연습을 시키곤 한다. 그 첫 번째 과제가 리포트 계획서 작성인데, 리포트 주제를 선정하여 계획서를 써오는 것이다. 주제 선정을 할 때는 온라인 모임을 권장하곤 한다. 온라인 토론에 앞서 각자 왜 그 주제로 리포트 작성연습을 하고 싶은지 이유를 덧붙여 제시하도록 지시한다. 이유와 주제로 형성된 조원들 각자의 제안에 댓글을 달게 하여 그 주제가 적합한지 토론을 하고 의견을 모아 주제를 확정한다. 이와 같은 댓글이라면 오프라인 토론을 대체할 만큼 유용하다.

이렇게 본다면 글쓰기의 적은 없다.

02

글쓰기의
주체와 절차

글쓰기의 절차에서 자유로워지자

초등학교 고학년쯤 국어 시험에서 '다음 중 글쓰기의 절차로 가장 적절한 것은?'이라는 문제를 접해봤을 것이다. 이 문제는 대체로 '주제 설정-자료 수집-구상-개요작성-초고 작성-퇴고'라고 하는 여섯 가지, 아니 퇴고를 뺀 다섯 가지 순서를 뒤죽박죽으로 하여 5지 선다형 보기가 있다. 학생들은 가장 적절한 정답 하나를 택하지 않으면 할당된 점수를 잃게 된다. 그 때문에 대한민국의 많은 학생들은 이 순서를 외울 수밖에 없었다.

　몇 년 후 직접 글쓰기를 할 때는 정작 이 때문에 괴로워한다. 위의 절차대로 글을 써야 하는데 주제를 설정하는 데 필요한 지식이나 정보가 준비되어 있지 않아 첫 번째 단계인 '주제 설정'에서부터 막히기 때문이다. 혹은 주제를 설정했다 하더라도 초고를 쓸 정도의 세심한 사고의 결과물이 아니라는 판단에 걸리면 좌절감만 더할 뿐이다. 일단 형식적으로 단계에 따라야 한다는 강박관념 때문에 주제를 만들긴 했지만,

스스로가 그 주제를 감당할 수 없는 상황이다.

자, 그러면 이제 어떤 순서로 글을 써야 할 것인가?

먼저 자기 자신이 글쓰기의 주체라는 점을 명심해야 한다. 따라서 글을 써 나갈 자신의 현재 상황에 따라 글쓰기의 절차를 조절할 필요가 있다. 우선 주제 설정부터 고민이라면, 요즘 관심을 두고 있는 문제와 관련된 자료를 읽어보는 것이 좋다. 관심 있는 자료에 접근하는 것이야말로 주제를 확보할 가능성을 높이는 일이다. 의식적으로 자료와 내 생각을 대비시켜 가면서 읽는 것도 한 방법이다.

그렇게 하여 관심 있는 주제가 설정되면 그 주제에 필요한 자료를 수집하고, 구상하다가 주제에 문제가 있다고 생각이 들면 주제를 다시 조정하고…… 이런 방식으로 스스로 주인이 되어 자신에게 필요한 것들을 마음껏 불러내어 사용하면 되는 것이다. 형식에 얽매어 억지로 글을 쓸 때와는 달리 흥미 있을 것이다.

자, 한번 외쳐보라. 내 글의 주인은 나다.

주눅 들지 말고 자신이 생각하는 바를 써보자. 중요한 것은 '글쓰기의 절차'를 지키는 것이 아니라, 자신이 생각한 바를 원하는 대로 구성할 수 있는 힘을 기르는 것이다. 필요에 의해 절차는 반복될 수도 있고 한번 지나온 길을 돌아갈 수도 있다.

그러나 명심하자. 절차가 생긴 데는 다 이유가 있다는 것을! 글쓰기의 주인이 되어 쓰고 난 후에는 자신의 글이 절차대로 되었는지, 안 되었을 경우 어떤 문제가 있는지 꼼꼼히 검토해야 한다. 수많은 글쓰기 교재에 제시되어 있는 '글쓰기의 절차'대로 실행할 수 있게 된다면, 그 중요성을 절감하게 될 것이다.

가주제→참주제→주제문

주제 확정을 하는 단계를 살펴보기로 하자.

'가주제'가 주어졌을 경우, '참주제'와 '주제문'을 어떻게 정해야 실제 글쓰기에 도움이 될까?

'가주제→참주제→주제문'이라는 형식을 보자.

이것 역시 글쓰기를 방해하는 '형식'만은 아니다. 잘 활용만 하면 그다음 단계인 개요 작성을 수월하게 하는 지름길이 될 수 있다. 문제는 '잘 하면' 그렇다는 것이다.

가주제 : 영화「라쇼몽」
참주제 : 인간의 이기적인 모습
주제문 : 인간은 위기가 닥쳤을 때 유리한 대로 일을 이끌어 나가는 이기적인 모습을 보인다.
↓
가주제 : 영화「라쇼몽」
참주제 : 인간의 이기적인 모습
주제문 : 인간은 정체성의 위기가 닥쳤을 때 자신에게 유리한 대로 일을 이끌어 나가는 이기적인 모습을 보인다.

위의 주제문에서 '위기'는 너무 막연하므로 '정체성의 위기'로 바꾸는 것이 좋다. 영화「라쇼몽」을 대상으로 글을 쓰는 것이므로 주제문에서 '정체성의 위기'라고 한정해 두어야 그 다음 개요에 필요한 항목이 구체적으로 설정될 수 있다. 막연히 '위기'라고 하면 인간에게 닥치는 일반적인 위기에 근거하여 논의를 전개해야 하기 때문에 그 다음 단계로 옮겨 가는 것이 쉽지 않다. 반면 '정체성의 위기'라고 한정하면 산적 타조마루, 무사, 무사의 아내 등 각각이 자신의 필요에 따라 살인자라는 누명을 쓰는 한이 있어도 끝내 지키고자 하는 가치를 위해, 자신이 추구하는 가치에 유리하게 서사를 구성하고 있다는 내용으로 글을 쓸 수 있을 것이다.

이처럼 '가주제→참주제→주제문' 확정도 형식적으로 할 것이 아니라 어떤 글을 쓰고 싶은지 구체화하기 위한 과정으로 잘 활용한다면, 개요 작성을 더 수월하게 할 수 있음을 잊지 말아야 한다.

개요 작성과 글 쓰는 주체

인간에겐 하지 말라고 하면 더 하려 하고, 하라고 하면 하지 않으려는 속성이 있는 듯하다. 그리스 비극 중 하나인 『오이디푸스』를 보라! 오이디푸스는 자신이 아버지를 죽이고 어머니와 결혼했다는 사실을 어렴풋이 짐작하였으면서도 자기파멸의 길을 택했다. 자신에게 닥칠 비극을 예측하고도 굳이 진실을 알게 될 때까지 포기하지 않은 오이디푸스가 아닌가. 이는 인간 비극의 원천이기도 하고, 인간이기 때문에 어쩔 수 없는 행동방식이기도 하다.

글쓰기도 이와 마찬가지 원리로 설명할 수 있을 것 같다. 글쓰기를 준비하는 사람에게 아무리 개요를 작성하라, 주제문을 써라 하는 원칙들을 가르쳐주어도 제대로 실천하지 못하는 이유는 무엇인가. 바로 강요된 지혜이기 때문이다. 만약 가르친 대로 하지 말라고 한다면, 오이디푸스와 같은 자의 진정을 들여다볼 수 있을까?

글쓰기의 절차라고 해서 반드시 개요를 작성해야 하는 것은 아니다. 문제는 글 쓰는 자가 주체여야 하는데, 개요 작성이란 벽이 떡하니 버티고 서서 주체를 억누르고 있기 때문에 하라는 대로 하기가 싫어지는 것이다. 해결책은 개요 작성이 왜 힘든 것인가를 이해하여 이 과정을 자연스럽게 받아들이는 것이다.

개요 작성은 두 가지를 반드시 보장한다. 하나는 주제의 일관성, 다른 하나는 단락 구분. 주제를 일관되게 하고 단락을 구분하여 서술할 수 있으면 일단 글의 초보적인 단계는 갖춘 셈이 된다.

개요1→초고1→개요2→초고2→개요3→초고3→최고

이 방식으로 3~5회만 글을 써보라. 같은 글을 두 번 세 번 고쳐 쓴다는 것은 쉬운 일이 아니다. 이 과정을 거치고 나면 글을 어떻게 써야 하는지 스스로 깨닫는 바가 있을 것이다. 이 부분에 대해서는 5부의 첨삭지도 부분을 참고하라.

논증이란 무엇인가

'논리'를 어려워하지 말자

일반적으로 사유의 결과를 글로써 옮긴다고 생각하지만, 사유는 글을 쓰는 과정에서 완성되기 마련이다. 잘 몰랐던 것도 글을 써본 후 더 명확하게 인식되는 경우를 볼 수 있다. 글쓰기를 논증으로 바라본다는 것은 이처럼 '명확한 사고에서 명확한 글이 나온다'는 생각으로부터 '명확하게 글을 쓰는 과정에서 명확한 사고가 형성된다'는 데로 강조점이 이동하는 데서 나온다.

논증에 근거하여 글쓰기를 할 때, 논리적 사고에 필요한 요소를 강의한 후 글을 쓰라고 하면 학생들은 그 요소들을 글쓰기에 구체적으로 어떻게 적용해야 할지 갈피를 못 잡는 경우가 많다. 논증법을 가르칠 때에도 실제 학생들의 생각이 글쓰기에 반영되는 과정을 염두에 두고 지도한다면 더욱 효과적이다.

다음 인용문은 글을 처음 쓰기 시작하는 사람들의 글쓰기 방식이다. 글을 많이 써본 사람들은 이 두 가지를 적절히 섞어 자신만의 글쓰기 방법을 확립하고 있다.

- 목적의식 없이 닥치는 대로 읽으면서 무작정 메모를 하고 나서 글을 쓰기 시작한다. 이렇게 쓰다가 감이 오는 대로 글의 방향을 바꾸기도 한다.
- 글을 쓰기 전에 세세하게 계획을 세우고 그 계획에 따라 정확하게 논증을 써 내려간다. 글을 쓰다가 새로운 착상이 떠올라도 무시해 버린다.[2]

실제로 학생들은 이런 방식으로 글을 쓰면서 괴로워한다. 그런데 글을 써나가는 데 필요한 논증법은 사실은 우리가 읽어왔던 책의 구조에서 익혔던 것이다. 혹은 누군가와 대화를 할 때 질문을 주고받는 방식에서 그 질문에 대처하기 위한 방어법으로 익혔던 것일 수도 있다. 삼단논법, 귀납법, 연역법 등 이론적인 것을 생각하기보다는 자신에게 이미 설득적으로 자리 잡고 있는 논증법에 근거하여 자기 글의 독자를 고려하며 가상 독자와 대화를 나눠보자.

내가 이 책에서 내내 강조하는 글쓰기 비법은 질문을 던지는 방식에 있다. 질문을 잘 한다는 것은 문제가 무엇인지를 파악했다는 것이기 때문에 구체적인 내용으로 글쓰기를 할 준비가 되었다는 뜻이기도 하다.

논증의 기초 1
논증은 주장과 이유 혹은 판단과 근거가 있으면 성립한다. 가장 기본적인 자기 생각의 표명 방법이 바로 자신의 생각을 말하고 그 이유를 설명하는 것이다. 나는 수업 시간에 학생들에게 질문을 던지고, 답변을 주고받는 과정에서 반드시 그 이유를 물어본다. 학생들은 '그냥 그런 생각이 들었다'고 답하고 넘어가려 하는 경우도 있다. 그래도 나는 또 물어본다. 공개적으로 답할 수 없다면 생각을 더 해보라고 권하며, 혹시 이런 이유에서였는지 몇 가지를 제시해 본다. 그러면 학생들은 대체로 그 중 어디에 가깝다고 자기 의견을 얘기한다.

다음은 판단과 근거로 구성된 한 단락이다. 판단을 한 후에는 반드시 근거를 제시하여 독자의 이해를 도와야 한다. 이것이 논증의 기초이다.

영화 「블레이드 러너」에 나오는 레이첼이라는 복제인간은 기존의 복제인간을 뛰어넘는 인물이었다. **왜냐하면 기존의 복제인간들은 인간의 필요에 의해 노동용, 위안용 등으로 특별한 능력만을 갖추고 태어났지만, 레이첼은 특별한 능력뿐만 아니라 기존 복제인간에게는 없었던 기억까지 주입된 복제인간이기 때문이다.**

논증의 기초 2

'예상 반론에 대한 반박으로 나 자신의 논지를 강화하라'는 주문은 자신의 글의 논지를 가장 튼튼하게 하는 힘이다. 대개 학생들은 특정한 입장을 가지고 글을 쓸 때 그 입장에 해당하는 사실과 견해들만을 수집한다. 그런 경우 논지가 빈약해져서 반대 생각을 가진 독자를 제대로 설득할 수 없다. 자신이 어떤 견해를 제시했을 때 반대 의견을 지닌 독자는 어떤 질문을 할지 예상해 보고, 그 예상 반론을 어떻게 반박할지 생각한 뒤 글을 쓴다면 좋은 글을 얻을 수 있다.

혼자서 글을 쓰면서 독자의 반론을 예상해 본다는 것은 초보자에게는 쉬운 일이 아니다. 첨삭지도 과정에서 교수자는 가능하면 반론 예상 지점을 알려줄 필요가 있다. 이 과정을 통해서 학생들은 글을 쓰기 위한 자료를 수집할 때 자신의 견해를 뒷받침할 근거뿐만 아니라 반대되는 견해와 자료도 필요하다는 사실을 깨달을 수 있다.

안중근이란 사람이 이토 히로부미를 살해한 사건은 수없이 많은 살인사건들 중에서 의미 있게 기억된다. 정보로서의 가치가 있기 때문이다. **그러나 의미 있게 기억된다고 해서 그 정보가 곧바로 지식이 되는 것은 절대 아니다.** 이토 히로부미 살해사건이 의미 있는 정보로 기억되기 위해서는 이 사건의 사회문화적 맥락을 이해해야 한다. 안중근이 한국에서는 의사義士가 되고, 일본에서는 테러리스트가 되는 바로 그 맥락이다.

이토 히로부미 살해 사건이 한국에서는 '안중근 의사義士가 조선 침략의 원흉을 응징한 사건'이 되고, 일본에서는 '안중근이라는 조선의 테러리스트가 현대 일본 건국의 지도자를 암살한 사건'이 된다. 이렇게 맥락에 의해 해석 가능한 구체적 의미가 부여될 때, '정보'는 비로소 '지식'이 된다. 결국 정보는 그것이 속한 지식의 맥락에 따라 의미가 변할 수밖에 없다.[3]

위 밑줄 친 부분은 의미 있게 기억된다고 정보가 모두 가치 있는 것이 될 수 있느냐는 반론을 예상하면서 지식에 대한 논의로 끌고 가는 경우다. 정보가 의미를 가지려면 가치에 대한 해석을 거쳐야 하고 가치에 대한 해석은 사회문화적 맥락 속에서 이루어지며, 그러한 의미에서 지식은 정보가 구체적인 의미를 부여받을 때 성립한다는 것이다. 이와 같이 예상 반론을 적절히 활용하여 자신의 논지를 강화하는 방편으로 삼을 때 글의 주제를 향해 치달리는 힘은 논리적으로 공고해진다.

서론에 대한 올바른 이해

서론의 역할은 내가 쓰고자 하는 글이 어떤 방향으로 갈 것인지 그 방향을 결정하는 것이다. 방향을 직접 제시할 수도 있고 독자가 파악할 수 있게 암시적으로 처리하는 방식도 있다. 이것이 가장 먼저 생각해야 할 점이다. 학생들은 서론에서 주의를 환기시켜야 한다는 강박관념 때문에 글의 방향과는 동떨어진 사례를 제시하거나, 독자의 흥미를 자아내기 위해 글의 주제와 상관없는 내용을 소개하기도 한다. 글의 방향을 제시하는 것이 서론의 가장 중요한 역할이고 나머지 두 가지는 조건이 충족될 경우 더 좋은 부가요소라는 점을 반드시 기억해야 한다.

또 서론을 어떻게 써야 한다는 방침 때문에 자신의 글이 평준화되지 않도록 해야 한다. 서론에서 독자의 주의를 끌어들이기 위해 무리한 수사에 도전하거나 검증되지 않은 사실을 제시하는 것도 주의해야 한다.

특히 '속담이나 격언'으로 시작하는 것은 그다지 효과적이지 않다. 쓸 때뿐만 아니라 어떤 글을 읽을 때도 속담이나 격언으로 시작하는 글은 경계할 필요가 있다. 속담이나 격언이란 사람들의 일상생활 경험이 축적되면서 나온 것으로, 보편적으로 누구나 알 만한 내용들이다. 그러한 내용에서 창조적인 글을 이끌기란 쉽지 않으며, 오히려 자신이 쓰고자 하는 내용을 진부한 수준으로 끌어내리는 역할을 하므로 신중을 기해야 한다. 물론 초등학생이나 중학생의 경우에는 수준 있는 속담이나 격언으로 시작하는 것도 나쁘지 않다. 특정한 문제를 속담이나 격언으로 일반화할 수 있는 능력을 지닌 것으로 평가될 수 있기 때문이다. 그러나 대학생이라면 삼가야 할 수준의 방식이다.

생명력 없는 결론은 힘이 없다

한동안 논술 문제가 현대 사회의 문제점을 제시하고 해결책을 쓰라는 유형으로 출제되면서 학생들의 글쓰기 방식이 정형화되었다. 자유롭게 글을 써보라고 하면 학생들이 가장 많이 써내는 유형이 '문제의 원인 분석-해결책 제시'였다. 특히 '해결책 제시' 부분이 더욱 정형화된 경향을 보이곤 했는데, 대표적인 것이 다음 두 가지다.

　-정부는 이 문제를 해결하기 위해 적절한 정책을 시행해야 한다. / 정부는 제도적인 대책을 마련해야 한다.
　-교육을 통해 시민의 의식을 개혁해야 한다. / 시민들이 자발적으로 문제를 인식하여 해결책을 마련하도록 해야 한다.

　최근에는 세계화와 관련된 내용이 많이 나오면서 '삶의 질을 높이는 세계화를 이루어야 한다'는 내용도 결론에 많이 제시되고 있다. 물론 이러한 결론이 반드시 문제되는 것은 아니다. 앞부분의 논증이 잘 이루어져 있다면 결론만 가지고 탓할 일은 아니다. 그러나 이런 결론으로 끝나는 글은 대체로 앞의 내용도 나열적이거나 당연한 상식에 근거한 것들로 채워져 있기 마련이다. 10대~20대 초반의 학생이 특정한 분야의 전문가도 제시하기 어려운 해결책을 제시한다는 것은 정말 힘든 일이다. 결국 가능한 것은 당위성 지적에 불과한 해결책인데, 현실과 무관한 당위성만 지적하는 결론은 아무런 힘도 갖지 못한다.

논술 문제가 제시문을 비교하는 유형으로 나오기 시작한 2~3년 동안, 학생들은 '문제의 원인 분석-해결책 제시'라는 방식으로부터 탈피해 '비교'하는 글을 쓰는 경향이 있었다. 전혀 연관될 것 같지 않은 것인데도 어떤 식으로든 연결을 지어 비교의 기준을 만들어내곤 했다. 이러한 시도는 연관성을 생각해 본다는 점에서는 일단 긍정적이지만 무리하게 연관을 지으려 하면 전체 틀의 밀도가 너무 성글어진다는 문제점이 있다.

논술 문제의 유형은 한 사회, 특정한 세대의 사고방식 혹은 인식의 유형을 특징짓는다는 점에서 매우 중요하다. 글쓰기의 방향은 곧 그 글을 쓰는 사람들의 사고에서 비롯되는 것이기 때문이다.

04

단락의 중요성

단락을 구분해야 하는 이유

소통 방식으로서의 단락

소통을 원한다면 어떤 글이든 반드시 단락을 구분해야 한다. 그러나 단락 구분을 왜 해야 하는지를 정확히 아는 사람은 의외로 드물다. 예를 들어 박태원의 「방란장 주인」(1936)이라는 소설을 보자. 이 소설은 박태원이 '장거리 문장'이라는 것을 실험적으로 시도했던 작품이다. 단락을 전혀 구분하지 않았을 뿐만 아니라 문장도 좀처럼 끊어지지 않고 지속된다. 이 경우는 새로운 형식을 시도한 예라고 할 수 있으며, 세계의 복잡성을 드러내기 위한 의도적인 문장법이라고 할 수 있다. 「방란장 주인」은 한국 문학사에서 유일할 뿐 아니라, 세계문학사로 범위를 확장해 보아도 보기 드문 작품이다. 이 정도의 목적이 아니라면 단락은 반드시 구분해야 한다. 그런 의미에서 「방란장 주인」의 시작 부분 일부를 보도록 하자.

그야 주인의 직업이 직업이라 결코 팔리지 않는 유화 나부랭이는 제법 넉넉하게 사면 벽에가 걸려 있어도, 소위 실내장식이라고는 오직 그뿐으로, 원래가 삼백 원 남짓한 돈을 가지고 시작한 장사라, 무어 집다웁게 꾸며볼려야 꾸며질 턱도 없이 다탁과 의자와 그러한 다방에서의 필수품들까지도 전혀 소박한 것을 취지로, 축음기는 '자작'이 기부한 포타불을 사용하기로 하는 등 모든 것이 그러하였으므로, 물론 그러한 간략한 장치로 무어 어떻게 한 밑천 잡아보겠다든지 하는 그러한 엉뚱한 생각은 꿈에도 먹어본 일 없었고, 한 동리에 사는 같은 불우한 예술가들에게도, 장사로 하느니보다는 오히려 우리들의 구락부와 같이 이용하고 싶다고 그러한 말을 하여, 그들을 감격시켜 주었던 것이요 그렇길래 '자작'은 자기가 수삼 년간 애용하여 온 수제형 축음기와 이십 여 장의 흑반 레코-드를 자진하여 이 다방에 기부하였던 것이요, '만성'이는 또 '만성'이대로 어디서 어떻게 수집하여 두었던 것인지 대소 칠팔 개의 재떨이를 들고 왔던 것이요, 또 한편 '수경 선생'은 아직도 이 다방의 옥호가 결정되지 않았을 때, 그의 조그만 정원에서 한 분의 난초를 손수 운반하여 가지고 와서 다점의 이름은 방란장芳蘭莊이라든 그러한 것이 좋을 것 같다고 제의하여 주는 등, 이 다방의 탄생에는 그 이면에 이러한 류의 가화 미담이 적지 않으나, 그러한 것이야 어떻든, 미술가는 별로 이 장사에 아무러한 자신도 있을 턱 없이, 그저 다 한잔 팔아 담배 한 갑 사먹고 술 한 잔 팔아 쌀 한 되 사먹고 어떻게 그렇게라도 지낼 수 있었으면 하고, 일종 비장한 생각으로 개업을 하였던 것이, 바로 개업한 그날부터 그것은 참말 너무나 뜻밖의 일로, 낮으로 밤으로 찾아드는 客들이 결코 적지 않아, 대체 이곳의 주민들은 방란장의 무엇을 보고 반해서들 오는 것인지, 아무렇기로서니 그 조금도 어여쁘지 않은, 그리고 또 품도 애교도 없는 '미사에' 하나를 보러 온다든 그러할 리가 만무하여 참말 그들의 속을 알 수 없다고 가난한 예술가들은 새삼스러이 너무나 소박한 점안을 둘러보기조차 하였던 것이나(…이하 생략…)

글을 쓰는 입장일 때는 자기 본의로 글을 쓰기 때문에 의식하지 못하지만, 독자의 입장일 때는 단락이 구분되어 있지 않은 글은 읽기 힘들다는 사실을 금방 알게 된다. 이처럼 '만약 내가 이 글을 읽을 독자라면?' 하고 생각하면서 글을 쓸 필요가 있다.

예문1

선생님들이 가장 선호하는 질문을 꼽으라면 아마 이 질문이 아닐까? '너희들은 왜 공부를 하니?' 그때마다 나의 답은 확실했다. 남에게 인정받고 싶고, 남보다 우월해지기 위해서라고. 혹시 일본 애니메이션 「에반게리온」을 본 적이 있는가? 누군가 주인공인 신지에게 "너는 왜 에반게리온이라는 살인병기에 타는 거니?"라고 묻는다. 그때 신지가 말하기를, "에반게리온을 탈 때만 사람들이 나를 인정해 주고 칭찬해 주니까……"라고 답한다. 나 역시 학교 생활기록부 특기란에 마땅히 쓸 게 없는 평범한 고등학생이었기에, 오로지 주위에서 성적이 오를 때만 주는 칭찬에 목말라서 지난 12년간 인생의 목표 없이 단지 최상위 대학을 바라보며 살아왔다. 하지만 수능성적은 그리 좋게 나오지 않았고, 중앙대에서의 반년은 대학생이라는 환희보다는 패배감,

실패감에 더 젖어서 대학이라는 막연한 환상을 깨부수고, 진정한 나는 누구인지, 진정으로 내가 하고 싶은 일이 무엇인지에 대해 고민했던 인생의 통과의례가 아니었나 싶다. 결국 나는 반수를 결심했고 비로소 성균관대학이라는 명문사학에 입학하게 되었다. 남들보다 일찍 대학이라는 곳을 알아버려서일까? 지금은 신입생이라는 흥분보다는 그냥 먼 길 다녀와 제자리에 편안히 앉아 있다는 느낌이 든다. 누군가 이런 말을 했다. "목표는 달성되는 순간 사라진다. 새 목표를 잘 세워야 삶은 제 길을 찾고, 과정은 차례를 얻는다." 최상위대학이라는 목표를 달성한 뒤에 밀려오는 허무감에서 허우적대기보다는, 이제 미래의 내 직업과 목표를 탐색하고 정해야 하는 시기이다. 목표가 정해지면 자연스레 길은 보일 것이고, 나는 그 길을 따라 보람찬 대학생활을 해나갈 것이다.

수정 예문

선생님들이 가장 선호하는 질문을 꼽으라면 아마 이 질문이 아닐까? '너희들은 왜 공부를 하니?' 그때마다 나의 답은 확실했다. 남에게 인정받고 싶고, 남보다 우월해지기 위해서라고.

혹시 일본 애니메이션 「에반게리온」을 본 적이 있는가? 누군가 주인공인 신지에게 "너는 왜 에반게리온이라는 살인병기에 타는 거니?"라고 묻는다. 그때 신지가 말하기를, "에반게리온을 탈 때만 사람들이 나를 인정해주고 칭찬해주니까……"라고 답한다. 나 역시 학교 생활기록부 특기란에 마땅히 쓸 게 없는 평범한 고등학생이었기에, 오로지 주위에서 성적이 오를 때만 주는 칭찬에 목말라서 지난 12년간 인생의 목표 없이 단지 최상위 대학을 바라보며 살아왔다.

하지만 수능성적은 그리 좋게 나오지 않았고, 중앙대에서의 반년은 대학생이라는 환희보다는 패배감, 실패감에 더 젖어서 대학이라는 막연한 환상을 깨부수고, 진정한 나는 누구인지, 진정으로 내가 하고 싶은 일이 무엇인지에 대해 고민했던 인생의 통과의례가 아니었나 싶다.

결국 나는 반수를 결심했고 비로소 성균관대학교라는 명문사학에 입학하게 되었다. 남들보다 일찍 대학이라는 곳을 알아버려서일까? 지금은 신입생이라는 흥분보다는 그냥 먼 길 다녀와 제자리에 편안히 앉아 있다는 느낌이 든다.

누군가 이런 말을 했다. "목표는 달성되는 순간 사라진다. 새 목표를 잘 세워야 삶은 제 길을 찾고, 과정은 차례를 얻는다." 최상위대학이라는 목표를 달성한 뒤에 밀려오는 허무감에서 허우적대기 보다는, 이제 미래의 내 직업과 목표를 탐색하고 정해야 하는 시기이다. 목표가 정해지면 자연스레 길은 보일 것이고, 나는 그 길을 따라 보람찬 대학생활을 해나갈 것이다.

예문 1과 단락을 구분한 예문을 비교해 보자. 분석하기 전에 독자에게 읽어보라고 하면 어떤 글이 더 잘 전달되며 소통이 원활한지 바로 확인할 수 있다. 이러한 성격의 글뿐만 아니라 논증이 이루어지는 글이라면 더욱 더 단락 구분이 필요함을 알 수 있다.

예문 2

우리나라의 저출산 및 고령화 문제는 요즘에 와서 새로 생겨난 문제가 아니라 훨씬 전부터 예측되고 나타날 기미가 보였던 심각한 사회 문제이다. 그런데도 별다른 대책 없이 시간을 보내다 보니 김진명의 콩트 「미리 가본 2020년 한국」에서 나타나는 웃지 못할 사건들이 곧 일어날 것으로 전망되고 있다. 유럽이나 일본 같은 국가에서도 저출산·고령화가 사회적으로 큰 문제지만 우리나라는 그 상황이 기타 국가들보다 매우 좋지 않다. 가임여성 1인당 출산하는 아이의 수는 1명을 간신히 넘을 정도이며 고령화 사회 진입속도는 세계에서 가장 빠르다. 저출산·고령화가 큰 사회문제인 이유는 바로 노동력 감소 문제와 직결되기 때문이다. 부양해야 할 노인인구는 증가하는 데 반해 그들을 부양하기 위해 일을 해야 할 노동 가능 인구는 줄어들고 있으니, 이러한 상황이 계속된다면 정말로 외국인 노동력이 우리나라 산업에서 매우 큰 영향력을 갖게 될지도 모른다. 우리의 산업과 국방을 남의 손에 맡기고 크게 의지하게 되는 것은 매우 심각한 문제를 초래할 수 있으며 상식 밖의 일이다. 또한 중국, 인도 등이 풍부한 노동력 등을 바탕으로 거침없이 발전해 나가고 있는 지금 열심히 일해서 나라를 발전시키고 성장시킬 청년층의 수가 부족하다면 혹자들이 말하는 '2050년 한국경제 세계 3위 진입'의 꿈은 말 그대로 꿈으로만 남게 될 것이다. 저출산·고령화를 막거나 혹은 그 진행속도를 늦출 수 있는 유일한 길은 정부의 대책밖에 없다. 생산력이 없는 노인들에게 돌아가시라 할 수는 없는 노릇이고 따라서 아이를 많이 낳아야 하는데 우리 국민에게 아무리 출산을 권장하고 의식개선을 요구해봤자 먹고 살기 바쁜데 누가 애를 많이 낳겠는가? 정부에서 출산 및 육아지원금을 국민들도 수긍할 만한 현실적인 규모로 지급하여 출산율을 증가시키는 것 외에는 답이 없다. 프랑스 등의 우리보다 저출산·고령화 문제를 조금 더 일찍 겪은 유럽 여러 국가들도 지원금 정책을 통해 많은 실효를 거두었다고 한다. 예산이 없다고 투덜대면서 세금 더 거둘 생각만 하지 말고 이상한 데로 새어 나가는 혈세를 잘 활용하여 젊음이 있고 성장가능성이 충만한 국가가 되었으면 한다.

수정 예문

우리나라의 저출산 및 고령화 문제는 요즘에 와서 새로 생겨난 문제가 아니라 훨씬 전부터 예측되고 나타날 기미가 보였던 심각한 사회 문제이다. 그런데도 별다른 대책 없이 시간을 토내다 보니 김진명의 콩트 「미리 가본 2020년 한국」에서 나타나는 웃지 못할 사건들이 곧 일어날 것으로 전망되고 있다. 유럽이나 일본 같은 국가에서도 저출산·고령화가 사회적으로 큰 문제지만 우리나라는 그 상황이 기타 국가들보다 매우 좋지 않다. 가임여성 1인당 출산하는 아이의 수는 1명을 간신히 넘을 정도이며 고령화 사회 진입속도는 세계에서 가장 빠르다.

저출산·고령화가 큰 사회문제인 이유는 바로 노동력 감소 문제와 직결되기 때문이다. 부양해야 할 노인인구는 증가하는 데 반해 그들을 부양하기 위해 일을 해야 할 노동 가능 인구는 줄어들고 있으니, 이러한 상황이 계속된다면 정말로 외국인 노동력이 우리나라 산업에서 매우 큰 영향력을 갖게 될지도 모른다. 우리의 산업과 국방을 남의 손에 맡기고 크게 의지하게 되는 것은 매우 심각한 문제를 초래할 수 있으며 상식 밖의 일이다.

또한 중국, 인도 등이 풍부한 노동력 등을 바탕으로 거침없이 발전해 나가고 있는 지금 열심히 일해서 나라를 발전시키고 성장시킬 청년층의 수가 부족하다면 혹자들이 말하는 '2050년 한국경제 세계 3위 진입'의 꿈은 말 그대로 꿈으로만 남게 될 것이다.

저출산·고령화를 막거나 혹은 그 진행속도를 늦출 수 있는 유일한 길은 정부의 대책밖에 없다. 생산력이 없는 노인들에게 돌아가시라 할 수는 없는 노릇이고 따라서 아이를 많이 낳아야 하는데 우리 국민에게 아무리 출산을 권장하고 의식개선을 요구해봤자 먹고 살기 바쁜데 누가 애를 많이 낳겠는가? 정부에서 출산 및 육아지원금을 국민들도 수긍할 만한 현실적인 규모로 지급하여 출산율을 증가시키는 것 외에는 답이 없다.

프랑스 등의 우리보다 저출산·고령화 문제를 조금 더 일찍 겪은 유럽 여러 국가들도 지원금 정책을 통해 많은 실효를 거두었다고 한다. 예산이 없다고 투덜대면서 세금 더 거둘 생각만 하지 말고 이상한 데로 새어 나가는 혈세를 잘 활용하여 젊음이 있고 성장가능성이 충만한 국가가 되었으면 한다.

예문 2는 글 전체가 한 단락으로 구성되어 있었다. 이 글을 다섯 단락으로 나눠본 결과, 이 글을 쓴 학생은 단락을 구분하지는 않았지만 생각 속에서는 나름대로 내용을 구분하였음을 알 수 있다. 그렇기 때문에 부분적인 수정 없이 다섯 단락으로 나눌 수 있었다. 반면 어떤 학생의 글은 단락을 아예 구분할 수가 없다. 이유는 자기가 써야 할 전체 글의 구조를 고려하지 않고 앞 문장의 꽁무니만 따라다니며 뒷문장을 이어 붙이는 식으로 썼기 때문이다.

단락이라는 것은 생각의 한 단위를 보여주는 것으로, 글 전체의 구조가 어떻게 전개될지 염두에 두고 구분되어야 한다. 따라서 한 단락으로서의 완결성도 중요하지만 다음 단락으로 어떻게 이어질지도 중요하다. 단락 구분이 되어 있으면 한 단락을 읽고 독자는 잠시 쉴 틈을 갖게 된다. 다음 단락을 읽기 전까지 눈동자와 생각은 휴지(休止)되고, 이 틈새를 통해 독자들의 판단이 개입한다. 독자들은 스스로 의식하지는 못하지만, 행간 읽기를 통해 빈틈을 읽어내는 동시에 다음 단락에서 나올 법한 내용을 미리 예상하며 비교해 보기도 한다.

우리가 글을 쓰는 이유는 세상과 혹은 내 글을 읽는 독자와 소통하기 위해서다. 자신의 일상적인 감상을 적어가는 글이든 논증을 요구하는 글이든, 소통을 위해서라면 단락은 반드시 구분되어야 한다.

구성과 단락

두괄식 구성의 경우

어떤 수강생이 질문을 했다. 학원에서 영어 글쓰기와 한국어 글쓰기 방식의 차이에 대해 말하면서, 영어는 두괄식 구성을 주로 쓰고 한국어는 미괄식 구성을 주로 쓴다고 하는데 과연 그러하냐는 것이었다. 한문에서의 글쓰기 방식까지 고려해야 한다면 어떨지 모르겠지만, 최근 교육 상황을 볼 때 차이를 어떻게 설명할 수 있을지 고민스러웠다. 스티븐 킹의 글에서 단락에 대해 설명한 부분을 보면서 이를 해명해 보도록 하자.

> 설명적인 산문의 문단은 대개 단정하고 실용적이다(마땅히 그래야 한다.) 이상적인 설명문의 문단은 우선 주제를 밝히는 문장이 나오고 그 문장을 설명하거나 부연하는 문장들이 뒤따르는 형태를 지닌다.[4]

단락 중 가장 쓰기 쉬운 단락이 두괄식 구성이다. 나는 학생들에게 단락 구성에 대한 강의를 할 때 '뒷받침문장'들을 주고 주제문을 써보라는 실습을 많이 시킨다. 물론 이때 주제문은 첫 문장이다. 뒷받침문장들은 두 번째 문장부터다. 뒷받침문장을 정확하게 요약하면 주제문을 쓸 수 있으므로 학생들은 별 주저 없이 주제문을 적는다. 그런데 문제는 뒷받침문장을 정확하게 요약하지 못하는 경우다. 한 단락의 주제문은 뒷받침문장이 정확하게 반영되어 헐거워지지 않아야 한다.

학생들은 주제문을 쓰는 데만 공을 들이지만, 나는 다시 반대로 생각해 볼 것을 강조하고 싶다. 글을 쓰기 위해서는 개요 작성에서 단락별 소주제문을 정해 놓고, 뒷받침문장을 써 나가야 하기 때문이다. 그래서 이번에는 주제문을 주고 뒷받침문장을 써보도록 한다. 주제문에 대한 뒷받침문장의 구성은 주로 예시이거나 비교, 부연 설명 등으로 이루어져 있을 때가 많다.

이를 보면 한국어 글쓰기와 영어 글쓰기는 언어가 다르기는 하지만 보편적인 글쓰기의 방법에는 차이가 없다고 할 수 있다. 한국의 글쓰기 교육은 서양의 근대학문 방식이 일본을 통해 수용되면서 이루어졌고, 지금도 서양의 방식이 수용되어 이루어지고 있다. 단락을 두괄식 또는 미괄식으로 구성할 것인가, 글 전체를 두괄식 혹은 미괄식으로 구성할 것인가는 글의 방식과 주제에 따라 결정할 문제이지 영어식, 한국어식으로 나뉘는 것은 아니다.

'서론—본론—결론' 과 단락 구분

글쓰기에서 단락 구분이 왜 필요한지는 앞에서 단락 구분이 되어 있는 예문과 그렇지 않은 예문을 대비함으로써 설명한 바 있다. 그러나 기본적으로 단락에 대한 개념을 정확히 알고 있는 학생은 그다지 많지 않다. 이것은 필자가 면대면 첨삭지도를 하면서 알게 된 사실이었다.

대체로 학생들은 단락이 소주제문과 뒷받침문장으로 구성된다는 점을 알고 있는 듯했지만 실제 글쓰기 과정을 보면 실현되지 않는 경우가 많았다. 또는 서론-본론-결론과 단락을 일치시켜 생각하는 학생도 있었다. 물론 1,000~2,000자 정도의 글이라면 서론과 결론이 각각 한 단락으로 구성될 확률이 높다. 이 정도 분량의 글에서 서론을 두 단락, 결론을 두 단락으로 길게 썼다간 본론에 해당하는 내용을 쓸 분량이 부족하기 때문이다. 실제로 학생들이 주로 써본 글의 분량이 그 정도였기 때문에 기본적으로 서론-본론-결론을 세 개의 단락으로 구분하는 것도 무리는 아니다. 물론 단락을 구분하지 않고 쓴 글보다는 낫다고 할 수 있지만 본론이 두세 단락의 내용으로 나뉠 만한 경우에도 한 단락으로 처리한 학생들을 볼 수 있었다.

대학에서 1,000~2,000자 분량의 글을 쓸 기회는 오히려 드물다. 200

자 원고지 20~30매 혹은 50매 정도의 글을 써야 할 때가 더 많다. 이런 경우 서론이나 결론을 한 단락으로 쓰려 한다면 곤란하다. 길게 쓸 필요는 없지만, 내용에 따라 2~3단락으로 나누어야 하는 경우도 있다는 점을 알아두어야 한다.

글의 묘미를 살리는 단락 구성

다음과 같은 단락 구성에 대해서도 생각해 보자.

왜 나라고 무서운 것이 없을까. 내가 이 세상에서 제일 무서워하는 것은 다름 아닌 헛된 이름, 허명虛名이 나는 일이다. 평가절하도 물론 싫지만 지금의 나 이상으로 여겨지는 것이 제일 무섭다. 나의 실체와 남에 의해 만들어진 허상의 차이를 메우기 위해 부질없는 노력과 시간을 들여야 하는 것이 제일 두렵다.[5]

주제문은 "내가 세상에서 제일 무서워하는 것은 허명 때문에 부질없는 노력과 시간을 들여야 하는 것이다"이다. 저자는 이 단락을 네 문장으로 구성하고 있다. 첫 번째 문장은 세상의 오지를 휘젓고 다니는 나에게도 무서워하는 것이 있다는 내용으로 시작한다. 두 번째 문장에서는 제일 무서운 것은 허명이 나는 일이라고 정확히 밝힌다.

세 번째 문장에서는 허명과 이분법적으로 반대편에 있는 평가절하의 문제를 끌어들인다. '허명이 싫다면 평가절하는 어때?'라고 하는 반론을 불러들여 글을 전개한 것이다. 이럴 경우 학생들은 십중팔구 '내가 이렇게 말하면 평가절하는 어떠냐고 질문할지도 모르겠다'를 써놓는다. 그러나 저자는 "평가절하도 물론 싫지만"이라고 쓰면서 바로 다음 단계로 건너간다. 그래도 비약으로 느껴지지는 않는다.

네 번째 문장은 내가 두려워하는 것을 더 구체적으로 언급하며 단락을 끝낸다. 즉 허명이 나는 일, 나 이상으로 여겨지는 일, 더 구체화하자면 나의 실체와 남이 만들어놓은 허상의 간극을 메우기 위해 시간과 노력을 들이게 될까 봐 두렵다고 정확한 의미를 드러낸다. 또 다른 예문을 보자.

아이들의 심리 치료소가 놀이터라면, 어른들의 심리 치료는 이전처럼 스스로 벌어서 살 수 있도록 해주는 일이다. 싸리7-의 아버지처럼 삶의 의욕을 잃은 어부들에게 즉효약은 하루빨리 예전처럼 바다에 나가서 고기를 잡는 일이라고 한다. 갑작스럽고 어마어마한 재해를 당해 무기력해 있거나 분노에 찬 사람들을 가장 빨리 치유하는 길은 그들이 예전에 하던 일로 돌아가게 하는 것이다. 농부는 땅으로, 어부는 바다로.[6]

이 단락의 주제문은 "어른들의 심리 치료는 이전처럼 스스로 벌어서 살 수 있도록 해주는 일이다"이다. 두 번째 문장에서는 어부 싸리가의 아버지를 예로 들어 예전처럼 바다에 나가서 하던 일을 하도록 하는 것이 삶의 의욕을 회복시키는 길이라고 쓰여 있다. 세 번째 문장에서는 심리 치료의 구체적인 상대를 심각한 재해를 당해 무기력해 있거나 분노에 찬 사람으로 정확하게 제시하면서 그들을 예전처럼 살게 하는 것이 치료임을 강조하고 있다. 네 번째 문장은 두 번째, 세 번째 문장을 전제

삼아 "농부는 땅으로, 어부는 바다로"로 되어 있다. 이처럼 이 단락은 예시와 구체화를 활용하여 구성되어 있다.

그런데 이 단락의 시작 부분 "아이들의 심리 치료소가 놀이터라면"은 한 단락의 완결성만 고려했을 때 약간 거슬릴 수 있다. 이 단락이 아이들의 심리 치료와 어른들의 심리 치료를 비교하는 것은 아니기 때문이다. 그러나 이 단락의 앞에 다음과 같은 내용이 있었다는 것을 확인하면 우리는 단락이 왜 이렇게 전개되고 있는가를 이해할 수 있다.

그 가운데 하나가 어린이 심리 치료다. 무스타파에게 동생이 떠내려간 건 네 잘못이 아니라고 말해주는 것은 아주 중요하다. 눈앞에서 가족을 잃은 아이들이 마음껏 슬퍼할 수 있도록 하고, 그 아픈 마음을 다독여주고, 너는 피해자가 아니라 용감한 생존자라고 알려주는 것이 이아이가 앞으로 정상적인 삶을 살기 위해 꼭 필요하다. 이 치료는 복잡한 상담이나 비싼 약물로 하는 것이 아니라, 비슷한 처지의 아이들과 놀이터에서 섞여 놀거나 그림이나 간이 연극을 하는 등 아주 간단한 과정으로 이루어진다.[7]

여기서 '아이들의 심리 치료소는 놀이터이다.' '어른들의 심리 치료는 이전처럼 스스로 벌어서 살 수 있도록 해주는 일이다'라는 주제문으로 각각 단락을 구성해 보는 것도 흥미로운 일이다.

무스타파에게 동생이 떠내려간 건 네 잘못이 아니라고 말해주는 것은 아주 중요하다. 눈앞에서 가족을 잃은 아이들이 마음껏 슬퍼할 수 있도록 하고, 그 아픈 마음을 다독여주고, 너는 피해자가 아니라 용감한 생존자라고 알려주는 것이 이 아이가 앞으로 정상적인 삶을 살기 위해 꼭 필요하다. 이 치료는 복잡한 상담이나 비싼 약물로 하는 것이 아니라, 비슷한 처지의 아이들과 놀이터에서 섞여 놀거나 그림이나 간이 연극을 하는 등 아주 간단한 과정으로 이루어진다. 이처럼 아이들의 심리치료소는 놀이터가 적절하다.

이에 비해 어른들의 심리 치료는 이전처럼 스스로 벌어서 살 수 있도록 해주는 일이다. 싸리가의 아버지처럼 삶의 의욕을 잃은 어부들에게 즉효약은 하루빨리 예전처럼 바다에 나가서 고기를 잡는 일이라고 한다. 갑작스럽고 어마어마한 재해를 당해 구기력해 있거나 분노에 찬 사람들을 가장 빨리 치유하는 길은 그들이 예전에 하던 일로 돌아가게 하는 것이다. 농부는 땅으로, 어부는 바다로.

05

정확한 문장,
정확한 표현

정확한 표현을 기피하는 이유

한국어는 조사와 어미가 발달되어 있기 때문에 느낌을 정확하게 살려 쓸 수 있는 언어다. 그런데 요즘 한국인의 글을 보면 정확하게 표현하기보다는 자신만 알 수 있는 정도로 대충 쓰는 경우를 많이 볼 수 있다. 이는 글쓰기의 목적이 독자와의 소통에 있다는 것을 의식하지 못하고, 자기만족적인 상태로 글을 쓰는 자세 때문이기도 하다.

글을 모호하게 만드는 경우의 한 예로, 인과 관계를 연결어미 '–고'로 처리하는 경우나 맥락을 보면 역접 관계로 연결되었다는 것을 알 수 있는데도 '–고'로 쓴 경우를 들 수 있다.

이외에도 글을 모호하게 하는 예는 많다. 특히 법률 판결문의 경우 이런 경향이 더 심하다는 것을 알 수 있다. 그렇다면 왜 이런 현상이 나타날까?

한국 현대사의 격변을 들어 이를 설명해 볼 수 있을 것 같다. 한국어가 근대 국어로서 자리를 확보하기 시작하는 시점은 1910년대 이후라는 점을 고려할 때, 1910년 한국은 한일합방을 거쳐 1910~1945년까지 일제의 식민 지배를 받았고, 1945년에 해방되었으나 1950년 한국전쟁에 의한 분단을 겪었다. 또한 1960년대 이후 오랫동안 계속된 언론탄압으로 '말'의 자유를 얻을 수 없었다. 이로 인해 일반 대중들은 자신의 생각을 솔직하게 말하거나 글로 쓸 시기를 만나지 못했다.

다음은 현진건의 「고향」(『조선의 얼굴－현진건 전집』 4. 문학과 비평사, 1988, 236면)이라는 소설에 실려 있는 노래 '신판 아리랑'이다.

> 볏섬이나 나는 전토는
> 신작로가 되고요－
> 말 마디나 하는 친구는
> 감옥소로 가고요－
> 담뱃대나 떠는 노인은
> 공동묘지 가고요－
> 인물이나 좋은 계집은
> 유곽으로 가고요－

여기서 "말 마디나 하는 친구는 감옥소로 가고오－"에 주목해 보아야 한다. 하고 싶은 말을 마음껏 했다간 조선총독부의 노여움을 사 감옥으로 갈 수밖에 없다는 현실을 보여주는 노래다.

해방 이후의 해방 공간, 한국전쟁을 겪으면서는 좌우익 이데올로기 갈등 때문에 역시 말이나 글을 함부로 쓸 수 없었다. 자칫 잘못하면 좌익 혹은 우익으로 몰려 생명까지 위협을 받는 시기였던 것이다. 60년대와 70년대는 독재자의 비위를 거슬러서는 안 되는 상황이었다. 80년대는 보도지침이 있어 수시로 검열이 행해졌으며, 이로 인해 해직 기자가 속출하기도 했다. 이런 상황 속에서 누가 과연 정확하고 분명한 언어로 글을 쓰고 말을 할 수 있을까?

한국어 글쓰기에 나타나는 의미의 모호한 처리는 이러한 역사적 전개과정과 맞다고 봐야 한다. 이를 '언어무의식의 축적'으로 설명해 볼 수 있다. 언어는 말과 글을 통해 세대별로 전해지는 것이다. 최근의 20대는 위의 억압과 검열과는 상관없이 살아왔다. 그런데 이들조차도 정확한 표현을 기피하는 이유는, 언어를 정확하게 쓰면 개인의 신변에 문제가 생길 수도 있다는 역사적 경험이 무의식을 통해 축적되어 있기 때문이다.[8] 이들이 직접 경험하지 않았지만, 이들을 교육하는 세대의 무의식에 축적된 것들이 전수된 것이다.

이제 이유를 알았으니, 소통과정에서 오해가 생기지 않도록 정확하게 표현하는 방법에 주의를 기울이자. 지금은 각 개인의 검열은 있어도 사회적인 검열은 없으므로 특정한 관계를 형성하는 데 필요한 언어에는 명확성을 나타내야 할 것이다.

맞춤법과 띄어쓰기를 정복하라

올바른 문장 쓰기

올바른 문장 쓰기에서 정확도가 70퍼센트가 안 되는 사람은 맞춤법, 띄어쓰기, 비문 바로잡기를 우습게 봐선 안 된다.

맞춤법이나 띄어쓰기에도 유행이 있다. 10년 전에 강의를 할 때와 최근 몇 년간을 비교해 보면, 학생들이 글쓰기를 할 때 나타나는 오류의 유형이 다르다는 것을 알 수 있다. 대표적인 예를 들어보자.

입학 한 / 처리 하다 / 공부 한다면

'명사'에 '-하다'가 연결되면 동사가 된다. 이때 '-하다'는 동사화 접미사이다. '입학하다'는 동사이다. 품사 단위별로 띄어 쓰는 것이 원칙이므로 '입학'과 '하다'는 띄어 쓸 수 없다. 그런데 요즘 학생들뿐만 아니라 일간신문조차도 '입학 한, 처리 하다, 공부 한다면' 등과 같이 띄어 쓰는 것을 볼 수 있다.

이는 컴퓨터로 글을 쓰는 것이 일반화되면서 나타나기 시작한 현상이다. 컴퓨터 한글 프로그램에는 맞춤법 검사 기능이 있어, 맞춤법에 어긋나면 바로잡아 주거나 붉은 밑줄로 표시해 준다. 이에 따라 맞춤법을 스스로 습득하기보다는 검사 기능이 있는 컴퓨터에 의존한 나머지 컴퓨터가 지적해 주지 않는 것은 모두 맞는 것으로 착각한다.

그 중 가장 대표적인 것이 바로 '입학하다'와 같은 경우다. 이런 단어는 띄어쓰기를 해도 붙여 쓰기를 해도 붉은 밑줄이 표시되지 않는다. 그런데 시각적으로 두 글자, 세 글자씩 띄어 쓰는 것이 익숙하다고 느끼므로 '입학 하다'와 같이 쓰게 되는 것이다. 이와 같은 오류는 바로 교정되어야 한다.

솔직히 말하자면/ 본질적으로/ 기본적으로/ 요컨대

'솔직히 말하자면'은 솔직히 말하지 않고 있다는 것을 강조하는 것으로, '본질적으로'는 내용만으로는 본질적이지 않다는 것을 강조하는 것으로 읽히며, '기본적으로'는 정말 기본적인가 하는 의문을 자아낼 수 있다. '요컨대'도 꼭 써야 할 자리가 아니라면 쓰지 않는 것이 더 좋다. 내용이 부족할 경우 이러한 접속어들을 동원하는 경향이 많다. 중요한 것은 이러한 부사 없이 글의 내용으로 승부를 해야 한다는 사실이다.

어쨌든/ 하여튼/ 아무튼

나는 한 학기 강의를 시작한 지 세 번째 시간이 되면 진단평가라는 명목으로 글쓰기를 시키곤 한다. 40명 남짓한 반을 네 개 맡고 있는데, 진단평가용 글쓰기를 시켜보면 160명 중 5~10명가량이 '어쨌든'을 남발하는 것을 발견할 수 있다. 일단 '어쨌든'이라는 말을 쓰면 글 속에서 반복적으로 나타나는 경향이 있다.

학생들을 지도할 때 세 가지 부사(어쨌든, 하여튼, 아무튼)는 한국어 글쓰기에서 쓸 수 없는 것으로 여기라고 주문한다. 이 세 부사가 글에 쓰여 긍정적인 역할을 하는 경우는 별로 없기 때문이다. 이 세 부사가 글의 첫 부분에 쓰이면 근거 없이 뭔가를 강요하려는 느낌으로 읽히고, 마지막 마무리에 쓰이면 '내가 앞에서 지금까지 써놓은 내용과는 상관없이 이것만 중요하다'는 흐름이 되어버린다. 특히 논증을 중심으로 하는 글쓰기에서는 주의해야 한다.

절대로/ 어차피/ 그래도

공지영의 소설 『무소의 뿔처럼 혼자서 가라』(문예마당, 1993) 3장 제목은 "절대로, 어차피, 그래도"이다. 공지영은 소설 속 세 인물이 즐겨 사용하는 부사어 셋을 통해 인물의 특성을 부각한다. 혜완은 '절대로', 경혜는 '어차피', 영선은 '그래도'라는 부사를 주로 사용하는 인물로, 성격의 차이가 두드러진다.

이 세 부사는 인물의 성격화로서 차이를 부각시킬 수는 있어도 소통을 위한 글에서 무용지물이다. 아니, 오히려 독자로 하여금 반감과 패배감과 끈질김을 느끼도록 만들어 소통을 방해하고 만다. 소통을 위한 글에서는 자신의 견해에 대한 분명한 태도를 취해야 한다. 그런데 '어차피'라는 말을 쓰면 자신이 수동적인 태도를 지니고 있음을 스스로 인정하는 셈이 되고 만다.

–게 된다 / –것이다 / –것 같다

종결어미는 내용에 맞게 적절하게 써야 한다. 그런데 어떤 학생은 '–게 된다' '–것이다' '–것 같다'를 반복적으로 쓰는 경향이 있다. '–게 된다'가 반복적으로 쓰인 글을 읽으면 은연중에 '이 글의 필자는 수동적이군' 하는 느낌을 받는다. '–것이다'가 반복적으로 쓰인 글을 읽으면 '이 글의 필자는 책임을 회피하려 하는군' 하는 느낌을 받는다. '–것 같다'가 반복적으로 쓰인 글을 읽으면 '이 글의 필자는 자신감이 없군' 하는 느낌을 받는다.

단정적인 표현 '–이다'도 반복적으로 쓸 경우 문제가 된다. 내용이 '–이다'로 끝나야 적절한 경우라면 문제가 되지 않지만, 추정 또는 사실이 아닌 경우도 '–이다'로 끝내는 것은 문제가 된다. 12년 정도 글쓰기 강의를 하는 동안 딱 한 번 이런 학생을 만난 적이 있다. 모든 문장을 '–이다'로 끝낸 글을 읽었을 때 매우 강한 거부감을 느낀 기억이 있다. 절대자가 강림하여 내리는 문장도 이와 같진 않으리라.

이상하게도 독자들은 글을 일일이 분석하며 읽지 않는데도 반복되는 종결어미가 초래하는 결과를 느낌으로 파악하곤 한다. 그런데 문제는 한번 특정한 종결어미를 쓰면 계속 쓰게 된다는 점이다. 퇴고할 때 주의 깊게 읽고 꼭 수정할 일이다.

맞춤법은 정말 사소한 것인가?

한때 나도 '맞춤법은 중요하지 않다'고 생각한 적이 있었다. 그런데 강의를 하면서 생각이 달라졌다. 서울대에서 글쓰기 강의(그 당시에는 '대학 국어'라는 제목의 강의)를 할 때만 해도 맞춤법은 대학생 글쓰기의 기본이고, 각자 알아서 해결해야 한다는 입장이었다. 그래서 맞춤법에 의거해서 글을 쓰는 것이 왜 중요한지를 강조한 후, 몇 가지 사례를 들어 1회의 강의로 지나갔다. 당연히 학생들 스스로 맞춤법과 띄어쓰기를 소화하리라 생각했던 것이다. 그런데 강의가 끝나갈 무렵, 학기 초 학생들의 글에서 발견한 오류는 학기가 끝나가는 시점에서도 그대로 반복되고 있었다. 학생들의 글을 읽고 평가하는 나는 어떤 학생이 어떤 부분을 반복적으로 틀리는지 알고 있는데, 정작 학생들은 자신의 문제가 무엇인지를 알지 못했다. 그때 잠시 회의가 들었다.

최근 모 대학 논술 입시 설명회에서 입학처장이 '자신은 중학교 수준의 맞춤법도 모른다'는 것을 자랑삼아 말했다는 이야기를 들은 적이 있다. 물론 이 말은 사고의 논리적 전개과정이 중요하다는 것을 강조하기 위한 수사적 제스처였을 것이 분명하다. 그렇다 하더라도 한국어 글쓰기를 하며 맞춤법, 띄어쓰기에 위배되는 글쓰기를 하면서 그것을 자랑스레 언급하는 것은 이해할 수 없다.

글쓰기 실력을 키우려는 독자들에게 꼭 강조하고 싶다. 자기 글의 신뢰도를 높이고 싶다면 맞춤법, 띄어쓰기에 정확성을 기하라고! 학생들에게 내용이 아주 훌륭하지만 맞춤법, 띄어쓰기의 오류가 열 개 이상인 글과, 내용은 참신하지 않아도 맞춤법과 띄어쓰기의 오류가 거의 없는 글 두 가지를 동시에 내밀면 학생들은 전자에 대해 그다지 신뢰할 수 없다는 반응을 보인다는 사례보고도 있다. 글쓰기를 가르치는 사람들은 첨삭지도에 익숙하기 때문에 맞춤법 띄어쓰기의 오류를 의식하게 되지만, 일반 독자들은 맞춤법 띄어쓰기의 오류에 신경 쓰며 글을 읽지는 않는다. 그런데도 고개를 갸우뚱하며 왠지 신뢰할 수 없다는 반응을 보인다는 것이다. 좋은 내용으로 이러한 반응에 도달하는 것은 좀 억울하지 않은가? 자기 글의 신뢰도를 높인다는 차원에서 맞춤법, 띄어쓰기의 원칙에 입각한 글을 써보도록 하자. 별로 어렵지 않다.

대학에서 글쓰기 강의를 10여 년 하면서 철칙처럼 시행하는 게 있다. 반드시 수강신청 확정이 된 첫 시간에 진단평가용 글쓰기를 실시하는 것이다. 이 진단평가는 여러 가지 의미를 갖지만 맞춤법, 띄어쓰기에 대해 학생들의 경각심을 일깨우는 데도 효과 만점이다.

맞춤법에 대해 거부감을 갖는 이유는 그 접근이 쉽지 않은 데 있다. 한국어를 사용하는 한국인이어도 언어생활이 표준어 표기법에 맞게 실천되지 않기 때문이다. 맞춤법을 따로 외워 시험 보는 것을 학생들은 무척 싫어한다. 불합리한 원칙들도 꽤 있으니 이 반응은 당연하다. 이제 학생들이 자주 틀리는 부분을 모아서 정리해 보려고 한다. 최소한 이 정도만 기억해도 글쓰기에 큰 문제는 발생하지 않는다.

자주 틀리는 맞춤법

법률, 출산율, 사망률, 선율, 나열, 비율

'렬'과 '률' 앞에 오는 음절의 끝소리가 'ㄴ' 혹은 모음일 경우, '열'과 '율'로 써야 한다. 굳이 모음이 올 때도 '열'과 '율'로 써야 한다는 원칙까지 외울 필요는 없다. 발음 습관이 이를 해결해 주기 때문이다.

　이 단어는 대학교 리포트를 쓰거나 사회학, 심리학 등과 같은 분야에서 통계 처리를 해야 할 경우 계획서나 행정문서를 작성할 때 많이 쓰는 단어다. 원칙이 매우 단순하기 때문에 가능하면 기억하여 '합격률, 경쟁률, 상승률, 운율'과 같이 정확히 쓰도록 한다.

뒤처지다/뒤쳐지다

'뒤쳐지다'는 뒤집어지다는 뜻으로, '화투짝이 뒤쳐지다'라는 방식으로 사용되는 어휘다. '뒤지다'는 의미로 쓸 때는 '뒤처지다'가 맞다. 이 단어 표기는 일간지에서도 실수가 잦은 것으로 주의해서 쓸 필요가 있다. 학생들도 당연히 '뒤쳐지다'가 맞다고 생각하는 경우가 많다. (선진국에 뒤처지다/ 바람에 현수막이 뒤쳐지다.)

사잇소리 표기법

사잇소리 표기법과 관련하여 학생들에게 가장 깊게 각인되어 있는 것은 '찻간, 툇간, 곳간, 셋방, 숫자, 횟수' 여섯 단어다. 이 단어는 학생들이 초등학교 때부터 외워 시험을 봤기 때문에 잘 알고 있지만 정작 이 원칙에 대해서는 정확히 기억하지 못한다. 여기에는 한자와 한자로 구성된 단어 사이에 사잇소리를 쓰지 않는 것이 원칙이나, 이 여섯 단어에 한해서는 사잇소리가 쓰인다는 원칙이 적용되어 있다.

이 여섯 단어 중 '숫자, 횟수'는 글을 쓸 때 사용 빈도가 높으나, 3단어 '찻간, 툇간, 곳간'은 거의 사용될 일이 없으며, '셋방'도 그다지 사용 빈도가 높지 않다. 그렇게 볼 때 숫자, 횟수 두 단어 정도를 정확히 기억하고 있으면 된다. 오히려 우리가 기억해야 할 것은 '한자와 한자로 구성된 단어 사이에 사잇소리를 쓰지 않는 것이 원칙'이라는 점이다. 예를 들어보자.

대가代價(○) / 댓가(×)

초점焦點(○) / 촛점(×)

허점虛點(○) / 헛점(×)

개수個數(○) / 갯수(×)

이 경우 모두 발음상으로는 사이시옷이 들어가야 할 것 같지만, 실제 표기법에서는 사이시옷을 쓰지 않는다. 여기 적용되는 원칙은 이들이 한자와 한자로 구성된 단어라는 사실이다.

왠지 / 웬일인지

왠지는 '왜'와 '-ㄴ지'가 결합하여 이루어진 단어로, '왜'의 의미가 살아 있는 단어다. 그런데 이 단어로 인해 '웬일인지'를 '왠일인지'로 잘못 표기하는 경우가 많다. 의미로 따져볼 때 '무슨 일인지'로 해석하면서 '왜'라는 의미가 포함되었으리라 판단한 것이다. 한글에서 '왠'이라는 단어가 쓰이는 곳은 '왠지'밖에 없다. 나머지 경우는 대처로 '웬'을 쓴다고 생각하면 글쓰기에는 큰 지장이 없을 것이다. 예를 들어, "웬일로 저럴까" "웬 사람이 이렇게 많이 모였을까?" "웬 걱정이 그리 많아?" "웬만큼 해라" 등이다. '웬'은 관형사이므로 띄어 써야 원칙이지만, '웬일'의 경우는 명사로 한 단어처럼 붙여 쓴다. '웬만큼'은 부사로 '웬만치'와 같이 쓰인다. 이때 '왠'으로 표기하지 않도록 주의한다.

있을는지/ 있을런지/ 있을른지

'–는지'와 '–런지' 중 학생들에게 어떤 것이 맞다고 생각하는지 물어보면 '–런지'로 대답하는 경우가 대부분이다. 그런데 한국어에는 '–런지'로 쓰이는 경우가 아예 없다. 단지 시각적으로 우리에게 익숙할 뿐이다. 시각적 익숙함에 현혹되지 말자.

–로서/ –로써

'–로서'와 '–로써'의 차이는 특히 학생들이 문법적 지식으로는 알고 있지만, 실제 글쓰기 과정에서는 자주 실수를 저지른다. 그런데 실제로 글을 써 나가는 과정에서는 이 지식을 별로 의식하지 않는 듯하다. 의미상 맥락으로 이를 분간하는 습관을 키운다면 정확한 표기법에 큰 문제는 없을 것이다. (인간으로서 말한다면/ 신기술로써 이용되다)

–던지/ –든지

선택의 경우는 '–든지', 과거 회상의 경우는 '–던지'를 쓴다. 이것도 문법적 설명으로는 잘 알고 있으나 실제 글쓰기 과정에서는 오류로 나타나는 것이니, 의미 맥락과 관련지어 판단하는 습관을 갖도록 하자. (얼마

나 슬프던지 /하든지 말든지)

ㅡ이었다(○)/ ㅡ이였다(×)

발음이 유사한 때문인지 '사건이었다'를 '사건이였다'로 쓰는 학생들이
더러 있다. '이'가 '었'에 영향을 끼쳐 '었'이 '였'으로 소리 나는 경우다. 소
리 나는 대로라면 '사건이였다'가 될 테지만, 문법적으로 이는 'ㅣ'모음
순행동화에 해당한다. 'ㅣ'모음동화는 순행이든 역행이든 표준어 표기로
인정하지 않는다. (사건이였다→사건이었다 / 아니였다→아니었다)

금세(○)/ 금새(×)

시각적으로만 판단하려 하면 정확히 표기하기 힘든 경우이다. '금시에'
가 줄어서 '금세'가 된 것으로 이해하면 정확하게 기억해서 표기할 수 있
는 단어다.

일상적인 언어습관이 정확한 표기를 방해하는 예

틀리다

"그 친구는 사고방식이나 발상이 남들과는 무척 틀리다"와 같은 언어
표현의 오류는 대학생들의 글쓰기에서 빈번하게 나타나는 경우다. 우
리는 알게 모르게 '다른 것'과 '틀린 것'을 같은 의미로 받아들이곤 한다.
즉 많은 사람들의 의견과 같으면 맞고, 많은 사람들과 견해를 달리 하
면 틀린 것이라는 사고가 깔려 있다. 다양성을 인정하지 못하는 우리
의 사고습관을 반영하는 잘못된 어휘사용의 예이므로 '다른 것'은 '틀린
것'이 아니라는 생각을 갖추도록 노력해야 한다. 그래야 글쓰기의 표현

도 정확해질 수 있다.

나름

요즘 학생들은 '나름 좋아' '나름 열심히 했다'는 말을 흔히 쓴다. 이는 최근에 인터넷을 중심으로 발생한 언어습관으로, 사적인 대화에서 사용하는 것을 문제 삼을 수는 없으나 공적인 언어생활에서는 삼가야 할 표현이다. 특히 글쓰기에서는 '−나름'은 주의해서 사용해야 한다. '−나름'은 국어사전에 의하면 의존명사로, (명사, 어미 '−기', '−을' 뒤에 '이다'와 함께 쓰여) 그 됨됨이나 하기에 달림을 나타내는 말 혹은 각자가 가지고 있는 방식이나 깜냥을 이르는 말로, "그는 나름대로 열심히 일했다" 또는 "당신 하기 나름이다" 등으로 쓰인다.

휘둘르려고/ 살릴려고/ 쓸려고/ 할려고

일상생활에서 '쓸려고 해' '공부를 할려고 하지만' 등으로 말하는 경우가 많다. '쓰려고 해' '공부를 하려고 하지만' 등이 정확한 표기인데도 언어습관대로 '−ㄹ'을 덧붙여 쓰는 경향이 있으니, 주의하도록 하자.

자주 틀리는 띄어쓰기

띄어쓰기의 가장 중요한 원칙은 품사 단위로 띄어 쓴다는 것, 조사는 앞말에 붙여 쓴다는 것이다. 학생들은 대체로 시각적인 익숙함에 의지하여 판단하려 든다. 기억이 원칙을 통해 이루어진다는 점을 의식하지는 못하지만, 무엇이든 원칙화해서 기억하려고 한다. 사실 교육을 위해서는 매뉴얼이 필요하다. 오랫동안 학교교육을 받아온 학생들이 원칙화하여 기억하려고 하는 것은 당연한 결과라 할 수 있다.

　띄어쓰기는 학생들 각자의 시각적 익숙함이 기준으로 작용하는 경우가 많다. 시각적으로 봤을 때 가장 무난해 보이는 것은 2~3음절씩 묶어 쓰는 것이다. 그래서 한 음절씩 쓰이는 경우와 5음절 이상 한 묶음으로 쓰이는 경우를 부담스럽게 느껴 띄어쓰기의 오류를 낼 때가 많다는 점을 알아두고 정확한 띄어쓰기에 익숙해지도록 자신을 설득해 보자.

자주 틀리는 조사

학생뿐 이다(×)/ 학생뿐이다(○)

학생 이다(×)/ 학생이다(○)

'−이다'는 조사라는 사실을 기억해야 한다. 조사는 앞말에 붙여 쓴다는 원칙이 있어 붙여 쓰는 것이다.

생각하기보다는

이 경우 학생들의 오류의 방향은 '생각 하기보다는'으로 가장 많이 나타난다. 이러한 실수를 하는 이유는 '생각'과 '하다'를 띄어 써야 한다고 생각하고 있기 때문이다. 두 번째 오류의 방향은 '생각하기 보다는'으로 쓰는 것이다. 이때 '보다는'은 조사이기 때문에 붙여 쓴다. 조사는 아무리 길어도 붙여 써야 한다는 것을 기억하자.

나가기는커녕/ 사과는커녕

'나가기는커녕'의 경우 '커녕'을 의존명사로 오해하여 '나가기는 커녕'처럼 쓰는 실수가 생기기도 한다. 이때 '커녕'은 조사이므로 붙여 쓴다.

헷갈리는 의존명사

형태가 같은 단어가 조사로 쓰이는 경우와 의존 명사로 쓰이는 경우가 있다. 조사인지 의존명사인지를 판단하여 띄어쓰기 원칙을 적용해야 한다. 또 형태가 같은 단어가 연결어미인 경우와 의존명사인 경우가 있다. 연결어미는 당연히 붙여 써야 하고 의존명사는 그 앞에서 띄어 써야 한다.

얼마만큼/ 아는 만큼

'얼마'는 명사이고 뒤에 있는 '만큼'은 조사다. 조사는 앞말에 붙여 쓰므로 '얼마만큼'은 붙여 써야 마땅하다. 반면 '아는 만큼'에서의 '만큼'은 '아는'의 수식을 받아 의미가 한정되는 의존명사다. 의존명사도 명사이므로 품사 단위로 띄어 쓴다는 원칙을 적용하여 띄어 쓴다.

너대로/ 좋으실 대로

'너'는 대명사이고 뒤에 오는 '대로'는 조사 역할을 하므로 붙여 쓴다. 반면 '좋으실'의 수식을 받는 '대로'의 경우는 의미가 한정되는 의존명사다. 마땅히 띄어 써야 한다.

도착할지/ 시간이 흐른 지

형태가 같은 단어라도 연결어미로 쓰이는 경우와 의존명사로 쓰이는 경우가 있다. 품사의 쓰임을 판단하여 의존명사라면 띄어 쓰고 연결어미라면 붙여 써야 한다.

　　도착할지' 또는 '출발할지'의 경우 '도착'과 '출발'이라는 단어에 시간적 의미가 있다고 판단하여 '도착했을 지' '출발할 지'처럼 잘못 쓰는 경우가 있는데, 여기서의 '-ㄹ지'는 연결어미다. 의존경사 '-지'로 오해하여 실수하지 않도록 주의해야 한다. 반면 '시간이 흐른 지'의 경우는 '-지'에 시간의 지속이라는 의미가 문맥상 담겨 있으므로 띄어 써야 한다. (집 떠난 지 3년 만에 돌아왔다./ 고향을 등진 지 10년이 지났다.)

생각하는 데/ 할 일은 많은데

문법적으로 설명하자면, '생각하는 데'의 '데'는 의존명사이고, '많은데'의 ㄴ데'는 연결어미이다. 의존명사이니 당연히 '데' 앞에서 띄어 써야 하고, 연결어미이니 당연히 붙여 써야 한다. 그런데 글을 쓰다 보면 의존명사인지 연결어미인지를 판단하는 것이 신경 쓰이곤 한다. 글의 내용을 전개해 나가다가 문법 모드로 바꿔야 판단이 가능한 일이기 때문이다. 이러다 보면 어느새 글의 내용을 놓치고 만다. 그럴 경우 '그런데'의 의미가 들어 있는지 아닌지를 기준으로 판단하면 비교적 시간도 들지 않고 표기법도 정확하게 지킬 수 있다. '그런데'의 의미가 들어 있는 경우는 당연히 후자다. '-다. 그런데'로 분리했을 경우 의미 맥락이 그대로 살아 있다면 붙여 쓰도록 한다.

본용언과 보조용언의 띄어쓰기

'본용언+보조용언'의 경우, 띄어쓰기가 원칙이나 붙여 쓰는 것도 허용된다. '일할 만하다'라고 써야 하나, '일할만하다'라고 쓰는 것도 허용이 된다는 뜻이다. 그런데 출판 과정을 보면 대체로 원칙에 근거하여 통일성 있게 쓴다. 허용이 되어 오히려 학생들에게 혼란만 불러일으키는 것 같다. 원칙만 기억하는 것이 오히려 글쓰기에는 편할 수 있다.

'본용언+본용언'의 경우, 띄어쓰기가 원칙이다. 그런데 다음과 같은 경우에는 혼동이 생기기도 하므로 본용언+보조용언이든 본용언+본용언이든 띄어 쓴다고 기억하는 편이 훨씬 용이하다.

① 서류를 찢어 버렸다./ 찢어버렸다.
② 서류를 찢어 (쓰레기통에) 버렸다.
①의 경우는 둘 다 맞다. 그런데 ②의 경우는 반드시 '찢어 버렸다'라고 띄어 써야 한다. 뒤에 오는 '버렸다'가 여기서는 본용언으로 쓰이고 있기 때문이다.

맞춤법에 대해 더 자세히 알고 싶은 독자는 '국립국어원' 홈페이지 (http://www.korean.go.kr) 하단 오른쪽 배너 중 '한글맞춤법'을 클릭해 볼 것. 조금 더 쉽게 아주 자세히 설명이 되어 있으므로 궁금증을 해결할 수 있을 것이다.

외래어 표기법

우리말은 고유어, 한자어, 외래어로 구성되어 있다. 고유어와 한자어는 점점 감소하는 추세이고, 외래어는 문물의 이동과 함께 더욱 더 많아지는 추세다. 언중言衆이 고유어와 한자어를 외면하고 외래어뿐만 아니라 외국어까지 직접 한글 문장에 쓰는 경우도 흔해졌다. 그렇게 섞어 쓰면 영어 문장도 한국어 문장도 아닌 국적 없는 이상한 문장이 된다는 점을 강조해야 할 정도가 되었다. 학생들의 이해를 돕기 위해서는 영어 문장

안에 한국어 단어 하나가 들어 있다면 어떻겠는가? 하는 방식으로 반대의 경우를 예로 들어 설명하는 것이 더욱 효과적이다.

외래어 표기법을 가르치다 보면 약간의 문제가 발생한다는 것을 피부로 느낄 수 있다. 맞춤법에서도 보편적 언어 직관을 강조하듯이, 외래어 표기법도 법칙이므로 이를 보편적 언어 직관으로 받아들이라고 가르치긴 하지만 나 자신도 이제 조금 조정될 때가 오지 않았나 하는 생각이 들 때가 많다. 그래서 학생들에게 이러한 분별력을 가지면서 외래어 표기법을 따르도록 설명하고 있다.

외래어 표기법 원칙

'타깃target'처럼 영어 발음과 한국어 표기가 비교적 일치하는 듯해 보이는 경우는 거의 문제가 되지 않는다. 그런데 '워크샵workshop'은 '워크숍'으로 써야 외래어 표기법에는 맞다. 그런데 현실적으로 영어 발음은 '워크샵'에 가까워 보이니 이를 어떤 방식으로 설득해야 할까? '레포트report'는 영어 발음도 표기법도 '리포트'로 일치하지만 관용적으로 '레포트'로 써왔기 때문에 영어 발음대로 바꾸려 하지 않는 표기 중 하나다. '메시지message'처럼 영어 발음도 외래어 표기법도 일치한다면 아무런 문제가 없을 텐데 하는 생각이 든다.

다음은 현행 외래어 표기법(문교부 고시 제85–11호, 1986.1.7)의 기본 원칙이다.

제1항 외래어는 국어의 현용 24 자모만으로 적는다.
제2항 외래어의 1 음운은 원칙적으로 1 기호로 적는다.
제3항 받침에는 'ㄱ, ㄴ, ㄹ, ㅁ, ㅂ, ㅅ, ㅇ'만을 쓴다.

제4항 파열음 표기에는 된소리를 쓰지 않는 것을 원칙으로 한다.

제5항 이미 굳어진 외래어는 관용을 존중하되, 그 범위와 용례는 따로 정한다.

영어 표기법을 개선해야 한다는 견해를 주장하고 있는 글을 한 편 제시해 보겠다. 전남대 영문학과 명예교수인 고지문 교수의 「영어 표기법 개선해야 한다」(『조선일보』 2009. 10. 21)라는 제목의 글이다.

만약 우리가 외국인이 우리말을 하거나 쓸 때, 세종대왕을 '새전되안'이라고 발음하거나 표기하는 것을 보면, 어떻게 반응할까? 우리는 그 사람을 대화의 상대자로 인정하려고 할까, 아니면 무시하려고 할까? 우리는 그 사람을 무식하다고 경멸할 것이고, 그의 잘못된 교육을 비난하려고 할 것이다. 이처럼 외국어의 정확한 발음과 표기는 우리가 사람 대접을 받고 높은 교육수준을 상징하는 척도다.

정확한 영어 발음과 표기의 중요성과 필요성이 오늘날 우리 사회에서 간과되고 있다. 가장 큰 원인은 우리의 외래어 표기법의 부정적 기능을 고려하지 않고 표기법을 답습하는 보도매체와 최상류층 전문지식인들의 개선 의지 결핍과 무성의에 있다.

먼저 교육과 표기에 괴리가 있어 의식에 혼란을 일으키는 경우를 보자. 교육에서는 slow를 '슬로우'로 가르치고 있는데, 사회에서 사람들은 '슬로'로 발음하고 신문도 '슬로'로 표기하면, 올바르게 배운 사람은 큰 혼란을 겪는다. 또 정확하게 영어를 배운 초·중·고교생들을 바보로, 더욱이 국제적 미아로 만드는 외래어 표기법의 실례를 몇 개 들어본다. 표기법을 답습하는 보도매체와 지식인들은 영영사전과 영한사전의 발음 부호를 무시하고 자의로 애프리카Africa를 아프리카로, 토머스Thomas를 토마스로, 로우저벨트Roosevelt를 루스벨트로, 더욱 가관은 태평양전쟁과 6·25전쟁을 승리로 이끈 미국 장성, 머카서MacArthur를 맥아더로 표기한다. 이렇게 우리의 보도매체와 지식인들은 올바르게 배운 사람들을 당혹시키면서, 바보로 만드는 부정적 역할을 하고 있다. 그들은 자기도 모르게 정확한 영어를 버리고 잘못된 영어발음을 자주 듣고 보면서 익히는 데에 시간과 정력을 쏟는다.

　이렇게 외래어 표기법은 우리를 바보로, 더욱이 천덕꾸러기로 전락시키고 있다. 그러므로 우리는 하루빨리 표기법을 개선해야 한다. 표기법 말고도 고쳐야 할 또 하나의 잘못된 관행이 있다. 우리의 영한사전에는 발음 부호를 부정하는 한글 표기들이 있다. 예를 들면, 원음 어폴로우Apollo를 아폴로로, 다이어나이서스Dionysus를 디오니소스로, 에더퍼스Oedipus를 오이디푸스로, 그리고 플레이토우Plato를 플라톤으로 표기하고 있다.

　외래어 표기법과 영한사전의 잘못된 표기는 정확하게 배운 영어 발음, 올바른 영어교육을 부정한다. 이 부정은 배움과 삶을 이원화한다. 이 이원화가 우리가 배움을 바탕으로 실현하고 싶은 욕망(가능성과 잠재력의 발휘, 그리고 사회발전에의 기여)을 억압한다. 보도매체, 최상류층 전문지식인, 그리고 사전 편집자는 잘못된 표기법 개선에 앞장서야 한다. 이 개선이 초·중·고교생들이 배운 영어 발음에 신뢰감을 주면서, 올바른 영어교육을 살리는 길이 되기 때문이다.

물론 외래어 표기법에서 정해 놓은 원칙을 고려해 보면 위 필자의 제안대로 할 경우 혼란이 생길 것은 뻔하다. 다만 세계화 시대에 살고 있는 우리의 미래를 겨냥해 보며, 앞으로 어떤 방식의 외래어 표기법이 더 합리적일지는 고민해 보아야 하는 문제가 아닌가 생각된다.

비문非文을 쓰는 심리

정확한 문장을 쓰는 것은 레토릭의 일부다. 독자에게 필자가 생각한 바를 분명한 언어로 표현하는 것은 글 전체의 선명한 논리구조만큼 중요하다. 실제 글쓰기에서 비문—문장 단위에서 오류가 발생한 경우를 문법적인 지식만으로 교정하려고 할 경우, 학생들에게 쉽게 수용되지 않는 현상을 볼 수 있다.

비문을 쓰는 심리과정은 무엇일까? 비문과 비문을 쓰는 글쓰기 과정을 분석하여 설명해 주면 수정에 큰 도움이 될 것이다. 학생들이 잘 쓰는 비문 유형을 들어 설명해 보기로 하자.

"생명기술의 발전은 다른 부문보다 급속히 발전하고 있다."
글쓰기의 속도와 생각의 속도는 아주 큰 차이가 있다. 지금은 컴퓨터를 이용한 글쓰기를 많이 하므로 예전보다는 글쓰기 속도가 더 빨라졌지만 그렇다고 생각의 속도를 따라잡기는 쉽지 않다. 이 속도의 차이 때문에 글을 쓰는 사람들은 떠오른 생각을 빨리 문장으로 옮겨야 한다는 강박관념을 갖게 된다. 이것은 중요한 내용을 미리 앞에 던져놓게 하여 비문을 만들 확률을 높인다.

한국어 문장은 주어로 시작하여 서술어로 끝난다. 영어는 주어, 동사 등 중요한 의미 부분이 문장의 앞에 놓이고 그 다음 내용이 놓이지만, 한국어의 경우는 다르다. 중요한 내용을 먼저 써놓으면 위의 경우와 같이 비문이 되는 것이다. 아마 위의 문장을 쓴 학생은 '생명기술이 발전하고 있다'는 내용을 쓰고 싶었을 것이다. 그러나 성급하게 '생명기술의 발전'이라는 중요한 내용을 미리 썼기 때문에 주어와 서술어가 중복되는 비문을 만들고 만 것이다. "생명기술은 다른 부문보다 급속히 발전하고 있다"로 고쳐야 한다. 문법적으로는 이를 주어-서술어 호응관계의 문제로 분석하여 오류를 지적할 수 있지만, 실제로 그런 식의 지적은 글쓰기에 그다지 효과적이지 않다.

이런 유형의 비문을 막기 위해서는 메모하는 습관을 가질 필요가 있다. 중요한 내용을 메모해 두면 자신이 쓰고 싶은 내용을 여유 있게 구성할 수 있다.

문장을 '여기서 중요하다고 강조하고 싶은 것은' '내가 이것을 선택한 이유는' 등과 같이 시작할 경우, 이런 유형의 비문이 될 가능성이 높다. '나는 이러이러한 점에서 이 문제가 중요하다고 강조하고 싶다' '나는 이러이러한 이유 때문에 이것을 선택하였다'와 같이 쓰는 것이 더 바람직하다. 다음 예문도 이와 비슷한 경우이다.

"내가 원하는 것이 사람의 공과 사를 완전히 떼어내 냉철히 분석하는 인류학적 경지의 깨달음을 바라는 건 아니다."
이는 문법적으로 설명하자면 주술 호응 관계에 문제가 발생한 것이다. 글을 쓰는 심리학적 흐름으로 이유를 다음과 같이 설명해 주면 학생들의 교정은 더욱 손쉽게 이루어진다. 생각해낸 것을 잊어버릴지도 모른다는 강박이 작용하여 빨리 써야겠다는 생각으로, 전체 문장에서 쓰고 싶은 내용 '나는 —을 원한다'가 주어부에 놓이면서 문제가 발생하는 것이다. 이를 해결하기 위해서는 한 문장을 쓰더라도 주요 단어 메모를 해두고, 지연시키듯 글을 쓰는 습관을 갖는 것이 좋다. 서술어를 쓰기 전에 주어를 확인해 보는 것도 좋은 방법이다. 따라서 "내가 원하는 것은 사람의 공과 사를 완전히 떼어내 냉철히 분석하는 인류학적 경지의 깨달음이다" 또는 "내가 사람의 공과 사를 완전히 떼어내 냉철히 분석하는 인류학적 경지의 깨달음을 바라는 건 아니다"라고 써야 할 것이다.

"수단 방법을 가리지 않고 경쟁자를 짓밟고 이기기만 하면 된다는 관행을 뿌리내리게 하고, 다음 쿠데타에 일조했다고도 볼 수 있다."
'—고'는 순행 방향의 논리 전개에 사용되거나 대등하게 연결되는 연결어미로서의 역할을 한다. 그런데 위의 문장처럼 '—고'를 의미 맥락에 상관없이 반복적으로 쓰는 경우가 많다. 이는 한국어가 조사와 어미가 발달하여 정확하게 의미를 변별하여 쓸 수 있는데도, 무의식적으로 대충 표현하려는 심리에서 비롯된 현상이라고 할 수 있다.

   이처럼 썼을 경우에는 의미 내용이 정확하게 파악되지 않는다. 그러나 "수단 방법을 가리지 않고 경쟁자를 짓밟아 이기기만 하면 된다는 관행을 뿌리내리게 함으로써, 다음 쿠데타에 일조했다고도 볼 수 있다"라고 고치면 다시 생각해 보지 않아도 읽는 순간 의미를 이해할 수 있다. 이처럼 좋은 문장이란, 읽는 순간 노력을 들이지 않고도 이해가 되는 문장이다.

"미국 프린터 제조사인 렉스마크가 프린터를 공급하면 LG전자 상표를 붙여 판매할 계획이다."

이 문장의 주어는 '렉스마크'인데 실질적인 서술어 '판매할 계획이다'의 주어는 'LG전자'이다. 주어와 서술어가 맞지 않는 형태를 수정해야 한다. 즉 "LG전자는 미국 프린터 제조사인 렉스마크기 프린터를 공급하면 자신의 상표를 붙여 판매할 계획이다"로 써야 맞다.

"다수당인 한나라당은 야당을 설득하고 타협하지 못한다."

'야당을'은 '설득하다'의 목적어로 호응관계에 있지만, '타협하다'와 호응관계에 있지는 못하므로 타협의 대상인 '야당과'를 넣어 의미를 선명하게 해야 한다. 따라서 "다수당인 한나라당은 야당을 설득하지 못하고 야당과 타협하지도 못한다"로 고쳐야 한다.

이중 수식으로 의미가 모호한 경우

"이곳 동장은 바로 TV프로그램 '미녀들의 수다'로 유명한 이탈리아 여성 크리스티나다."

'미녀들의 수다'로 유명한 것이 이탈리아인지 크리스티나인지 의미가 명확하지 않다. 물론 맥락을 천천히 살펴보면 '미녀들의 수다'로 유명한 것이 크리스티나라는 것을 알 수 있으나, 독자들이 글을 읽을 때 의미 파악에 잠시라도 혼동을 가져오지 않도록 정확히 해야 한다. 따라서 '유명한' 다음에 쉼표를 써서 피수식어를 정확히 혜주어야 한다. "이곳 동장은 바로 TV프로그램 '미녀들의 수다'로 유명한, 이탈리아 여성 크리스티나다."

한 문장 안에서 주체가 달라지는 경우

비문 유형으로 나와 있지 않지만, 실제 글쓰기에서 실수가 잦은 유형이다. 문장이 길어지거나 한 문장의 내용이 많아질 때 주로 나타나는 오류이므로, 문장을 간결하게 쓰려고 노력하면 해결될 수 있다. 주체가 한 문장 안에서 객체로 바뀌지 않도록 주의해야 한다.

수동태 문장, 번역체 문장

학생들이 수동태를 비롯한 번역체 문장을 많이 쓰는 이유는 여러 가지가 있다. 우선 영어 공부에 투자하는 시간 때문이다. 한국어로 읽고 쓰고 공부하는 시간보다 영어 공부를 더 많이 하므로 어찌 보면 당연한 일이다. 또 한 가지 이유는 번역체로 된 책을 주로 보기 때문이다. 실제로 한글로 된 책보다 번역된 책이 더 많다. 이처럼 독자들은 자기도 모르는 사이에 읽기를 통해 쓰기의 방식을 배운다.

　나는 학생들에게 이러한 설명을 들려준 다음, 영어는 사물주어를 많이 쓰지만 우리말은 그렇지 않으므로 되도록 수동태를 쓰지 말라고 당부한다. 그런데 윌리엄 스트렁크의 책 *The Elements of Style*을 보았더니, 영어 글쓰기에서도 수동태를 한사코 피해야 한다고 강조하고 있는 게 아닌가. 문제는 언어 차이에서 비롯된 것이 아니었다.

　특히 강의를 할 때 '되어진다'나 '보여진다'가 많이 사용된다는 사실을 확인할 기회가 있었다. 국어교사를 대상으로 한 논술 지도 연수가 있었는데, 교수가 강의 내내 '되어진다' '보여진다'를 과다하게 사용하고 있었다. 그 후 다른 선생님들의 말과 글을 주의 깊게 검토하면서도 이러한 현실을 확인할 수 있었다. 사실, 나 자신조차 '보여지다'라고 쓸 때가 있다.

왜 이런 표현을 사용하게 되는지 생각해 보았다. 글을 쓰는 사람은 수동태를 쓰지 않으면 내용이 제대로 전달되지 않을지도 모른다는 염려가 있는 것 같다. '보인다'라고만 해도 되는데 군이 '보여지는 것이다'라고 하는 이유는 의미가 정확하게 전달되기를 바라는 의도 때문이다. 일종의 강박증이다. 스티븐 킹의 다음 말을 되새기며 의식하는 한 수동태나 번역체를 멀리 하도록 하자.

'작가에 의해 밧줄이 던져졌다'가 아니라 '작가가 밧줄을 던졌다'라고 써야 한다. 제발, 제발 부탁이다.[9]

우리는 번역체 문장에 너무 익숙하다. 다음 문장은 어떠한가?

"도로가 정비되면 이 지역은 많은 변화를 가져오게 될 것이다."

번역체 문장을 보여주어도 학생들이 알아차리지 못하는 경우도 많다. 그게 더 큰 문제인지도 모르겠다. 위의 문장은 '도로가 정비되면 이 지역에는 많은 변화가 일어날 것이다'로 수정하는 것이 더 좋다.

조금이라도 정확하고 신속한 소통을 원한다면 수동태를 쓰지 않으려는 노력이 필요하다. 수동태나 번역체 문장은 의기를 지연시키는 역할을 하기 때문이다. 좋은 문장은 독자가 읽는 순간 독해된다. 한글 문장을 읽었는데 의미를 이해할 수 없다면, 개념이 어렵거나 추상적인 내용으로 구성되었거나 번역체로 되어 있을 가능성이 많다. 이 두 가지가 동시에 적용된 문장이라면 매우 난해할 것이다.

정확한 문장을 쓰기 위해서는 자신이 써놓은 문장을 순독脣讀으로 읽어보면 된다. 중얼중얼 소리 내어 문장을 읽어보면 어느 부분이 잘못되었는지 곧 알 수 있다. 이는 학생들을 상대로 첨삭지도를 해보면 확인할 수 있다. 첨삭지도 중에 비문을 학생에게 소리 내어 읽어보라고 하면 학생들 스스로 '문장이 이상하다'는 반응을 보인다. 어떤 내용을 쓰고 싶었느냐고 물어보면 학생들은 설명하기 시작한다. 설명을 듣던 필자가 어느 순간 웃음을 보이면, 눈치 빠른 학생은 알아차린다. '아, 이렇게 쓰라구요?'

1. 우에노 치즈코 · 조한혜정, 『경계에서 말한다』, 사사키 노리코 · 김찬호 역, 생각의 나무, 2004, 224면.
2. Joseph M. Williams & Gregory G. Colomb, 『논증의 탄생』, 윤영삼 옮김, 홍문관, 2008, 46면.
3. 김정운, 「노는 만큼 성공한다」, 21세기북스, 2005, 79면.
4. 스티븐 킹, 『유혹하는 글쓰기』, 김진준 역, 김영사, 2002, 183~184면.
5. 한비야, 『지도 밖으로 행군하라』, 푸른숲, 2005, 263면.
6. 위의 책, 259~260면.
7. 위의 책, 259면.
8. 프로이트가 자신의 이론의 전제로 삼은 것 중 하나는 생물학자 헥켈의 "개체발생은 계통발생을 반복한다"는 것이다.
9. 스티븐 킹, 앞의 책, 김진준 역, 김영사, 2002, 150면.

4부

글쓰기와 레토릭

레토릭에서 '배열'은 의미를 정확히 해주는 역할도 하지
만, 쓰는 사람의 가치관을 드러내는 역할을 한다는 점도
잊지 말아야 한다. 이 점이 "어떤 순서로 써야 할지 모르
겠단 말야!"라고 외친 제임스 조이스의 고민은 아니었을
까?

01

수사학의 쟁점과 글쓰기

표현기술을 넘어서는 레토릭

수사학은 한국에서는 아직 제대로 정립되어 있지 않은 학문 분야 중 하나다. 한국 수사학의 역사 역시 앞으로 정리되어야 할 영역으로 남아 있다. 대학에서 글쓰기와 말하기 교육이 본격화하면서 수사학에 대한 관심이 많아지고 있지만 여전히 수사학은 많은 오해의 대상이다.

"내용이 중요하지 수사학은 말 만드는 기술에 불과해!"라고 발언하는 정치적 입장에 의해 수사학은 원래의 기능보다는 한낱 기술적인 표현만 담당하는 것으로 치부되어 오기도 했다. '수사'의 의미가 수사법 정도에 한정되는 경우조차 있다. 수사학이 논증과 설득의 기술 혹은 표현의 기술로 주장되어 온 데는 수사학의 오랜 역사가 전제되어 있다. 그러나 현재 우리에게 남겨진 것은 이 양분된 관점을 확인하는 것이 아니다.

박성창 교수의 지적대로 '표현 위주의 수사학'과 '내용 위주의 수사학'의 대립을 극복하는 것이 현재 수사학 연구의 중요한 과제인 것이다.[1] 특히 글쓰기 교육과 더불어 우리가 논의해야 할 것은 내용에 적절한 표현을 어떻게 얻어낼 것인가 하는 것이다. 그 점에서 내용이 표현을 얻는 과정에도 주목해볼 필요가 있다. 내용이 표현으로 구체화하는 과정에도 사고 과정은 이루어진다는 것이다.

글쓰기에만 한정하여 '글쓰기를 통한 설득의 기술'로 수사학을 규정해 보자. 여기서 설득이란 단지 이성적인 논리(로고스)뿐만 아니라, 청자의 감정과 욕망(파토스), 화자의 인격과 윤리성(에토스)까지 포괄하는 궁극적인 소통의 기술[2]이다. 그러니 논증이든 감상이든 어떤 종류의 글에서도 이는 효력을 발휘할 수밖에 없다.

수사학의 개념은 대체로 아리스토텔레스에 의해 다섯 가지로 정리된 수사적 기술로 구성된다.

① 논거발견술 혹은 착상 inventio
② 논거배열술 dispositio
③ 표현술 elocutio
④ 기억술 memoria
⑤ 연기술 actio

이 책에서는 논거발견술과 논거배열술에 특히 주목하고 있다. 논거발견술 또는 착상에서는 구체성의 극대화된 효과를 검토할 수 있다. 사와다 아키오[3]는 착상을 '무엇을 말할까' '무엇에 대해, 어떻게 말할까?'를 생각해 내는 것이라 한 다음 그 단서 'topoi'에 대해 설명하고 있다. '누가, 무엇을, 어디에, 어떤 수단으로, 왜, 어떻게, 언제'라는 일곱 가지의 질문으로, 신문 기사 작성법 '5W1H'에 한 가지가 첨부되어 있다. 또 이를 세분화하여 '무엇인가'가 핵심인 '정의'라는 단서에서는 종種, 유類, 종차

種差에 대한 것을 생각하게 된다고 설명한다. 비교, 관계, 조건, 증거와 같은 단서 역시 생각하게 되는데, 비교는 같고 다른 것, 관계는 원인과 결과, 앞뒤, 반대와 모순을, 조건에서는 가능 불가능, 개연 비개연, 과거 현재 미래를, 증거에서는 권위 증언 격언법 선례 등을 생각하게 된다고 제안한다.

위에서 제시한 것들은 자료 수집, 비판, 개요 작성 등을 구체적으로 수행하기 위해 참고해 보면 좋은 것들이다. 이런 것들 없이 막연히 개요를 작성하는 단계는 생각할 수도 없다. 학생들이 당위성에 근거해서만 개요를 쓰는 이유는 이러한 구체적 사고 과정 없이 이루어지기 때문이다.

논거배열술에 대해서는 몇 가지를 설명하고 있으니 참고하면 된다. 배열에는 서론–본론–결론 같은 전체 구조부터 단락 간 배열, 문장 간 배열, 한 문장 안에서의 단어 배열에 이르기까지 다양하게 적용될 수 있다. 이 배열 역시 단순한 배열이 아니라 질서를 정하는 주체에 의해 사고가 반영된 배열이다.

표현에 대해서도 많은 논의가 필요하지만, 이 책 역시 표현만 중시하는 책이라는 오해를 피하기 위해 자세한 설명은 하지 않겠다. 단, 문학이 끊임없이 새로운 은유를 만들어내고 끊임없이 새로운 표현을 세상에 던짐으로써 우리가 세계를 새로운 눈으로 보게 하고 우리의 경험에 새로운 요소를 부여해 주는 작업[4]이라는 점에서, 문학은 글쓰기에 창의성을 부여하는 가장 훌륭한 참조물임이 분명하다. 미국 연방대법원 사상 최초의 여성 판사 산드라 오코너는 워싱턴 연방대법원 건물 근처 폴저 셰익스피어 도서관에 자주 간다고 한다. 그 이유 중 하나가 자기가 쓸 판결문에 인용할 구절을 찾기 위해서라고 한다. 법 적용의 결과물,

즉 판결을 선고할 때 그것을 얼마나 설득력 있게 잘 쓰느냐가 중요하기 때문에, 특히 법원 판결은 승자보다 패자가 받아들일 수 있도록 하는 것이 관건이라는 것이다.[5]

02

글의 질서와 가치관

글의 질서는 배열에서 시작된다

레토릭에서 배열은 무엇보다 중요하다. 스티븐 킹의 『창작론On Writing』
에 나오는 제임스 조이스의 일화를 보면서 배열에 다한 이야기를 해보자.

어느 날 친구가 찾아가보니 이 위대한 작가는 몹시 절망한 자세로
책상 위에 엎드려 있었다고 한다.

친구가 물었다.

"제임스, 도대체 왜 그러나? 일 때문인가?"

조이스는 고개를 들어 친구를 쳐다보지도 않고 그렇다는 표시만
했다. 물론 일 때문이었다. 언제나 일이 문제가 아니던가?

친구가 다시 물었다.

"오늘은 몇 단어를 썼는데?"

조이스가 (여전히 절망한 자세로, 여전히 책상 위에 엎드른 채) 대답했다.

"일곱 개."

> "일곱 개라고? 하지만 제임스…. 그 정도면 괜찮은 편이잖아! 적어
> 도 자네에겐 말일세."
> 그러자 조이스는 마침내 고개를 들면서 이렇게 말했다.
> "그래, 아마 그렇겠지…. 그런데 그것들을 어떤 '순서'로 써야 좋을
> 지 모르겠단 말야."[6]

스티븐 킹은 '많이 읽고 많이 쓰라'는 내용을 설명하기 위해 제임스 조이스의 일화를 소개하고 있다. 얼마나 많이 써야 많이 썼다고 할 수 있는가? 사람마다 다를 수밖에 없다는 것이 스티븐 킹의 설명이다.

이 일화는 내게 배열의 중요성을 강조하는 것으로 보인다. 제임스 조이스가 써놓은 단어 일곱 개가 어떤 것이었는지 알 수는 없지만, 이 단어로 한 문장을 구성할지 아니면 한 단락을 구성할지는 그 단어를 어떻게 배열하느냐에 달려 있다. 제임스 조이스는 단어 일곱 개를 써놓은 것은 아무것도 쓰지 않은 것이라 생각하기 때문에 절망한 것으로 보인다.

배열의 문제는 다음 몇 가지와 관련된다.

문장 구성←단어의 배열
단락 구성←문장의 배열
그림 또는 영상을 언어로 표현할 때[7]

물론 세 번째에 제시한 것은 층위가 다르다. 첫 번째, 두 번째는 언어의 확장과 관련된다면 세 번째는 영상에서 독자가 읽어낸 내용을 언어

로 표현하는 것이기 때문이다. 그러나 질서를 부여하는 행위에 의해 내용이 다르게 구성될 수 있다는 것은 위 세 가지의 공통점이다.

가치관까지도 드러내주는 배열의 힘

영화 「범죄의 재구성」은 이와 같은 의미에서 특정한 사건에 질서를 부여하여 관객에게 '사실은 이렇게 된 것이었습니다'라고 하면서 우연을 필연으로 설명하기도 하고, 원인과 결과를 지시하기도 하고, 선후 관계를 보여주기도 한다. 이처럼 글쓰기 과정에서 독자를 설득하기 위해 논리적 체계를 갖추어야 하는데 그때 요구되는 것이 개연성, 인과관계, 선후 관계의 형성이다.

최근에는 동영상이나 그림을 보여준 후 글쓰기를 하라는 경우가 많다. 그림을 포함한 영상 표현에는 한 장면 안에 여러 가지 장면 혹은 정보가 동시에 묘사되어 있다. 따라서 그림에 나타난 것을 글로 표현하기 위해서는 순서가 정해져 있지 않은 정보에 질서를 부여해야 한다. 언어로 표현되는 순간 순차적인 질서가 부여될 수밖에 없다. 이런 의미에서 그림을 언어로 묘사하는 방식은 쓰는 사람의 관점에 따라 질서의 내용이 달라지며, 그에 따라 다른 글이 생산되기 마련이다.

레토릭에서 '배열'은 의미를 정확히 해주는 역할도 하지만, 쓰는 사람의 가치관을 드러내는 역할을 한다는 점도 잊지 말아야 한다. 이 점이 "어떤 순서로 써야 할지 모르겠단 말야!"라고 외친 제임스 조이스의 고민은 아니었을까?

듀안 마이클Duane Michals이라는 사진작가는 한 컷이 아닌, 연속 컷으로 작품을 제시하고 있다. 그가 순서를 정해놓은 연속사진으로 우리는 일정한 의미를 읽어낼 수 있다. 듀안 마이클은 사진에 순서를 붙임으로써 언어로 배열한 것 이상의 의미를 부여하였다.

1번의 사진 한 컷만 놓고 사진에 대한 감상을 하라고 하면 어떤 식으로든 질서를 부여하여 배열을 해야 할 것이다. 그런데 듀안 마이클은 2번부터 9번까지의 사진을 제시하여 배열의 과정에 직접 개입하고 있다. 말을 바꾸면, 시간이 개입하고 있다고 할 수 있을 것이다. 시간에 따라 관점에 따라 달라지는 감상 방법을 연속되는 사진이 보여주고 있다. 이 사진에서는 여러 가지 감상이 가능하거니와 하나의 대상을 놓고 글을 쓰는 저마다의 입장이라고 해도 좋을 것이다.

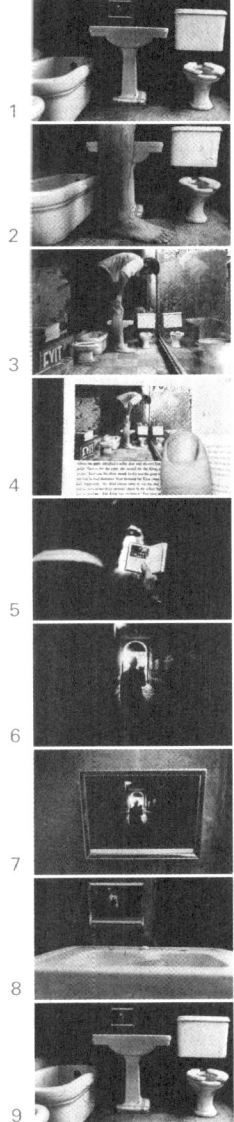

듀안 마이클Duane Michals, 「사물의 기이함Things are Queer」

이 사진은 성균관대출판부에서 출간한 『창조적 사고 개성적 글쓰기』(2006)에도 실려 있으며, 필자는 이 책의 공동 저자로서 사진을 보조 텍스트로 추천하였다.

배열의 레토릭

단어 배열도 사고의 결과다

문장들의 순서를 정하는 단계에서도 생각은 여전히 영향을 끼친다. 단어 배열에도 생각이 작동할 수밖에 없다는 것이다. 이를 통해 우리는 비판적 사고가 글로 옮겨지는 단계에서도 사고작용 없이는 불가능함을 확인할 수 있다. 문장을 쓰는 것은 사고의 결과이지 단지 배열에 그치는 것이 아니라는 것을 증명해 주는 셈이다.

다음은 학생들에게 단어 5~6개를 준 후 한 문장을 만들어보라고 한 결과 중 몇 가지 예를 모아본 것이다.

다음 단어가 핵심어로 주어져 있는 글을 쓰려고 한다. 다음 단어들을 사용하여 한 문장을 만들어보시오.

인간, 존엄성, 사고, 영혼, 인터넷

A) 인터넷에는 인간의 영혼과 깊은 사고가 반영된 글보다 개인의 존

엄성을 훼손하는 글이 범람하고 있다.

B) 인간은 점차적으로 두 종류의 발전을 이룩해 왔는데 우선 인간존
엄성에 대한 사고를 굳건히 해온 것·인간의 다양한 영혼을 그 자체로
존중하려 노력해온 것 등의 정신적 발전과, 인터넷 발명·건축기술의 발
전 등의 기술적 발전이 그것이다.

C) 인터넷에 영혼을 판 자들은 사람을 대할 때 인간의 존엄성에 대한
사고를 하지 않는 경향이 있다.

D) 인터넷이 영혼 없는 익명성의 공간이라 할지라도 인간의 존엄성과
함께 개인의 차별적인 사고방식도 존중되어야 한다.

환경, 후진국, 세계화, 녹색성장, 개발

A) 세계화 시대에는 환경도 전지구적 문제이므로 후진국은 기존의 개
발 방식보다는 녹색성장을 택해야 한다.

B) 세계화가 이루어지면 이루어질수록 선진국은 녹색성장을 세계의
지향점으로 내세워 기술성장을 위해 환경을 오염시키며 경제개발을 하
려는 후진국의 움직임을 저지한다.

C) 세계화 시대에서 후진국들이 살아남기 위해서는 개발도 중요하지
만, 녹색성장을 통한 환경 보호도 중요하다.

D) 세계화 시대에서 환경 문제가 중요해짐에 따라 후진국들은 녹색
성장이냐 개발이냐 하는 선택의 갈림길에 서 있다.

대학, 정보화, 경쟁력, 상품성, 시장, 지식

A) 정보화 시대를 살아가는 대학 졸업자들은 취업 시장에서 지식 경

쟁력을 갖춤으로써 더 뛰어난 상품성을 갖도록 강요받고 있다.

B) 정보화 시장에서 요구하는 경쟁력이란 출신 대학과 지식의 상품성이다.

C) 훌륭한 인재가 중요시되는 정보화 시대에 대학은 학생들에게 지식을 주입시켜 경쟁력이라는 상품성을 가진 하나의 상품으로 만든 뒤, 인력 시장에 내보내는 일을 담당한다.

D) 대학이 시장에서의 상품성 높은 상품이 아니라 진정한 지식의 장이 되어야만 정보화 시대에서 경쟁력을 가질 수 있을 것이다.

140여 명을 대상으로 실시한 결과 매우 다양한 문장들을 살펴볼 수 있었다. 위에 제시한 A, B, C, D는 그 중에서 필자가 선택한 예문이다. 현재 상황에 대한 진단을 내리기도 하고, 당위적인 해결책을 제시하기도 하며 경향성에 대한 내용으로 쓴 경우도 있었다. 물론 이들을 몇 가지 비슷한 항목으로 묶어낼 수 있을지도 모르겠다. 그러나 이 실습을 해본 이유는 5, 6개 단어를 공통적으로 가진 상태에서 글을 쓸 때 어떤 예들이 나타나는가를 확인하는 데 있다. 실습의 결과를 보면 단어만 써 놓은 상태는 아직 생각이 굳어지지 않았기 때문임을 알 수 있다. 제임스 조이스가 일곱 단어밖에 못 썼다고 절망한 데에는 사실 그럴 만한 이유가 있었던 것이다. 공통의 5, 6개 단어를 가지고 생각을 표현했는데 같은 문장을 쓴 학생은 단 한 명도 없었다. 각자 나름대로 주어진 단어를 자기 생각의 틀 내에서 조정하여 위와 같은 문장을 만들어낸 것이다.

위의 내용을 수행한 후 학생들의 반응에 대해서도 주목해 보았다. 핵심어가 주어져 있는 상황에서 생각을 통해 문장을 만들자니 답답함과 한계를 토로하는 학생들이 많았다. 그러나 뜻밖에도 이런 훈련이 완벽한 문장 쓰기에 도움이 된다는 반응도 있었고, 주어진 단어로 자신의 관점과 다른 주제를 만들 수밖에 없었지만 흥미를 느낀다는 반응도 있었다. 또 이러한 방식의 연습이 생각을 하도록 하고 그 결과를 드러내기에 좋은 방법이라는 소감도 있었다. 결국 단어를 어떻게 배열할 것인가는 생각의 결과일 뿐 아니라 자신의 가치관이 개입하는 문제라는 사실을 확인할 수 있었다.

비판적 사고는 문제를 해석하고 정확히 파악하는 데 도움이 되는 것은 분명하지만, 그 결과를 문장으로 옮기기 위해서는 위와 같이 다시 또 다른 사고의 과정이 개입되어야 한다는 것을 확인할 수 있다. 글쓰기의 과정이 곧 사고의 과정인 것이다. 사고는 글쓰기를 통해 구체화하고, 글쓰기는 사고를 다시 진전시키는 역할을 한다.

배열의 레토릭과 판단의 차이

제시되는 순서에 따라 인상이 달라질 뿐만 아니라 정반대의 결론도 가능하다. 다음에 제시된 인용문은 일본 가정재판스에서 가사조사관이 같은 자료를 가지고 배열을 달리하여 정반대의 결론에 도달하는 결과를 보여준다.[8]

본건 분쟁의 주원인은, 야단스럽고 제멋대로인 신청인과 성실하며 얌전하고 착실한 상대방의 생활관이 충돌한 점에 있는 것이 아닌가 라고 생각한다. ①분쟁의 원인이 이렇게 당사자 쌍방의 기본적 생활관의 대립에 있는 데다가, 분쟁의 경과란에서 보았듯이 그 정도도 상당히 심각해져 있으며, 신청인의 이혼 의지도 확고하기 때문에, 원만하게 조정될 가능성이 그다지 높지 않다고 생각하지만, ②상대방은 신청인에 대해 여전히 애정을 지니고 있어 가능하면 다시 시작하고 싶다고 생각하고 있기 때문에, 혼인관계가 완전히 파탄 났다고까지 말할 수는 없다고 생각한다.

이 소견에 의하면, 이 부부의 관계는 아직 복구 가능한 것이다. 그러나 이 보고서는 정보의 알맹이를 바꾸지 않고 완전히 반대 결론으로 만들 수 있다. 다음과 같이 전반과 후반의 정보를 바꾸어 넣는 것이다.

　본건 분쟁의 주원인은, 야단스럽고 제멋대로인 신청인과 성실하며 얌전하고 착실한 상대방의 생활관이 충돌한 점에 있는 것이 아닌가라고 생각한다. ②상대방은 신청인에 대해 여전히 애정을 지니고 있어 가능하면 다시 시작하고 싶다고 생각하고 있기 때문에, 혼인관계가 완전히 파탄 났다고까지 말할 수는 없다고 생각한다. 그러나, ① 분쟁의 원인이 이렇게 당사자 쌍방의 기본적 생활관의 대립에 있는 데다가 분쟁의 경과란에서 보았듯이 그 정도도 상당히 심각해져 있으며, 신청인의 이혼 의지도 확고하기 때문에, 원만하게 조정될 가능성은 그다지 높지 않다고 생각한다.

이런 문장이라면, 이 부부의 관계는 이미 복구 불가능한 것이 된다. 그리고 앞의 소견도 뒤의 소견도 모두 '올바른' 것이다. 조사관은 이 두 가지 '올바른' 점에서부터 자신이 끌리는 쪽을 선택할 수 있다. 그리고 이로써 가사심판관은 본건 분쟁에 대해 다른 인상을 가질 수 있다.

이는 물론 이론적인 설명이고 실제의 가정재판소의 조사 기술이 이렇게 단순히 결정되는 것은 아니다. 그러나 여기서 문제 삼는 것은, 보고서의 전반과 후반에 서술된 '사실'이 현실의 순서대로 진행된 것은 아니라는 점이다. 거기에 순서를 붙여 언어화한 것은 어디까지나 조사관이다.

'배열을 어떻게 하느냐'는 질서를 부여하는 과정이고, 결과적으로는 글 쓰는 사람의 가치관을 드러낸다. 어떤 내용이 전달되기를 원하느냐에 따라 적절한 배열 구도를 선택할 필요가 있는 것이다.

실제로 판결문을 쓰는 과정에서는 **분량 조절과 순서의 배치가 중요**하다고 한다. 분량은 형식적인 것 같지만 판결을 하는 판사의 입장을 무언으로 말해 준다는 것이다. 결론을 무엇으로 할 것인가에 따라 문장의 순서가 달라진다. 이는 물론 논리체계의 문제다.

─피고에 유리한 판결을 내리고자 하는 경우에는, 피고의 문제점을 간략하면서도 구체적으로 기술한다. '그러나'로 시작하면서 피고의 문제점을 넘어서는 피고의 좋은 자질과 상황을 들어, 문제가 있지만 그 문제보다는 피고가 지닌 인간적 장점을 들어 피고에게 유리한 판결로 마무리 짓는다.

─피고에 불리한 판결을 내리고자 하는 경우에는, 피고의 장점을 간략하면서도 구체적으로 기술한다. 그 다음 '그러나'로 시작하면서 피고가 지닌 장점에도 불구하고 피고가 지은 죄의 무거움을 구체적으로 입증하면서 피고에게 불리한 판결로 마무리 짓는다.

구체성의 레토릭

구체적으로 설득하라

많은 글쓰기 교재에서 '논지를 명쾌하게 밝혀라', '초점을 명확하게 맞추어라', '주안점을 분명하게 잡아라', '말끔하고 간결하게 쓰라'고 강조하는데, 이런 지침은 학생들에게 아무런 구체적인 방안을 알려주지 못한다. 이런 식의 지침은 모두 목표일 뿐 거기에 이르기 위한 수단은 제시하지 못하고 있기 때문이다.[10] 이와 마찬가지로 문제되는 지침 중 하나가 '구체적으로 쓰라'는 것이다.

어떻게 하면 구체적으로 쓸 수 있는가? 두 가지 예를 들어 설명해 보자. 자기소개서의 경우를 예로 들면 쉽게 이해할 수 있을 것이다. "저는 동아리 활동을 통해 인간관계를 원활하게 하는 방법을 터득했습니다"라는 문장이 있다고 하자. 이 문장은 전혀 설득력이 없다. 화제에 문제가 있는 것이 아니라 전달되는 내용에 구체성이 없기 때문이다. 같은 화제를 사용하더라도 어떠한 상황에서 어떤 동아리 활동을 시작하여 스스로 어떻게 변하고 또 주위 인간관계가 어떻게 변화했는지를 자세하게 설명해야 설득력을 갖게 되는 것이다.

어떻게 쓰는 것이 구체성을 높이는 것인지 다음의 두 경우를 비교하며 확인해 보도록 하자.

① 검찰 쪽 증인 가운데, 한재덕 증인은 '분지'라는 제목부터 반미적이며 이는 작가가 북한에 동조적임을 보여주는 것이라고 증언했다. 최아무개 증인은 이 소설은 남한에 대한 북괴의 악선전을 대신하고 있다고 주장했다. 이영명 증인은 이 소설이 공산주의 작가가 쓴 것이나 다를 바 없다고 했다.(필자가 구성한 내용)

② 검찰 쪽 증인 가운데, 월남 뒤 공산권문제연구소장으로 활약 중이던 한재덕 증인은 "분지糞地라는 제목부터가 심히 반미적이다. 주인공을 홍길동의 후손으로 설정한 것은 북괴 방송의 '홍길동'에 동조하는 것이다"라고 증언했다. 남파 간첩으로 복역하던 최아무개 증인은 "이 소설은 남한에 대한 북괴의 악선전을 대신하고 있다"고 주장했다. 함흥공산대학을 나왔다는 이영명 증인은 당시 육군 정보기관의 군속으로 근무하는 사람이었는데, "철두철미한 공산주의 작가가 최고로 기술을 발휘해서 쓴대도 이 이상일 수는 없을 것이다"라고 극언을 했다.(한승헌, 「독재가 낳은 60년대 미네르바」, 『한겨레신문』 2009.1.19)

①의 내용은 증인이 누구인지 알 수 없고, 증언의 전체 방향 정도만 가늠할 수 있도록 쓰여졌다. 이에 비해 ②의 경우는 증인이 누구인지를 소개하고 증언의 내용을 간략하게 인용함으로써 검찰 쪽 증언이 무리

가 있음을 그대로 보여주고 있다. 두 글 중 독자에게 더 효과적으로 전달되는 내용은 ②일 것이다. ②의 내용은 독자를 겨냥한 필자의 집필 의도가 구체성에 근거하여 생생하게 전달되고 있기 때문이다. 적절한 인용은 구체성을 높여주는 역할을 한다.

설득의 기술을 비판하는 논문에서는 대체로 파토스에 의한 것이 논리적인 오류를 가지고 있는 경우가 많다는 이유로 논증과는 거리가 먼 것으로 치부하려는 경향을 보인다. 마치 파토스에 의한 설득만이 설득의 기술에 해당되는 것처럼 비판된다는 것이다. 그러나 로고스에 근거한 설득의 기술도 있다. 이는 논증을 바탕으로 하여 이루어지는 것으로 '비판적 사고'를 통한 논술 교육에서 주장하는 바와 합리적으로 만날 수 있는 장이라 할 수 있다. 필자가 레토릭에서 강조하고자 하는 것 역시 논증을 바탕으로 이루어지는 설득이다. 이런 점에서 구체성이란 독자와의 소통이란 측면에서 로고스에 근거한 중요한 설득의 방법이 되는 것이다.

1. 박성창, 『수사학』, 문학과지성사, 2000, 20면.

2. Joseph M. Williams & Gregory G. Colomb, 『논증의 탄생』, 윤영삼 옮김, 홍문관, 2008, 9면.

3. 이하 부분은 사와다 아키오, 『논문과 리포트 잘 쓰는 법』, 이덩실 옮김, 들린아침, 2005, 225–226면 참조.

4. 도정일, 「무엇을 쓸 것인가」, 『글쓰기의 최소원칙』, 룩스문디. 2008, 35면.

5. 차병직, 「글쓰기 작업으로 구성되는 법의 세계」, 위의 책, 253면.

6. 스티븐 킹, 『유혹하는 글쓰기』, 김진준 역, 김영사, 2002, 183~184면.

7. 柳澤浩哉 외, 『レトリク探究法』, 朝昌書店, 2004, 1~2면.

8. 柳澤浩哉 외, 앞의 책, 4~5면

9. 사와다 아키오, 『논문의 레토릭』, 진웅기 역, 청송, 1993, 34~35면.

5부

첨삭지도의
중요성과 글쓰기

이런 사정을 감안하면 현대에 와서 '첨삭지도'가 글쓰기 교육의 과정으로 자리를 잡은 시점은 너무 늦은 게 아닌가 싶다. 비전문가의 글이 좋아질 수 있는 직접적인 방법으로 첨삭지도만큼 더 신속한 것은 없기 때문이다.

첨삭지도의
가치와 효용

모범적인 첨삭지도

최근 논술이 일반화하면서 첨삭지도의 중요성은 누구나 아는 상식이
되었다. 독자가 투고한 글을 첨삭해 주는 방식은 1920년대에도 실행되
고 있었다. 특히 잡지 『동광』은 이광수, 주요한, 감억이 독자들의 글을
직접 첨삭해 주는 '첨삭부'를 두기도 하였다. "글의 첨삭을 원하는 이에
게", "신시新詩의 첨삭을 원하는 이에게"라는 제목의 광고를 통해 '첨삭'
이라는 용어가 사용되고 있는 것도 알 수 있다.[1]

이런 사정을 감안하면 현대에 와서 '첨삭지도'가 글쓰기 교육의 과정
으로 자리를 잡은 시점은 너무 늦은 게 아닌가 싶다. 비전문가의 글이
좋아질 수 있는 직접적인 방법으로 첨삭지도만큼 그 신속한 것은 없기
때문이다.

그렇지만 여기에는 현실적으로 쉽지 않은 여건들이 도사리고 있다. 이
는 1920년대 당시의 첨삭이 유료로 행해진 것을 보아도 쉽게 추정할 수
있다. 첨삭료 및 반송료로 "원고지 한 장에 10전씩, 시의 경우는 50행마

다 30전씩의 첨삭 비평료를 동봉하여 첨삭을 요청"하게 되어 있었다. 작가나 글쓰기 담당교수가 첨삭을 하는 데 들이는 노고를 고려할 때, 첨삭이 아무리 가장 이상적인 글쓰기 교육방법이라 해도 첨삭지도가 현실화되기에는 많은 어려움이 있다.

글쓰기 강의를 할 때 첨삭지도는 간헐적으로 해왔지만, 내가 첨삭지도를 본격적으로 시행한 것은 2005년 성균관대학교 학부대학의 창립과 함께였다. 2005년 3월부터 한 학기에 두 번씩 담당 강좌의 수강생 전원을 만나 1:1 대면첨삭지도를 해왔다. 미국에서는 글쓰기 교육이 글쓰기 클리닉 센터를 중심으로 WAC(Writing Across the Curriculum)로 이루어지고 있다. 이미 미국은 글쓰기 교육이 확고하게 인프라를 구축한 상태에서 진행되고 있는 것이다. 그러나 한국의 첨삭지도는 교수자 개인의 피나는 노력이 아니면 구현되기 쉽지 않다. 최근 실제 첨삭 과정에서 내가 얻은 경험이 미국 글쓰기 교육에서 이루어지는 첨삭지도의 과정과 너무 흡사해서 놀란 적이 있다. 영어든 한국어든 언어에 상관없이 글쓰기 교육의 장에서 일어나는 상황의 공통점을 확인하면서 학문의 보편성을 새삼스럽게 인식하기도 했다.

다음은 최재천(이화여대 에코과학부 석좌교수)과 김광일(조선일보 문화부장)의 인터뷰 내용 중 일부다. 내가 성균관대학교에서 5년째 시행하고 있는 1:1 면담 첨삭지도의 한 단면을 생각나게 하는 부분이어서, 좀 길지만 인용해 보려고 한다.

최재천 제가 글을 잘 쓰는 사람인지 저는 잘 모르겠는데, 제가 사실 어렸을 때에는 문학소년이었습니다. 시인이 되고 싶어서, 그래서 중고등학교 내내 저는 시인이 될 줄로 굳게 알고 세월을 보냈는데, 어떻게 잘못해서 과학을 하게 됐거든요. 그런데 미국에 처음 유학을 가서 참으로 힘든 경험을 했습니다. 문학소년이랍시고 제 나름대로 닦아온 문학적 글쓰기하고 미국에서 새롭게 배우던 영어로 하는 과학적 글쓰기가 너무나 다른 데서 오는 어려움을 처음에는 정말 어떻게 극복해야 할지 막막해서 고민을 많이 했습니다. 문학적 글쓰기에서는 결론부터 이야기하면 안 되잖아요. 감칠맛 나게 잘 끌고 가서 마지막에 클라이맥스로 데려갔다가 내려놓고 뭐 이런 걸 해야 되는데 과학은 결론부터 얘기해야 하잖아요. 그것도 영어로 써야 하는데, 이 영어가 가지는 언어의 독특함이 있어요. 제가 영어로 글을 쓰면 그 글을 미국에서 처음 사귄 제 친구가 늘 읽어줬어요. 한 칠팔 개월을 그렇게 하다가 어느 날 그 친구가 끊임없이 저한테 고치라고 지적했던 부분이 안 고쳐지니까 일종의 퍼포먼스를 했는데 그게 저한테는 아주 충격적이었어요. 제가 준 글을 뒷장부터 거꾸로 정렬해서 저한테 그냥 돌려주는 거예요. '결론부터 앞에 써라' 이거죠. 저는 계속 결론을 제일 뒤에······.

김광일 그러니까 완전히 순서를 바꿔서 제일 뒷장을······.

최재천 예, 제가 주니까 그냥 보는 앞에서 순서를 바꿔 저한테 준 거예요. 그러지 말고 읽어달라고 했더니, "이제 너의 글을 더 읽어줄 필요가 없다. 너 이제 영어 잘 쓴다. 그런데 너의 유일한 결점은 결론을 얘기 안 하고 계속 싸고돌고 아꼈다가 나중에 한다. 그렇게 쓰는 거

아니다." 그 글을 받아들고 제 책상에 돌아가 앉아 한참 생각했어요. '아, 이거구나.' 그래서 과감히 문학적 글쓰기 흔적을 지우는 노력을 한 것입니다. 그러는 가운데 영문학과의 로버트 위버Robert Weaver 교수님이 가르치는 'Technical Writing', 우리말로 하면 '기술적 글쓰기' 쯤 되는 과목이 있더라고요. 그걸 신청해서 들었습니다. 열두어 명 정도 앉아서 듣는데 외국인 학생이 많았어요. 매 시간 자기가 지금 쓰고 있는 논문 또는 에세이를 가져와야 했어요. 학생들이 가져온 글들을 선생님이 눈감고 아무 거나 뽑아가지고 그것을 복사해 열두 명이다 같이 읽는 거예요. 읽으면서 씹어대는 겁니다. 이게 수업이에요. 수업을 두어 번 하시더니 선생님이 저를 부르시더라고요. "너는 나랑 따로 하자"고 하셔서 왜 그러시냐고 하니까 너 혹시 문학 하려고 하지 않았느냐고 물으시더라고요. 그래서 그걸 어떻게 아시느냐 물었더니, 제 글에는 문학도의 흔적이 절절히 남아 있다는 거예요. 사실 영어로 쓰면서 그런 것 안 하려고 노력했는데. 그래서 그날부터 저는 수업에는 가지 않고 일주일에 두어 번씩 그 선생님하고 만나서 이를테면 개인교습을 받는 거예요. 선생님 연구실로 가면 그 선생님은 푹신한 의자에 누우신 채로 절더러 제 글을 읽어보라고 하셨어요. 그럼 제가 한 줄 읽어요. 그럼 선생님이 "마음에 드니?" 하고 물어보죠. 전 "글쎄요, 전 사실 이런 얘기를 하고 싶었는데 그게 잘 안 돼요"라고 답하고, 그럼 선생님은 "너 지금 뭐라고 그랬니? 그걸 써봐" 하셨고, 그럼 제가 그걸 씁니다. 그럼 또 "그걸 읽어봐. 마음에 드니?" 하시고 저는 "이게 조금 나은 것 같은데요" 합니다. 위버 선생님은 이런 식으로 저랑 석 달을 만나주셨습니다……[2]

최재천 교수의 첨삭 경험에서 첨삭 과정뿐만 아니라 다음 몇 가지를 확인할 수 있다.

① 아무리 반복적으로 지적해도, 글 쓰는 당사자는 자신의 오류를 고치기가 쉽지 않다. 그래서 약간의 충격이 필요할 때도 있다. '아, 이거 구나.' 하는 깨달음의 과정을 반드시 거쳐야 자신의 오류를 수정할 수 있다.

② 자신의 글을 재배치할 준비를 하라.

③ 자신의 글을 평생 읽어줄 수 있는 친구를 만들어라.

④ 문학적 글쓰기 흔적이 도움이 되는 경우도 있다. 특히 수사를 동원한 표현에서.

하버드, 프린스턴, 예일, MIT처럼 전 세계가 인정하는 명문대는 아니지만, 글쓰기 교육 수준이 최상급이라는 UMASS대학교의 글쓰기 교육을 들여다보기로 하겠다. 이 대학 글쓰기 본부 소장 패트리샤 주코우스키는 글쓰기의 비법으로 다음 세 가지를 제시하고 있다.

첫째, 글쓰기를 너무 걱정하지 마라. 일단 글을 그냥 시작해라. 되도록 분량이 많은 글을 써봐라. 글에서 전하려는 내용을 완벽하게 써야 한다는 스트레스를 버려라. 일단 불완전하게라도 초벌 쓰기를 하면서 좋은 생각을 얻을 수 있다.

둘째, 그 다음에 정확한 문장을 만들고, 문장들을 모아 단락 구성에 들어가라. 내가 누구를 위해 글을 쓰고, 그들의 관심을 어떻게 최대한 이끌어낼 수 있을지 연구하면서 작성하면 된다. 내 생각을 독자에게 관심 있게 전달하도록 배합하라는 말이다.

셋째, 글을 쓰면서 큰소리로 읽어보는 것이 좋다. 이 방법은 정말로 훌륭하다. 이렇게 자가점검을 하면 중심 내용이 잘 표현된 글이 될 수 있다. 문법이 잘못된 곳도 찾을 수 있다. 특히 영어가 모국어가 아닌 학생들에게 이 방법이 효과가 있다. 글을 쓰고 큰소리로 읽어가면서 손질하는 게 글쓰기의 비법이란 말이다.[3]

첨삭지도는 이렇게 한다

첨삭지도의 궁극적인 목적은 학생들 스스로 자신의 글의 문제를 파악하고 이를 교정하는 글쓰기를 할 수 있도록 하는 데 있다. 그런데 문제는 실제 교육 현장에서 첨삭지도를 시행하면 할수록 학생들은 수동적인 글쓰기를 한다는 사실이다. 결국 스스로 고쳐 나가기는커녕 교수가 첨삭을 해주지 않으면 어떤 방식으로 써야 할지 모른다는 것이다.

이런 문제점을 해소하기 위해 다양한 첨삭지도법이 필요하다. 예를 들어, 첨삭지도의 방법을 강의한 다음 학생들에게 직접 다른 학생의 글을 첨삭하도록 실습을 시킨다. 두 명이 서로의 글을 교환하여 첨삭을 실습하거나, 여섯 명 정도로 조를 편성하여 조별로 토의하면서 한 편의 글을 첨삭하게 하는 방법도 가능하다.

첨삭지도가 효과적으로 이루어지기 위해 교수자–학습자의 태도를 점검해 보도록 하자.

첨삭지도자가 갖추어야 할 자세

① 첨삭지도를 통해 학습자가 글쓰기에 대한 흥미를 가질 수 있도록 유도하라.

② 첨삭지도는 문제점만 알려주는 것이 아니다. 학습자의 글이 지닌 가능성을 찾아 알려주도록 노력하라.

③ 문제점을 지적할 때는 반드시 장점과 함께 설경하라. 문제점만 지적하면 학습자는 상심하게 된다.

④ 반론이 제기될 수 있는 부분을 알려주어라.

첨삭지도 학습자가 지녀야 할 태도

① 첨삭지도는 틀린 것을 지적받는 것이 아니라, 더 좋은 글이 되기 위한 안내를 받는 것임을 명심하라.

② 첨삭지도는 야단을 맞는 것이 아니므로 첨삭지도를 받고 난 후 주눅 들지 말라.

③ 첨삭지도가 아니면 고칠 수 없다는 수동적인 태도를 벗어 던져라.

④ 첨삭지도에서의 수정 지시를 글쓰기 과정의 일부로 받아들여라.

⑤ 첨삭지도의 궁극적 목적은 자신의 글을 잘 고칠 수 있도록 하는 데 있음을 기억하라.

글쓰기의 동기 유발 요인으로 가장 강력한 것이 첨삭지도, 특히 면대면 첨삭지도다. 교수자가 성실하게 첨삭지도를 하면 학습자도 자신의 글에 열의를 보인다. 그러나 교수자에게나 학습자에게 부담스러운 방법이기도 하다. 양쪽 다 지독한 노력을 기울이지 않으면 효과를 보기가 쉽지 않기 때문이다.

한국 사회에서 글쓰기 교육이 본격적으로 시작된 것이 2005년 전후라고 할 때, 최근 5년간의 변화를 보면 각 대학마다 '글쓰기 클리닉'의 중요성이 첨삭지도를 중심으로 확산되고 있는 것 같다. 힘든 과정이긴 하지만 글쓰기 교육이 첨삭지도와 무관하게 이루어져서는 별로 소득이 없다는 것을 인식하는 분위기가 형성되고 있다.

첨삭지도 과정 보기

글쓰기에서 수정은 '첨가, 삭제, 대체, 이동, 재배열' 다섯 가지 형태로 이루어진다. 글쓰기 과정의 회귀성을 충분히 이해함으로써 필요에 따라 일련의 과정에서 특정 단계에서 앞 단계로 되돌아오거나 다음 단계로 넘어갈 수 있다는 것을 주지시켜야 한다. 주제에 적절한 글쓰기, 글의 구조부터 논증 과정, 단락 구성, 문장 구성, 맞춤법, 띄어쓰기에 이르기까지 조언을 성실하게 하는 것이 첨삭지도의 어려움이다. 그렇지만 시행되면 글을 어떻게 써야 할지 바로 깨달을 수 있는 기회가 된다.

첨삭의 방법(단, 내용에 대한 것은 글의 유형에 따라 달라질 수 있다)
① 주제는 무엇인가? 그리고 잘 구현되어 있는가?
② 글의 구조 혹은 단락간의 유기성은 지켜지고 있는가? (서론–본론–결론 구성, 설득력, 논증력)
③ 단락은 제대로 구성되어 있는가? (단락 구분은 제대로 되어 있는가?)

④ 문장은 정확하게 구사하고 있는가? 문장의 길이는 적절한가?

⑤ 어휘는 적절하게 선택되어 있는가?

⑥ 맞춤법, 띄어쓰기는 정확한가?

다음에 제시한 것은 첨삭지도 후 글이 변화하는 과정을 보여주고 있다. 이 학생은 화제에 대한 아이디어는 있는데, 어떻게 구성해야 할지 몰라서 힘들다고 했다. 그러나 수정의 다섯 과정을 실천해 보더니 글을 어떻게 써야 할지 깨달았다고 했다. 수정의 순서는 '글①→첨삭→자기 검토→글②→글③'이다.

① 우리들의 우리나라

ⓐ4월 17일, 미국의 버지니아 공대에서 미국 영주권과 한국 국적을 가진 조승희 씨가 권총을 난사하여, 60여 명을 죽이거나 다치게 하였다. ⓑ이 사건은 한국에 사건의 전모가 한꺼번에 알려진 것이 아니라 점차적으로 진상이 밝혀졌는데, 그 과정 속에서 한국 국민들의 반응이 흥미롭다.

처음으로 보도가 되었을 때는 범인이 아시아계라는 정보만 밝혀졌었다. 그 당시에도 많은 네티즌들이 혹시 한국인이 범인이 아닐까 하는 우려감을 드러냈다. ⓒ하지만 18일이 되어 그 우려가 범인은 한국인 조승희라는 현실로 드러나자, 비단 네티즌뿐만 아니라 대통령에 이르기까지 거의 모든 계층 모든 국민들이 죄책감을 느끼면서 미국 사회에 사죄를 했다. 대통령은 18일부터 여러 차례에 걸쳐 애도 메시지를 발표했고, 심지어 주미대사는 애도를 표현하기 위해 교민들에게 금식을 하자는 제안까지 했다. 처음에는 나도 [ⓒ]<u>한국 교민 사회에 어떤 악영향이 있을 수도 있겠구나</u> 하는 생각을 했지만, [ⓓ]<u>이렇게까지 전 국민이 술렁거리자 그런 염려보다는 한국의 집단주의에 대해서 궁금증이 생긴다. 한국은 왜 이렇게 특별한 집단주의를 가지고 있는 것일까.</u>

'과연 이 사건이 미국인에 의해 우리나라에서 일어났으면 어땠을까'란 기사를 읽고 미국 언론과 대중들의 주류가 이번 사건을 인종 문제가 아닌 개인의 문제로 받아들이고 그런 방향으로 조사를 하자 한국 사회는 안도를 하고 있는 분위기이다.

또한, 현재 인터넷에는 조승희가 실제 범인이 아니라 누군가에 의해서 범인으로 조작이 되었다는 [ⓔ]음모론이 매우 많다. 이들은 뉴스와 정황 분석 등을 통해 몇 가지 근거들을 내세우며 조승희가 희생되었다고 주장한다. 물론 이들의 주장도 계속하여 읽다 보면 일리가 있고, 실제로 안 그렇다는 보장도 없는 건 사실이다. 하지만, 그 음모론을 또 미국과 연결시켜 미국을 문제 삼는 것은 근거가 없는 이야기고, 오히려 집단적으로 느끼는 죄책감을 누구에겐가 전가시키려고 하고 있다는 생각마저 들고 있다.

이미, 조승희 사건이 그의 개인적 문제로 수사되고, 우리가 우려하던 한인들의 피해가 별 일없이 일단락되자, 우리 언론과 인터넷에는 조승희를 잊고 있다. 하지만 우리들의 [ⓐ]유별난 민족주의는 잊히지 않고, 없어지지 않고 새로운 사건과 함께 또다시 등장할 것이다.

물론 개인주의, 민족주의 어느 것이 더 낫고 더 우월한가를 따져야 하는 것은 아니다. 하지만 점점 세계화가 이루어지고 있는 시점에서,

세계적으로 의아해 하는 우리의 민족주의를 무리 없이 이해시키기 위해서는 [◎]수정이 필요할 듯싶다.

* 첨삭지도 내용

㉠ 연도까지 정확히 밝힐 것.

㉡ 서두에서 이 글의 방향을 보여주어야 하는데 '한국 국민들의 반응이 흥미롭다'고 함으로써, 반응에 대한 내용이 중심이 되리라는 것을 알려주고 있다.

㉢ "하지만 18일 한국인 조승희가 범인이라는 사실이 드러나자"

㉣ 생각 부분은 ' '로 처리할 것, '한국 교민사회에 어떤 악영향이 있을 수도 있겠구나'

㉤ 위치 조정 필요.

㉥ 음모론의 내용을 간략히 밝힐 것.

㉦ 민족주의인지 집단주의인지 개념 확인할 것.

◎ 무엇에 대한 수정인지 밝힐 것.

* 다음에 주의하면서 첨삭을 해보시오.(자기검토)

① 주제는 무엇인가?

② 제목은 주제를 잘 반영하고 있는가?

③ 단락 간의 관계는 유기적이고 논리적 체계를 갖추고 있는가? 주제는 단락의 구성을 통해 일관성 있게 구현되고 있는가?

④ 이 글을 읽은 독자의 생각에 영향을 끼칠 수 있겠는가?(여론을 형성할 수 있는 정도의 설득력은 있는가?) 예상되는 찬론에 대한 반박은 잘 이루어지고 있는가?

⑤ 단락 구분은 제대로 되어 있는가? 각 단락에 제시된 근거는 타당성이

있는가?

⑥ 문장은 필자가 나타내고자 하는 의미를 정확하게 표현하고 있는가?

⑦ 어휘는 적절하게 선택되었는가?

⑧ 맞춤법, 띄어쓰기 상의 오류로 인해 글의 신뢰도에 문제가 생기지는 않았는가?

＊ 첨삭된 글에 대한 자신의 견해

① 자신의 글에서 스스로 예상한 문제점과 첨삭자가 첨삭해 준 내용에 어떤 차이가 있는가?

: 애초에 완성된 글이 아니라서 글의 구성에 관한 문제점을 지적 받을 것이라 예상했지만, 특별한 언급이 없었던 것 같다.

② 자신의 글을 수정할 때 어떤 점을 중심으로 고치면 좋겠는가?

: 글의 유기적인 체계가 이루어지지 않았다. 표현, 문법적 요소도 중요하겠지만 글의 구성을 제대로 하는 것이 먼저라고 생각된다.

③ 칼럼을 쓰면서 어려웠던 점은 무엇인가?

: 처음 '칼럼'이란 것을 쓰면서 참주제도 정하기 힘들었고, 글은 어떻게 구성해야 할지 잘 몰랐다. 때문에 여러 자료를 먼저 찾아보고 참주제를 정하긴 했지만 자료의 영향을 많이 받아서 글을 쓸 당시 계속 자료의 표현만 떠올라 당혹스러웠다. 때문에 제대로 된 글을 완성시키지 못하고 생각의 파편들을 나열하는 결과를 초래하고 말았다.

④ 다시 칼럼을 쓴다면 어떻게 쓰겠는가?

: 칼럼의 성질과 구성을 제대로 알고 구성과 근거를 좀 더 탄탄히 하여 써야겠다.

② ⓐ우리들의 우리나라

2007년 4월 17일, 미국의 버지니아 공대에서 미국 영주권과 한국 국적을 가진 조승희 씨가 권총을 난사하여, 60여 명이 사상을 당했다. 이 사건은 한국에 17일 밤부터 단계적으로 알려졌는데, ⓑ그 과정 속에서 한국 국민들의 반응이 흥미롭다.

사건이 처음 보도되었을 때는 범인은 아시아계라는 사실 정도만 알려졌는데, 그 당시에도 많은 네티즌들은 '혹시 한국인이 범인이 아닐까' 하는 우려감을 드러냈다. 하지만 18일이 되어 그 우려가 '범인은 한국인 조승희'라는 현실로 드러나자, 비단 네티즌뿐만 아니라 대통령에 이르기까지 거의 모든 계층 모든 국민들이 죄책감을 느끼고, 미국 사회에 직간접적으로 사죄를 했다. ⓒ연합뉴스가 국민들을 인터뷰한 것을 보면 한국인이라는 사실이 이렇게 부끄러운 적은 없었다는 인터뷰 내용이 있다. 또한, 대통령은 18일부터 여러 차례에 걸쳐 애도 메시지를 발표하기도 했다. 심지어 주미대사는 애도를 표현하기 위해 교민들에게 금식을 하자는 제안까지 했다. 처음에는 나도 '한국 교민 사회에 어떤 악영향이 있을 수도 있겠구나' 하는 생각을 했지만, ⓓ이렇게까지 전 국민이 술렁거리자 이렇게 심한 반응들을 보이는 것은 부자연스럽다고 생각한다.

게다가, 현재 인터넷에는 조승희가 실제 범인이 아니라 누군가에 의해서 범인으로 ⓔ조작이 되었다는 음모론이 매우 많다. 네티즌들은 뉴스와 정황 분석 등을 통해서 몇 가지 근거를 내세워서 조승희가 누군가에 의해 죄를 뒤집어쓰고 희생되었다고 주장한다. 예를 들면, '권총의 일련번호까지 없애버린 치밀함을 보인 범인이 한 달 전에 구입한 총기 구매영수증을 사건현장에 그것도 가방 속에 넣고 다닌다?' 같은 것이다. 이 증거들은 나름대로 일리가 있고, 실제로 이 증거들이 사실이 아니라는 보장도 없다. 하지만 일부 네티즌들은 그 음모론을 또 미국과 연결시켜 ⑧미국을 문제 삼는 것은 근거가 없는 이야기이고, 오히려 집단적으로 느끼는 죄책감을 누군가에겐가 전가시키려고 한다는 생각마저 든다.

그런데 한국 국민들의 반응들 중에 또 눈에 띄는 것이 있다.

Ⓐ그렇게 과열된 반응들을 보여주던 한국 사람들이 어느 순간, 언론에서부터 인터넷까지 조승희 사건에 대한 언급이 사라진 것이다. 아마도, 미국 사회에서 조승희 사건을 그의 개인적 문제로 인식하고 또 수사하기 때문일 것이다. 우리가 우려하던 한인들의 피해가 별 탈 없이 일단락되자, 한국 국민들은 안심하고 그를 잊었다. 실제로 미국에서는 수사가 계속되고 있지만 요즘 들어 어떤 매체에서도 ⓒ조승희에 대한 기사를 본 적이 없다.

Ⓓ그렇다면, 우리가 이렇게 조승희 사건에 대해서 과민반응을 보인 이유는 무엇일까. 그 이유는 동양, 우리나라 특유의 집단주의에서 찾을 수 있다. 우리는 유난히 집단주의가 심하다. 일단 '우리'라는 말부터가 집단주의가 반영된 단어이다. 물론, 제 삼자의 입장에서(아마도 개인주의 입장에서) 우리의 반응을 이상하게 본다고 해서 집단주의가 나쁘다는 것은 아니다. Ⓔ집단주의가 반영되었던 월드컵은 세상에 큰 센세이션을 불러왔다. Ⓕ하지만 점점 세계화가 이루어지고 있는 시점에서, 세계적으로 의아해하는 우리의 집단주의를, 세계가 무리 없이 이

해하도록 하기 위해서는 우리가 먼저 집단주의에 대해 다시 한 번 생각할 필요가 있다고 본다.

＊첨삭지도 내용

㉠ '우리'들의 우리나라.

㉡ "그 과정 속에서 나타나는 한국 국민들의 반응이 매우 흥미롭다."

㉢ 단락 구분을 위해 문단을 나눔.

㉣ "전국민이 술렁거리자 이렇게 심한 반응을 보이는 것은 부자연스럽다는 생각을 하게 되었다."

㉤ "조작되었다는"

㉥ "미국을 문제삼고 있다. 이는 근거가 정확하지 않는 루머일 뿐이고, 오히려 집단적으로 느끼는 죄책감을 누구에게 전가시키려고 한다는 데서 이루어진 것은 아닌가 하는 생각마저 들게 한다."

㉦ "그렇게 과열된 반응을 보여주다가 어느 순간,"

㉧ "조승희에 대한 보도를 내보내지 않았다."

㉨㉩㉪ 예상 반론에 대한 반박을 염두에 두면서 ㉨→㉩→㉪단락 구성을 다시 해볼 것.

③ '우리' 들의 나라

[개요]

제목 : '우리'들의 우리나라

주제문 : 조승희 사건에 대한 과민반응은 한국 국민들의 집단주의가 과도하게 표출한 것이다.

2007년 4월 17일, 미국의 버지니아 공대에서 미국 영주권과 한국 국적을 가진 조승희 씨가 권총을 난사하여, 60여 명이 사상을 당했다. 이 사건은 한국에 17일 밤부터 단계적으로 알려졌는데, 그 과정 속에서 나타나는 한국 국민들의 반응이 매우 흥미롭다.

사건이 처음 보도되었을 때는 범인은 아시아계라는 사실 정도만 알려졌는데, 그 당시에도 많은 네티즌들은 '혹시 한국인이 범인이 아닐까' 하는 우려감을 드러냈다. 하지만 18일 한국인 조승희가 범인이라는 사실이 드러나자, 비단 네티즌뿐만 아니라 대통령에 이르기까지 거의 모든 계층 모든 국민들이 죄책감을 느끼고, 미국 사회에 직간접적으로 사죄를 했다. 연합뉴스의 보도를 보면 한국인이라는 사실이 이렇게 부끄러운 적은 없었다는 인터뷰 내용이 있다. 또한, 대통령은 18일부터 여러 차례에 걸쳐 애도 메시지를 발표하기도 했다. 심지어 주미대사는 애도를 표현하기 위해 교민들에게 금식을 하자는 제안까지 했다. 처음에는 나도 '한국 교민 사회에 어떤 악영향이 있을 수도 있겠구나' 하는 생각을 했지만, 전 국민이 술렁거리자 이렇게 심한 반응을 보이는 것은 부자연스럽다는 생각을 하게 되었다.

게다가, 현재 인터넷에는 조승희가 실제 범인이 아니라 누군가에 의해서 범인으로 조작되었다는 음모론이 매우 많다. 네티즌들은 뉴스와 정황 분석 등을 통해서 몇 가지 근거를 내세워서 조승희가 누군가에 의해 죄를 뒤집어쓰고 희생되었다고 주장한다. 예를 들면, '권총의 일련번호까지 없애버린 치밀함을 보인 범인이 한 달 전에 구입한 총기 구매영수증을 사건현장에 그것도 가방 속에 넣고 다닌다?' 같은 것이다. 이 증거들은 나름대로 일리가 있고, 실제로 이 증거들이 사실이 아니라는 보장도 없다. 하지만 일부 네티즌들은 그 음모론을 또 미국과 연결시켜 미국을 문제 삼고 있다. 이는 근거가 정확하지 않은 루머일 뿐이고, 오히려 집단적으로 느끼는 죄책감을 누군가에게 전가시키려고 한다는 생각에서 이루어진 것은 아닌가 하는 의심마저 들게 한다.

그런데 한국 국민들의 반응들 중에 또 눈에 띄는 것이 있다. 그렇게 과열된 반응을 보여주다가 어느 순간, 언론에서부터 인터넷까지 조승희 사건에 대한 언급이 사라진 것이다. 아마도, 미국 사회에서 조승희 사건을 그의 개인적 문제로 인식하고 또 수사하기 때문일 것이다. 우리가 우려하던 한인들의 피해가 별 탈 없이 일단락되자, 한국 국민들은 안심하고 그를 잊었다. 실제로 미국에서는 수사가 계속되고 있지만 요즘 들어 어떤 매체에서도 조승희에 대한 보도를 내보내지 않는다.

그렇다면, 우리가 이렇게 조승희 사건에 대해서 과민반응을 보인 이유는 무엇일까. 그 이유는 동양, 우리나라 특유의 집단주의에서 찾을 수 있다. 우리는 유난히 집단주의가 심하다. 일단 우리가 제일 많이 사용하고 있는 '우리'라는 말부터 집단주의가 반영된 단어이다. 요즘에는 외국에서 개인주의의 영향을 많이 받아서 꽤 변하기는 하였지만 불과 몇 십 년 전만 해도 한국인은 집단주의가 매우 강하여 부작용이 상당하였다. 예를 들면, 집단에 소속되어 있을 때는 위풍당당하던 개인도 그렇지 않을 때는 극도로 소심해지는 일이 빈번했다.

물론 제삼자의 입장에서 개인주의의 입장에서 우리의 반응을 이상하게 본다고 해서 집단주의가 나쁘다는 것은 아니다. 집단주의가 반영되었던 2002년 월드컵은 세상에 큰 센세이션을 불러왔다. 또한 7,80년대에 우리나라가 비약적인 성장을 한 이유 중에 하나가 바로 각 개인들이 그들이 소속된 집단에서 결속력을 가지고 최선을 다했기 때문이다. 이렇듯 집단주의는 그 집단이 긍정적으로 모였을 때 개인들의 집합보다 훨씬 큰 시너지 효과를 일으킨다.

하지만 점점 세계화가 이루어지고 개인주의가 대중화되고 있다. 이런 시점에서 세계적으로 의아해하는 우리의 집단주의를, 세계가 무리 없이 이해하도록 하기 위해서는 우리가 먼저 집단주의에 대해 다시 한 번 생각할 필요가 있다고 본다.

첨삭지도와 고쳐 쓰기

첨삭지도는 고쳐 쓰기 혹은 다시 쓰기로 이어지지 않는다면 많은 효과를 기대할 수 없다. 학기마다 수강생 전원을 대상으로 첨삭지도를 하며 준비가 되어 있지 않은 학생에게도 첨삭지도를 해야 할까 하는 회의가 들기도 한다. 그러나 첨삭지도 후 현격하게 달라지는 몇몇 학생들의 글을 보면 역시 글쓰기 교육에서 첨삭지도의 중요성을 절감하게 된다. 다음에 제시하는 예문에는 첨삭지도와 고쳐쓰기의 과정이 매우 상세하게 나타나 있다. 글쓰기를 하는 모든 학생이 이 학생처럼 할 수 있다면……하는 욕심이 생기기도 했다. 글 한 편에 대해서만 '초고 쓰기→첨삭지도→고쳐 쓰기'의 과정을 보도록 하자.

이 글은 『조선일보』 2009년 2월 28일에 실린 다음 내용을 읽고 쓴 글이다.

프리드먼이 독자 질문에 답합니다.

세계화 전도사에서 환경 전도사로 변신한 토머스 프리드먼 Friedman 뉴욕타임스 칼럼니스트가 지난 21일 조선일보와 이상네트웍스가 공동주최한 '그린포럼 2009' 행사에서 '녹색 혁명green revolution'을 주제로 특별 강연을 했다. 위클리비즈는 조선닷컴 모닝플러스(독자우대 서비스) 회원 중 이메일 수신 동의자 약 20만 명 등 독자들을 대상으로 이 강연 무료 초청 이벤트를 지난 9~11일 이메일을 통해 실시했다. 총 1475명의 독자가 응모했고, 추첨을 통해 100명을 강연회에 무료 초대했다. 이와 별도로 이벤트 참가자 중 1400여 명이 프리드먼에게 하고 싶은 질문을 보내왔다. 주요 질문을 프리드먼에게 전달해 그의 답을 받았다.

─개발도상국들은 녹색 혁명을 할 만큼 경제적·기술적 여유가 없다. 이 때문에 또다시 세계가 양극화될 것이라는 전망이 닪다. 이에 대한 생각은?(박송훈·최준호·임정론 씨 등)

"중국에서 열린 어떤 포럼에서 한 토론자가 이렇게 말한 적이 있다. 미국이 지난 수십 년간 화석연료를 사용하는 '더러운 성장'을 한 것처럼 지금은 중국 등 저개발국가들이 '더러운 성장'을 할 때라는 것이다. 그러니 간섭하지 말라는 것이다. 맞는 말이다.

하지만 후진국들이 계속 더러운 성장을 한다면, 결국 미국에 청정 에너지 기술의 주도권을 넘겨주는 것밖에 안 된다. 미국은 5년 정도만 더 지나면, 청정에너지 기술 개발에 성공할 것이다. 이 기술을 들고 개발도상국들에 와서 비싸게 팔 것이다. 중국은 유선전화 시대를 거치지 않고 무선전화 시대로 갔다. 노력한다면 더러운 에너지를 쓰는 단계를 건너뛰고 바로 청정에너지 시대로 갈 수 있다. 모두가 청정에너지 시대로 가고 있는 상황에서 꼭 더러운 에너지 단계를 거치겠다고 하면 좋을 대로 하라고 말할 수밖에 없다."

—지금 주장하고 있는 녹색 혁명은 기존의 환경 보호 활동과 어떻게 다른가?(안영준·안혜련·신기현 씨 등)

"전통적인 환경주의자들은 무조건적인 '보호'만을 주장한다. 이런 전통적 방식의 환경 보호를 요구한다면 나는 '노(No)'라고 말할 것이다. 보호만을 강조하게 되면, 한국이나 중국 같은 나라는 경제성장을 할 수가 없다. 나무나 끌어안고 살라고 할 순 없지 않은가? 대신 청정에너지 기술 혁신은 환경을 보호하면서 동시에 경제성장도 이룰 수 있다. 자동차를 타면서 맑은 공기도 마시겠다는 것이다. 그렇다고 환경주의자를 비난하는 것은 아니다."

—녹색 성장을 위해서는 국제적인 공조가 필수적이다. 하지만 미국이 온

실가스를 줄이자는 교토의정서 비준을 거부하는 등 국제 공조가 쉽지 않다. 이에 대한 생각은?(양승현·노성철·이세진 씨 등)

"구속력 있는 국제협약을 만들 수 있다면 좋겠지만, 굉장히 어려운 일이다. 국가마다 발전단계가 다르기 때문이다. 사실 미국은 지금까지 엄청난 양의 이산화탄소를 배출했다. 개발도상국들에게 환경 보호를 강요하는 것은 어쩌면 먼저 식사를 끝내고 커피까지 마신 후 경비를 나누자고 말하는 것과 마찬가지다. 누가 동의하겠는가? 그래서 타협이 쉽지 않다. 교토의정서에 대해 190여개 국가 모두의 동의를 이끌어낼 수 있다면 분명 신의 축복이다. 하지만 나는 이런 일이 실현될 것으로 생각하지 않는다. 나는 우리 아이들의 미래를 교토의정서처럼 불확실한 것에 걸고 싶지 않다. 환경은 규제 이상으로 혁신에 초점을 맞추어야 한다. 청정에너지는 정부나 국제적 차원의 문제가 아니라, 기술자들이 마음만 먹으면 충분히 해결할 수 있는 문제다. 녹색기술을 발전시키기 위해서는 소득세를 감소시키는 대신 탄소세를 높이는 쪽으로 세금 체계를 바꾸는 것이 효과적이다. 연비 높은 자동차를 만들라고 하면서 유류세는 올리지 않으려는 움직임이 있다. 하지만 당근만 있고 채찍이 없으면 한계가 있다."

—최근 경제위기 상황에서 미국 의회가 이른바 '바이 아메리카Buy America' 조항을 통과시키는 등 선진국들의 보호주의가 심화되려는 조짐을 보이고 있다. 이에 대해 어떻게 생각하나?(최명진·박용수·백보흠 씨 등)

"미국이 어떻게 가장 부유한 나라가 되었는지 되새겨볼 필요가 있다. 역사적으로 미국은 보호무역으로 부유한 국가가 된 것이 아니다.

우리가 살고 있는 정보기술시대는 지식을 가지고 있는 인재를 더 많이 보유할수록 더 많은 수익을 올릴 수 있는 시대다. 한국·인도·중국 등 세계 곳곳에 있는 두뇌를 미국시장으로 끌어들여 이들이 더 많은 아이디어와 비즈니스를 만들어낼 수 있도록 해야 한다."

―환경 전도사로서 개인적으로 더 나은 환경을 위해 실생활에서 어떤 실천을 하고 있는가?(노순연·김은주·신해영 씨 등)

"나는 성인聖人이 아니다. 솔직히 탄소를 많이 발생시키는 편이다. 집도 크다. 하지만 나는 하이브리드카를 타고, 우리 집에는 태양열 집열판이 설치되어 있다. 나는 뷔페식당에 가면 절대 접시를 하나 이상 사용하지 않는다. 환경을 보호하기 위해 대단한 노력을 하지는 않지만 작은 생활 하나하나에서 열심히 하려 한다."

① **1차 글쓰기**(2009. 03. 09/초고 원문)

    첫번째 글은 개발도상국들이 '녹색 혁명'을 해야 한다고 주장한다. 프리드먼은 청정에너지 기술의 혁신이 환경과 성장을 동시에 추구할 수 있게 한다고 한다. 또한 개발도상국이 '더러운 성장'만을 지속하면, 선진국이 청정에너지의 기술마저 장악하게 될 것으로 본다.

    먼저, 개발도상국들이 처한 현실을 자세히 들여다볼 필요가 있다. 지속가능한 개발을 강조하는 선진국들과 달리, 개도국들은 '더러운 성장' 단계에 놓여 있다. 분명 전지구적으로 환경 문제가 심각하지만, 축적된 반환경적 행위들의 결과를 오늘날 성장중인 국가들의 탓으로 돌릴 수 없다. 브라질에는 경제 성장을 위한 동력을 위해 지나치게 많은 산림이 파괴되고 있다. 이는 지구의 허파 구실을 하는 대규모의 숲을 파괴하는 행위이지만 자국의 경제 성장을 위해 불가피하다. 기존의 경제적 수준차가 있음을 고려해보면 이들에 대한 국제적 질타는 불공평하다. **개도국들이 '녹색 혁명'을 선택한다고 해도 청정에너지 기술의 주도권을 획득한다고 장담할 수 없다.**

    그러나 지구가 위기에 처한 상황에서 '더러운 성장'을 추진하는 것은 개도국들에게도 위험하다. 결국 선진국들의 양보와 윤리적 경영이 필수적이다. 그러나 이는 (지금까지의 방식대로) 선진국이 개도국을 착취하거나 자율성을 박탈하는 방식으로 이루어져서는 **안된다.** 선진국들은 저개발된 산유국들에서 기술력과 자본력으르 그들이 석유를 내어주는 대신 자생력을 잃게 하였다. 선진국에 **의존하게된** 개도국들은 유일한 생존 수단이었던 석유마저 고갈되고 있는 상황에 처해 있다. 또한, 이것이 국가 분쟁으로 이어지며, 한정된 석유 자원의 비정상적인 가격 폭등을 야기한다. 국가간의 관계 역시 혁명적으로 변하여야 한다. 경제적 불평등을 감안하여 관계를 공정하게 재정립해야 한다. 특히 미국은 한 국가의 식량 안보를 위협할 정도로 시장의 개방화를 강요해왔다. 이런식의 수직적 관계를 벗어날 필요가 있다. 즉, 선진국은 책임 의식을 갖고 개도국과 공정한 일대일 관계를 구축하여 개도국들이 자생적으로 지역 경제를 살리도록 협력해야 한다. 그 이후 개도국들의 녹색혁명은 자연히 이루어질 것이다.

＊ 내가 쓴 글, 문단별 요약

Ⅰ 문단 : 기사내용, '프리드먼'의 입장 요약 설명

Ⅱ 문단 : 개발도상국의 현실에 대한 분명한 인식 필요함

　　　　　현재 환경 문제는 선진국의 축적된 반환경적 행위의 결과임

　　　　　예) 브라질 산림 파괴

Ⅲ 문단 : '더러운 성장'의 위험성 → 불가피한 '녹색 혁명' ?

　　　　　선진국의 윤리의식 필요, 예) 산유국(개도국), 분쟁·가격폭등 등

Ⅳ 문단 : 국가 간의 관계의 혁명적 변화 필요, 일대일 관계

② **진단용 글쓰기 대면첨삭**(2009. 03. 23)

＊ 맞춤법, 띄어쓰기, 비문 등의 문법적 오류

• 쓸 때는 눈에 띄지 않았던 문법적 오류가 첨삭 과정에서 많이 보였다. 좀 더 주의를 기울여 작성해야 할 것이며, 바른 글쓰기를 생활화해

야 하겠다. 예) '첫번째 글' → '첫 번째 글', '의존하게된' → '의존하게 된' '이런식의' → '이런 식의'

• '개도국들이 '녹색 혁명'을 선택한다고 해도 청정에너지 기술의 주도권을 획득한다고 장담할 수 없다.' → '개도국이 '녹색 혁명'을 선택한다고 해도, 그들이 청정에너지 기술의 주도권을 획득할 수 있다고는 장담할 수 없다.' 등

＊ 단락 구분

• 교수님은 단락의 구분이 '내 생각의 단위가 어떻게 분절·연속되는지'를 보여주어야 한다고 하셨다. 또한 첫 번째 단락은 글 전체의 방향성을 제시하는 역할을 해야 한다고 하셨는데, 내 글은 그 역할을 수행하기에는 부족하다.

• 단락의 구분이 없는 것은 아니나 생각, 내용으로 구분되었다기보다는 서론–본론–결론의 구성과 적당한 길이에 맞추려고 나눈 것 같다.

• 교수님께서 '국가간의' 앞에서 단락을 구분하는 것이 좋겠다고 하셨다.

＊ 내용

• 자료를 읽고 쓰는 글이라 '첫 번째 글은'으로 시작하고 있는데, 이는 논술시험 답안을 쓰던 습관 때문에 빚어진 것이라는 지적을 받았다. 앞으로 쓰는 모든 글은 독립된 한 편의 글이므로 '첫 번째 글'이 무엇인지 구체적으로 밝히고 써야겠다.

• 세 번째 단락의 '선진국들의 양보와 윤리적 경영이 필수적이다'는

당위성을 지적하는 것인데, 문제는 이 당위성이 현실적으로 아무런 힘을 발휘하지 못한다는 것이다. 개도국의 입장에서 이런 당위성을 강조할 수 있으나, 이건 글을 쓰기 위한 방편이 아닌지 생각해 보라는 제안을 받았다.

• 마지막 단락에서 무리하게 해결방안을 제시하려고 한 것 같다. 논술 시험의 부작용일 수 있다고 하셨다. 결론을 써야 된다고 생각하면 왠지 해결방안으로 마무리해야 한다는 것이 강박관념이 되어 있었는지도 모르겠다. 해결을 제시하는 것에 부담을 갖지 말고 기사의 내용에 대한 문제의식과 비판을 위주로 써야겠다. 스스로 생각해도 현실적으로 무리한 대안을 억지로 내려고 하지 말자!

• 논리적 비약이 너무 많은 것 같음.

＊ 총평

• 교수님은 '개요 작성'이 주제일탈을 막아주고, 단락 구분을 용이하게 해준다고 하셨다. 글이 엉성하고 내용이 모호한 것은 개요 작성을 꼼꼼히 하지 못했기 때문인 것 같다.

• 원래 항상 개요를 짜는 습관을 갖고 있지만, 갑자기 짧은 시간에 글을 쓰게 되어 부담스러웠는지 침착하게 개요를 작성하지 못하였다. 개요부터 분명하지 않았기 때문에 글이 자연스럽지 못한 것 같다.

③ 2차 글쓰기 - 개요(2009. 05. 23)

• 교수님과의 1:1 첨삭 이후에 다시 개요를 작성하기 위해서는 프리드먼 인터뷰 기사를 다시 꼼꼼히 정리할 필요가 있었다. 무리한 해결책

을 제시하는 것에서 벗어나 분석을 제대로 하는 과정을 글로 쓰기 위해 프리드먼의 인터뷰 기사를 다시 읽고 요약하며, 무엇을 비판해야 할지 정리해 보기로 했다.

＊ 기사 내용('프리드먼'의 입장) 요약·비판할 점
- "후진국들이 계속 더러운 성장을 한다면, 결국 미국에 청정에너지 기술의 주도권을 넘겨주는 것밖엔 안 된다." 예) "중국은 유선전화 시대를 거치지 않고 무선전화 시대로 갔다. 노력한다면 더러운 에너지를 쓰는 단계를 건너뛰고 바로 청정에너지 시대로 갈 수 있다." (이 부분은 중국 통신기술 개발의 특수성을 간과한 것이라고 다른 학생이 지적한 바 있다.)
- "(전통적 방식의 환경) 보호만을 강조하게 되면, 한국이나 중국 같은 나라는 경제성장을 할 수가 없다. …… 대신 청정에너지 기술 혁신은 환경을 보호하면서 동시에 경제성장도 이룰 수 있다."
- 구속력 있는 국제협약 어려움, "국가마다 발전단계가 다르기 때문", "청정에너지는 정부나 국제적 차원의 문제가 아니라, 기술자들이 마음만 먹으면 충분히 해결할 수 있는 문제다. …… 소득세를 감소시키는 대신 탄소세를 높이는 쪽으로 세금 체계를 바꾸는 것이 효과적이다."
- '바이 아메리카' 등 선진국들의 보호주의 심화 경향, "보호무역 X, 정보기술시대는 지식을 가지고 있는 인재를 더 많이 보유할수록 더 많은 수익을 올릴 수 있는 시대"
- "성인이 아니다. …… 환경을 보호하기 위해 디단한 노력을 하지는 않지만 작은 생활 하나하나에서 열심히 하려 한다."

* 아이디어

• 지난번 글쓰기에서는 '프리드먼'의 입장에 대한 단순한 요약과 막연한 비판만 있었던 것 같다. 이번에는 기사에서 논의하고 있는 내용에 좀 더 직접적인 관련성이 있는 사례와 문제의식을 갖고 접근하기로 하였다.

• 개발도상국의 인프라 구축 미비, 더러운 성장 없이는 청정에너지 개발도 쉽게 이루어지지 않음.

• 생활 속의 실천이라고 하는 것도 '하이브리드 카', '태양열' 등이 개발도상국에서는 현실적이지 않음.

• 청정에너지를 개발하고 있다는 미국은 더러운 성장을 하지 않는가? 실질적으로는 더러운 성장을 하고 있는데, 캐치프레이즈가 바뀐 것이 과도하게 표현되고 있는 것 같다.

• 강대국의 이해관계에 따라 세계화 진전, 환경문제도 마찬가지. 기사 外 논의 사항은 안 되나?

• 강대국의 권력행사, 폭력.

• 평평한 세계라고 하지만 그렇지 않다. 아직 불균등 (인터넷에도 국경은 존재, 국제통화량 투자유치의 국제화 수준)

• 국제적 협약도 비민주적, 강대국의 이해관계에 휘둘림.

• 아웃소싱↑, 저임금 국가.

• 프리드먼 : 개인, 기술 측면 / but, 국가 여전히.

* 개요

Ⅰ 문단: 기사내용, '프리드먼'의 입장 요약 설명, 글의 방향성(전개) 제시

Ⅱ 문단: 개발도상국은 청정에너지 개발이 실질적으로 불가능함, 프리드먼의 논리 반박

Ⅲ 문단: 미국이 개발한 청정에너지 기술 적용은 현실적으로 어려움

Ⅳ 문단: 이기주의적인 미국(선진국)의 발상—실질적으로 더러운 성장중, 강대국의 권력 행사 등

• 문단은 의미단위로 정확히 구분할 것. 문단의 핵심 내용, 문장으로 문단을 시작할 것.

③ **2차 글쓰기**(2009. 05. 23 / 06. 06 —전체 수정)

「프리드먼이 독자 질문에 답합니다」(『조선일보』 2009. 2. 28)에서 프리드먼은 개발도상국들이 '녹색 혁명'을 해야 한다그 주장한다. 청정에너지 기술의 혁신이 환경과 성장을 동시에 추구할 수 있게 하기 때문이다. 또한 개발도상국이 '더러운 성장'만을 지속하면, 선진국이 청정에너지의 기술마저 장악하게 될 것으로 본다. 그러나 프리드먼의 주장은 개발도상국의 한계와 실질적으로는 '더러운 성장'을 하고 있는 선진국의 양태를 간과하였으며, 청정에너지 기술의 실질적인 영향력에 대해 막연하고 이기적인 입장을 반영하고 있다

먼저, '노력한다면 더러운 에너지를 쓰는 단계를 뛰어넘어 청정에너지 시대로 갈 수 있다'는 프리드먼의 주장은 현실성이 없다. 그가 예로 든 바에 따르면 중국은 유선전화 시대를 거치지 않고 무선전화 시대로 갔기 때문에 모두가 청정에너지 시대로 갈 수 있다. 그러나 더러운 에너지나 청정에너지는 통신 기술과 같은 어떤 특정한 산업분야의

기술이라기보다는 전반적인 산업분야에서 상품을 개발하기 위한 인프라라고 보는 것이 더 가깝지 않을까. 청정에너지를 무선전화 같이 기술 발달이 필요한 산업으로 동등하게 보아도 그의 논리는 무리가 있다. 무선전화의 경우 중국뿐만 아니라 다른 나라에서도 이미 상당한 수준 발전한 상태였고 중국 내부의 필요성과 수요에 의해 집중적으로 투자가 되었을 것이다. 그러나 친환경 기술은 선진국에서도 초기 개발 단계다. 또한 모두가 환경 보존과 지속 가능한 개발의 중요성에 대해 막연히 생각하면서도, 집중적으로 투자할 만한 경제적 유인을 찾지 못하고 있다. 환경 보존에 대한 국제적인 협약이 있기는 하지만 실질적인 구속력이 있는 것도 아니다. 경쟁이 치열한 세계 경제 체제 내에서, 개발도상국들은 개발에 박차를 가하여 당장 자국의 경제 성장률을 1%라도 더 올려야 하는 목표를 갖고 있다. 이러한 상황에서 기본적인 인프라도 구축되어 있지 않은 개발도상국이 과연 청정에너지 개발을 집중적으로 할 수 있으며 또 투자한 만큼의 성과를 얻을 수 있겠는가.

한편, 선진국들은 과연 정말로 '녹색 성장(혁명)'을 하고 있다고 자신 있게 말할 수 있는지 반문하고 싶다. 앞서 언급한 것처럼 선진국, 특히 미국은 환경 문제보다는 다른 경제적 유인에 크게 반응하고 있으며 청정에너지 개발이라는 것도 이미 '더러운 성장'을 할 수밖에 없는 개발도상국에 대한 또 다른 지배의 형태를 취하기 위함으로 보인다. 더욱이 그들은 더러운 성장 단계를 지나간 것이 아니라 더러운 성장과 녹색 성장을 병행해오고 있다. 그들은 표면적으로는 친환경적인 생산을 표방하면서 상당한 부분을 개발도상국에서 생산하기 때문이다. 세계 각지에는 이미 그들이 설립한 생산 공장이 수없이 많이 있지 않은가. 결국 그들은 단순한 생산 공정을 개발도상국에게 맡김으로써 더러운 성장을 하고 있다고 볼 수 있다.

　마지막으로 프리드먼은 청정에너지 기술이 현실적으로 수용되기 어려운 개발도상국의 상황을 무시할 뿐만 아니라 개발도상국에 대해 지배적인 태도를 보이고 있다. 그는 '미국이 5년 정도만 더 지나면 청정에너지 기술 개발에 성공하여 이를 개발도상국들에 와서 비싸게 팔 것'이라고 하였지만 개발도상국은 비싼 청정에너지를 받아들일 자본도 없거니와 성장을 하기에 바쁘다. 따라서 현실적으로 그들이 청정에너지를 받아들인다는 것은 거의 불가능하다. 만약 이와 같은 상황에서도 청정에너지를 보급하려 한다면, 이는 분명히 드러나는 상대 국가의 입장을 전혀 고려하지 않은 채, 경제·정치적인 권력으로 폭력을 행사하는 것이나 다름없다. '하이브리드카를 타고, 태양열 집열판을 설치'할 만큼의 여유가 있는 경우가 아니라면 아무리 '녹색 혁명'을 한들, 청정에너지를 언제 개발해서 주도권을 가질 수 있겠는가. 전 지구적으로 심각한 환경 문제도 결국 선진국의 축적된 반환경적 행위들의 결과이며 그러한 행위들을 개발도상국을 통해 지속하고 있다는 점을 고려할 때, 애초에 미국의 청정에너지는 더러운 성장에 반대되는 개념이 아니라 개발도상국을 지배하여 자국의 이익과 영향력을 극대화하려는 수단일 뿐이다.

1. 천정환, 『근대의 책 읽기』, 푸른역사, 2003, 469면.
2. 최재천, 「정확성과 경제성과 우아함, 그리고 치열성」, 『글쓰기의 최소원칙』, 룩스문디, 2008, 111-112면.
3. 신우성, 『미국처럼 쓰고 일본처럼 읽어라』, 어문학사, 2009, 103-104면.

6부

소통을 위한
다양한 글쓰기

자신이 논증하는 바를 독자로부터 인정받으려면 어떤 식으로 글을 써야 하는지 구체적으로 경험해 볼 수 있다는 점에서 칼럼 쓰기는 소통을 위한 글쓰기로 바람직하다.

01

자기소개서와
표현의 힘

미리 써보는 자기소개서

자기소개서는 가장 쓰기 쉬우면서도 가장 쓰기 어려운 글이다. 대부분의 자료나 정보를 당사자가 가지고 있다는 점에서, 또 다른 어떤 화제보다 자신이 가장 잘 알고 있기 때문에 가장 쓰기 쉬운 글이다. 그러나 자기소개서는 상황에 따라 달리 써야 할 필요가 있기 때문에 가장 쓰기 어려운 글이 되기도 한다. 취업을 목적으로 하는 경우라면 그 취지에 맞게 써야 하지만 진솔한 고백을 요하는 상황이라면 솔직하게 써야 하므로 조정 능력이 필요하다.

고백식 글쓰기는 사실 어렵지 않다. 글이라고 하는 것이 진심을 털어놓게 하는 힘을 지니고 있기 때문이다. 문제는 있는 그대로 쓰는 것이 아니라 가공을 해야 할 경우다. 어떤 형식에 따라야 하는 부담 때문에 글이 잘 써지지 않을 수도 있으나 글은 오히려 그 과정에서 더 진실해질 수 있다.

취업과 같은 특정한 목적을 겨냥하는 경우, 자기중심적으로 쓰면 개인적인 넋두리 글이 되기 쉽다. 자기소개서는 자신에 대한 고백보다는 자신의 장점과 능력을 진정성에 근거하여 어떻게 구성할 것인가가 중요하다. 진정성에 근거하지만 글 쓰는 자신의 허락을 구해서 목적에 맞게 적절한 선택과 배제가 이루어져야 한다. 다음에 제시하는 것처럼, 대학을 졸업하는 상황에서 취업을 겨냥한다고 가정한 후 자기소개서를 써 보자. 다음 사항에 유의할 필요가 있다.

① 자신이 취업하고자 하는 지원 분야에 따라 달라지겠지만, 대체로 성장과정, (성격 혹은 능력의) 장단점, 대학생활 및 경력, 지원 동기, 입사 후 계획이 반드시 포함되어야 한다.

② 서술 방식은 항목별이든 일반 서술형이든 어떤 방식을 취해도 좋다. 물론 실제 상황에서는 지원 분야에서 하라는 방식으로 서술하면 된다.

③ 선택과 배제, 진정성의 긴장감을 최대한 살려야 한다. 자신이 지원하는 분야가 어디인가에 따라 자신의 능력과 성격 및 특징 중 적절한 것을 선택하고 나머지는 과감히 버려야 한다. 여러 가지를 구구절절 늘어놓아서는 안 된다.

④ 적절한 배치가 필요하다. 항목의 중복을 피해야 한다. 어떤 항목에 어떠한 내용을 쓰는 것이 가장 바람직할지를 고려해서 집중적으로 쓰도록 한다. 한 항목이라고 반드시 한 단락으로 쓸 필요는 없으며 필요에 따라 단락 구분을 해야 한다.

⑤ 반드시 **구체적인 서술**이 필요하다. 다른 사람과 차별될 만한 구체적인 경험을 서술하며, 자신이 읽은 책, 본 영화, 보고 들은 사건 등 매체

를 통한 간접 경험을 최대한 활용한다.

이런 식으로 미리 써보면 자기소개서 쓰는 방법을 배워둘 수 있으며 자신의 대학생활을 구체적으로 그려보는 계기도 될 수 있다. 말하자면 일종의 학습 계획서의 기능을 하므로 자신이 하고자 하는 것이 무엇인 지 점검할 수 있으며, 도전하려는 부분을 실현 가능하도록 하기 위해 필요한 것이 무엇인지도 이를 통해 알 수 있다. 가상 자기소개서를 써보 면 위에 제시한 두 가지가 해결될 수 있다.

내용보다 전달속도가 빠른 표현

자기소개서는 자신에 대한 내용으로만 스스로를 보여주는 것이 아니 다. 물론 내용이 가장 중요하지만, 어떤 문체를 썼으며 어떤 연결어미와 종결어미를 쓰는가 등의 요소도 '아무도 모르는 사이에' 읽는 이에게 정 보를 주기 때문이다. 자기소개서에 학생들이 주로 쓰는 어구 중 내용보 다 전달속도가 빠른 표현 몇 가지를 살펴보자.

–때문인지(모르겠지만)

① 세상의 지식을 아는 것보다는 먼저 사람으로서 올바른 인성을 갖추 기를 바라셨던 부모님의 <u>가르침 때문인지</u>, 저는 중학교에 입학하고 나 서부터 '공부해서 남 주겠다'라는 신조를 가지고 생활했습니다. 이러한 분명한 <u>동기 때문인지</u> 저는 공부를 열심히 하여, 고등학교에 진학한 후 에는 전교 석차가 2등 아래로 떨어져 본 적이 없었습니다.

② 저희 부모님의 영향을 <u>받아서인지</u>, 저희 누나도 현재 초등학교 교

사로서 성실하고 정직하게 공직생활을 하고 있습니다. 그 지역의 사람들이 모두가 다 그런 건 아니지만, 저도 지역의 영향을 받아서인지 말이 차분하고 성격 또한 느긋한 성격입니다.

이처럼 자기소개서를 보면 '–때문인지'와 '–해서인지' 등의 연결어미가 빈번하게 쓰이고 있는데, 이것은 연결어미 뒤에 '모르겠지만'이라는 표현이 따라붙어야 하는 문장이다. 위의 예에서도 '가르침 때문에', '동기 때문에'라고 하면 더 정확한 것을 '가르침 때문인지 (모르겠지만)' '동기 때문인지 (모르겠지만)'가 쓰여, 자신감 없는 글이 되고 만다. 한 번 정도 쓰면 상관이 없겠지만, 반복적으로 이 어미가 사용될 때는 퇴고 과정에서 수정해야 한다.

– 게 되다

① 사실 저는 어릴 때 중국 연변 용정에서 태어난 조선족 가정의 외아들입니다. 생후 6개월 후 아버지의 직장 때문에 요녕성 대련에 가게 되었습니다. 중국에서 학교를 다니면서 초등학교 3,4 학년 때 부모님이 한국으로 가시게 되었고 저는 초등학교 6학년 때 한국으로 가게 되었습니다. 어릴 때 중국에서 말하는 '3호'학생(지, 덕, 체를 갖춘 학생)라는 칭호도 많이 받았고 탁구를 열심히 갈고 닦아서 상당한 실력을 갖게 되었습니다. 또한 중학교 때 한국에 와서는 바이올린 학원에 다니면서 음악 분야에도 하나의 특기를 가지게 되었습니다. 그 외 자연과학 계열이지만 워드프로세서 1급, 컴퓨터 활용능력 1급, 정보처리기능사 등 컴퓨터에 관한 자격증을 보유하고 있습니다. 대학교 때는 탁구 동아리 회장을

지내면서 동아리 회원들을 모집, 훈련 등을 시키면서 그룹을 책임지는 경험을 하게 되었습니다.

② 어릴 때부터 숫자를 좋아하였기에 많은 시간을 수학에 투자했고 초등학교에서부터 고등학교 때까지 점수 또한 시간을 투자한 만큼 잘 나와 주었기에 저는 수학을 더욱 더 좋아하게 되었습니다. 특히 고등학교 때 읽었던 '페르마의 마지막 정리'라는 책을 통해 수학의 역사를 알게 되면서 수학에 더욱 관심을 쏟게 되었습니다. 그렇게 대학수학능력시험을 보고난 뒤 대입논술시험을 준비할 무렵, 여러 수학자들이 수십 년에 걸쳐 증명해낸 여러 법칙들을 하나하나 공부해 나갈 때는 수학의 놀라움과 재미를 알게 되었습니다.

'−게 된다'가 꼭 필요한 문맥에서는 써야 하지만, 그렇지 않은 경우에도 습관적으로 쓰는 경우가 많다. 이렇듯 수동적인 느낌을 주는 어미를 사용하는 습관은 스스로 자신감이 부족하다는 사실을 직접 알려주는 것과 같다.

− 하다 보니 (자연스레)
혼자서 공부를 하다 보니 학교에서 가르쳐 주는 내용은 한정적인 것뿐이라는 것을 알게 되었고, 학교 수업은 나의 욕구를 채워 주지 못했다.

'−하다 보니'도 자기소개서에서 많이 볼 수 있는 연결어미다. '−하다 보니'라는 말의 의미도 그러하지만 문맥상 '자연스레' 혹은 '저절로'라는 글이 뒤따르는 경우가 많으므로, 별로 노력을 들이지 않고도 어떤 것을 할 수 있었다는 의미로 읽힌다.

자기소개서는 자신이 누구인지 어떤 능력을 지닌 사람인지를 글로써 보여주는 것이다. 따라서 글쓰기 방식이나 문체를 통해 자신도 모르는 사이에 독자에게 전달되는 것이 있다. 형식이라 생각하지 말고 위에 제기한 몇 가지 표현에도 신경을 써서 자신의 의지와 상관없는 부정적인 태도가 전달되지 않도록 해야 할 것이다.

자기소개서 쓰기에서 유의할 점

성장 과정

성장 과정을 쓸 때는 자신의 전체 성장과정을 연대기별로 쓸 필요는 없다. 학생들은 대체로 자신보다는 부모님 혹은 가족관계, 자신에게 영향을 끼친 교사 얘기를 많은 비중으로 쓴다. 부모님·가족 소개서가 아니라는 점을 명심하자.

이 부분에서는 자신이 성장하는 과정에서 가치관이 형성되는 계기에 해당하는 사건 또는 자신이 지원하고자 하는 분야와 부합할 만한 내적 자질이나 소양 등이 어떻게 발현되었는지를 중점적으로 쓰면 된다. 가장 좋은 방법은 자신의 체험에 근거하여 에피소드를 소개하며 스토리텔링을 하는 것이다. 그런데 대부분의 학생들이 유사한 성장 경험을 하므로 경험에서 차별화할 만한 내용을 쓰기는 쉽지 않다. 그럴 경우 자신이 읽어온 책, 자신이 본 영화, 다큐멘터리, 신문기사 등과 같은 간접적인 재료를 빌려서 자신의 가치관을 드러내는 방법을 취하면 된다. 구체성과 차별화가 생명이기 때문이다.

장점과 단점

성격의 장단점이나 능력의 장단점을 서술하면 된다. 그냥 나열만 할 것이 아니라 실제로 장단점이 발휘되어 일을 성공시킨 사례를 쓰면 더욱 좋다. 사건으로 제시해 줄 수 있다면 더욱 효과적이다. 자신의 능력이 뛰어나다는 사실을 강변해 봤자 설득력이 부족하므로 특정한 상황에서 어떠한 능력을 발휘한 적이 있다는 예를 들면 독자의 이해와 판단을 도울 수 있다. 어린 시절의 장단점을 쓰는 것보다는 취업 상황과 너무 동떨어지지 않는 시기의 경험을 선택하는 것이 더욱 효과적이다.

학력 및 경력사항

이 부분은 장황하게 나열하는 방식으로 해서는 안 된다. 왜 어떤 일을 하게 되었는지 계기를 밝히고 그 일을 하면서 실제로 수행한 내용을 구체적으로 소개하여 그 결과 자신이 현재 어떤 능력을 지닌 사람이 되었는지를 설명해야 한다. 구체적인 내용으로 써야 전달의 힘이 커진다.

　"나는 동아리 활동을 통해, 인간관계를 원활하게 하는 방법을 파악했다"라고 쓰는 것은 전혀 설득력이 없다. 현재감이 없기 때문이다. 어떤 상황 속에서 무엇을 파악했는지, 그리고 그것을 파악한 결과 스스로 어떻게 변화했으며 또 주위 인간관계가 어떻게 변화했는지를 구체적으로 생생하게 전해야 설득력을 가질 수 있다. 이는 레토릭의 하나로, 현재감을 드높인 결과 지니는 설득력이다. 현재감이란 이야기의 내용을

독자를 향하게 하여 독자를 사로잡는 방법을 말한다. 이는 이야기의 길이, 상세함이 산출하는 효과다.[1]

지원 동기

자신이 왜 이 분야에서 일을 하겠다고 생각하게 되었는지 계기를 밝히는 부분이다. 지원 동기를 서술할 때 역시 구체성이 생명이다. 비슷한 경력과 비슷한 능력을 가진 사람들이 지원한다고 가정해 보라. 지원하는 곳이 신문사라면, 조선일보가 아니라 왜 경향신문사 기자가 되고 싶은가 하는 식의 대응 구성으로 서술한다면 그 회사 지원 동기가 더욱 선명하게 부각될 수 있다.

자기소개서의 마지막 '입사 후 계획' 부분

① "뽑아만 주신다면 무엇이든 열심히 하겠습니다."

　내가 무엇을 잘할 수 있을지 구체적인 능력을 보여주어야 한다. 멀티플레이어여서 무슨 일이든지 시켜만 주면 열심히 하겠다는 말은 잘 하는 게 별로 없다는 말이기도 하다.

　② "열심히 배우겠습니다."

　내가 어떤 능력을 지닌 사람이니 이 점을 평가하여 나를 채용하는 것이 어떻겠느냐는 제안을 조심스럽게 하는 것이 자기소개서인데, 입사한 후에 배우겠다는 사람을 어떻게 뽑겠는가? 물론 입사하면 열심히 일을 할 사람이 필요하지만, 지금 현재 내가 어떤 능력을 지니고 있는지가 더 중요하므로 그 점을 구체적으로 보여주어야 한다.

다음은 사이토 다카시가 자신이 자기소개서를 쓴다면 어떤 식으로 써나갈지를 보여주고 있다. 사이토 다카시는 대학원에서 교육학을 전공했고, 몇몇 초등학교로 교생 실습을 나간 적이 있기 때문에 이 경험담을 최대한 활용해서 자기소개서를 쓰게 될 것 같다[2]고 했다. 다음이 그 내용이다.

○○초등학교에서는 이미지로 몸의 상태를 바꾸는 수업계획을 세우고 실천했다. 체육이라고도, 국어라고도 할 수 없는 수업이었다. 체육관에서 "몸의 자세를 흐트러뜨리고 걸어보자, 뛰어보자, 발을 교대로 들어올려 힘차게 땅을 차보자" 하는 식으로 몸을 풀게 한 다음 "연기가 되어보자", "돌이 되어보자", "물이 되어보자" 하고 지시했다. 그러고 나서 그 포즈를 취한 사람을 다른 두 사람이 들어올리는 실험을 했다.

그러면 무게가 달라진다. 들어올리는 느낌도 달라진다. 돌이 된 쪽이 무거울 것 같지만, 의외로 들어올리기 쉽다는 것을 알 수 있다. 반면에 물이 된 쪽은 자꾸 아래로 미끄러져서 들어올리기가 어렵다. 몸의 상태를 이미지로 변화시키는 것은 고난도 기술이다. 마지막으로 그 상태에서 밀어내기를 하게 한다. 수업을 받은 아이들은 이미지를 바꾸는 것만으로 몸의 상태가 그토록 달라질 수 있다는 것에 대해 매우 놀라워했다.

나는 이때부터 어른들에 비해 순수한 아이들의 반응과 그들의 천진난만한 모습이 좋아서 직접 아이들을 가르치고 싶다는 생각을 품게 되었다. 그때의 감동이 현재의 의욕적 활동으로 연결되고 있는 점에 관해 이야기를 풀어나갈 것이다.

　☆☆초등학교에서는 책을 다양하게 읽는 방식을 익히는 수업을 시도했다. 'OO을 해야 한다고 생각했습니다'와 같은 교훈적·도덕적·상투적인 독후감 이외의 것을 발표할 수 있도록 수업을 재편성했다.

　구체적인 예를 들면 『빨간 모자』의 세 가지 버전(페로의 원작부터 유아용 그림책까지)을 준비하고 아이들에게 "어떤 것이 좋은가?", "먼저 나온 책부터 나열해 보라"와 같은 의외의 과제를 내주었다. 여기서는 텍스트를 잘 선택해서 비교하게 하면 성공적인 수업이 될 수 있다는 것을 배웠다.[3]

다른 방식으로 학문 자체에 관한 이야기를 쓴다면 다음과 같이 쓰겠다고도 밝혀놓았다.

　나는 '신체론'에 흥미를 갖고 공부를 해왔다. 신체론은 어떤 면에서는 학문인 것 같으면서도 학문이 아니라고도 할 수 있는 분야다. 보통 우리들은 신체에 관한 여러 권의 책을 접할 수는 있지만, 단지 많이 읽는다고 해서 신체론을 습득할 수 있는 것은 아니다.

　나에게 있어 학문을 습득한다는 것은 사물에 대한 시점을 기법으로서 익히는 것, 또는 유용한 무기를 손에 넣는 것과 같다. 나는 사람이 걷는 모습이나 악기를 연주하는 모습 등을 볼 때 '신체'라는 관점에서 바라본다. 이처럼 어떤 상황에서든지 신체에 초점을 맞추고 사물을 보는 습관이 몸에 배면 다른 사람에게는 보이지 않는 것이 보이게 된다. 나는 이러한 상태를 "신체론을 터득했다"고 정의한다.

그리고 그런 눈으로 세상을 바라보면 책을 읽을 때도 '그 내용을 자신의 학문에 어떻게 활용할 수 있을 것인가' 하는 관점에서 임하게 된다. 가령 철학적인 책을 읽고 나서도 그 난해한 내용이 요가학원에 다니거나 지압을 배우는 실제 경험으로 연결되곤 했다. 이것이 내가 대학 시절에 했던 일들이다.

요약하자면 고도로 지적인 것과 실질적인 것을 연결해나감으로써 나 자신의 흔들림 없는 '사물을 보는 시각(관점)'이 확립되었고, 주변의 사물을 보는 방식이 바뀌었다. 학문은 지속적인 훈련을 거쳐 자기 나름대로 사물을 바라보는 관점을 터득하는 것이라고 생각하니, 내게 있어 의미심장한 사실을 알 수 있었다. 내가 학문의 길을 택한 이유는 사물에 대한 확고한 관점을 갖고 싶었기 때문이며, 다행히도 그 목표에 가장 적합한 과목을 선택했다는 것이다.[4]

자기소개서의 구체성이 어느 정도 수준인지를 사이토 다카시의 예를 통해서 확인해 보자.

'실습 경험을 서술하고, 그에 대한 아이들의 긍정적인 반응에 확신을 갖고 그것을 지속적으로 발전시켰기에 오늘의 내가 존재할 수 있었다는 식으로 전개할 수도 있고, 실습 준비를 하면서 배운 점을 중심으로 전개하는 방식'도 있다. '자신이 공부한 학문의 내용이 무엇으로 연결되었고, 어떻게 확장되었으며, 어떤 전환점들이 있었고, 이후 어떻게 전개되었는지에 관해, 또 자신에게 중요한 것은 무엇인지에 관해 이야기를 담아내는 방식'으로 쓸 수도 있다.

이와 같이 구체적으로 써야 자기소개서를 읽는 사람이 그 글의 주인에 대해 이해할 수 있다. 자기소개서를 읽는 사람은 자기소개서를 통해 그 필자의 감수성과 학습 능력, 진실성, 변화하고자 노력하는 태도, 자아상 등을 보는 것이다. 배운 것과 자신 속에서 변화한 것을 있는 그대로 써나가면서 자신의 감성과 학습 능력이 그만큼 훌륭하다는 것을 호소하는 방식이 바람직하다.

02

탐방기와
인식의 확장

탐방기는 어떻게 써야 하는가

대학 과제 중 하나로 탐방기를 써야 하는 경우가 많다. 탐방기의 목적은 탐방 대상의 소개를 겸하여 자신이 미술관 혹은 박물관에서 눈여겨본 것이 무엇인지를 밝히는 것으로, 자기 인식의 지평이 어느 정도 넓어졌는지를 담아야 한다.

미술관 탐방기의 경우, 박완서의 산문집 『두부』에 실린 일화는 유명하다. 소설가 박완서는 서울대 국문과 교수였던 긴윤식 교수 등과 더불어 드레스덴 미술관에 같이 갔던 일화를 소개하그 있다. 박완서와 다른 일행들은 이 미술관에서 직접 작품을 본다는 감동에 들떠 이것저것 보느라 여념이 없었는데, 김윤식 교수는 클로드 로랭Claude Lorrain의 「아시스와 갈라테아」라는 작품만 뚫어지게 보다가 너무 피로하여 먼저 호텔로 가겠다는 말을 남기고 가버렸다는 것이다. 브완서는 김윤식 교수를 '그래 너 잘났다'는 식으로 판단했는데, 몇 년이 지난 후 그의 글을 보고는 당시 자신과 다른 일행들의 미술관 감상 태도에 문제가 있었음을 시인하고 있다. 박완서는 "나는 드레스덴 미술관을 다 보려 했기 때문에 하나도 보지 못했다"는 말로 이 경험을 정리하고 있다.

미대 대학원에서 미술 작품 감상을 연습시킬 때 하루에 한 작품만 온종일 보게 한다는 얘기를 언젠가 들은 적이 있다. 미술관 문이 열리는 시간부터 마치는 시간까지 한 시간 간격으로 한 작품만 보면서 순간순간 바뀌는 감상을 기록한다는 것이다. 10시에 작품을 잠깐 보고 커피를 한 잔 마시고, 11시에 작품을 다시 보고 친구와 통화를 잠깐 하고, 12시에 작품을 다시 보고 점심 식사를 한 뒤 미술관 옆 산책로를 거닐다가, 다시 1시에 작품을 보고 포만감을 느끼며 잠시 졸고, 2시에 작품을 보고 화장실에 들렀다가 어머니와 통화를 하고 친구들에게 문자를 보내고, 3시에 작품을 보고 주스를 한 잔 마신 후. 4시에 다시 작품을 보고 다른 전시실에 들렀다가 5시에 작품을 보고.

예를 들어본 것이다. 이렇게 일상을 지속하면서 작품을 감상하다 보면 그 사이에 끼어드는 일들과 연관을 가지고 감상이 이어지기도 하고, 10시에 본 작품과 5시에 본 작품이 현격히 달라질 수도 있다. 하루 종일 본 한 작품에 대한 감상 기록을 모아서 감상문을 쓰면 대체로 구체적인 감상을 얻을 수 있다.

학생들이 쓴 글 중 두 편을 보기로 하자.

예문 1
아주미술관과 우리의 전시공간 건축에 대한 고찰

(…전략…) 다른 박물관이나 갤러리 건축물을 접할 때마다 항상 느

끼는 것이 외부인의 침입을 철저하게 거부하는 듯한 외관에 대한 아쉬움이었다. 전시공간의 특성상 창문이 필요 없는 경우가 많고 실제로 많은 전시 건축물들에서 창문이 생략되고 있다. 예를 들면 용산 가족공원에 신축 중인 새 국립중앙박물관 역시 길이가 400여 미터에 이르는 거대한 시멘트 구조물일 뿐 다른 요소는 찾아보기 힘들다. 기본 컨셉이 성곽이라고는 하지만 상당한 거부감이 드는 것은 어쩔 수가 없다. 도둑들로부터 전시품을 지키기 위한 외부와 시멘트로 철저히 단절된 안전가옥이라는 느낌이고, 저기에 절대 들어가서는 안 된다는 모종의 위압감마저 느껴진다.

아주미술관도 결국 전시공간인 이상 이런 형태를 띠게 될 수밖에 없을 터인데 이것을 다소 과장되어 보이는 거대한 철제 빔으로 둘러쌈으로써 이러한 문제점을 해결하고 있다. 어디까지가 건물 내부이고 어디까지가 건물 바깥인지 그 경계가 모호하다. 역시 경사로라고는 느껴지지 않을 정도로 완만한 경사를 가진 경사로를 따라 올라가다 보면 어느새 건물 안으로 들어와 있는 자신을 발견하게 된다. 마치 관람자를 끌어들이는 트랩과 같다고나 할까?

또 다른 특징은 내부에 들어서면서 발견하게 된다. 많은 전시장들은 입구에서부터 출구에 이르기까지 하나의 긴 일관 통로로 연결된 구조를 갖고 있다. 심지어 중간에 휴식할 수 있는 공간마저 없다. 오직 관람객들은 입장부터 퇴장까지 철저히 전시자의 의도대로 전시물들을 관람하며 주입식 학습을 해나가게 된다. 특히 규모가 큰 국립 시설일수록 이러한 경향은 매우 심했다. 군대식 집체교육에 익숙했던 전 정권의 영향일지.

이와는 달리 아주미술관의 공간은 관람객들이 원하는 장소에서 원하는 행동을 모두 할 수 있도록 배려하고 있다. 아시아의 온갖 미술품들을 모아놓고 아시아 미술의 경향은 이러이러하다는 지식을 주입하는 장소가 아닌, 기분 내키는 대로 전시물을 관람하기도 하고 전시물에 싫증이 나면 2층으로 올라가 바깥 경치를 즐길 수도 있고 한옥을 재현한 찻집에서 차도 마실 수 있다. 이쯤 되면 어떤 전시물을 보기 위해 찾아가는 전시관이라기보다는 언제든 찾아갈 수 있는 쉼터혹은 놀이터라고 해야 하지 않나 싶다.

사실 전시공간이라는 것은 단순히 진열장 속 또는 액자 속 어떤 물품들의 단순한 나열과 그를 통한 주입식 교육이 아니라 모든 사람들이 누구나 찾아와 언제든지 전시품과 함께 살아 숨쉴 수 있는 공간이되어야 한다. 즉 웅장하고 거대한 시멘트 안전 가옥이 아닌 누구에게나 쉽고 만만한 공간이 되어야 한다.

박물관에나 보내야 한다는 죽은 유물이란 다름 아닌 흐르지 못하는 시간을 말함이고 시간이 정지한 이유는 그 시간의 존재가 현재와현재의 사람들로부터 완전히 동떨어져 있기 때문이다. 전시공간은 유물 집합소가 아닌 현재를 살고 있는 사람들의 삶에 자연스럽게 녹아들 수 있는 존재가 되어야만 과거와 현재를 매개한다는 기능을 찾을수 있다. 그 다음에 교육이니 연구니 하는 기능들이 얘기되어야 하고비로소 얘기될 수 있다.

우리의 전시공간은, 아니 바꿔 말해서 우리의 문화예술의 풍토는지나친 엄숙주의로 대중들을 불편하게 했다. 그러나 이제 그것들은더 낮은 곳으로 내려와 대중들을 끌어들이고 그들이 그 의도대로 자유롭게 시간 가는 줄 모르고 전시공간을 즐길 수 있도록 하여야 한다. 그러할 때 비로소 우리의 전시 공간 건축이 대중의 것이 될 수 있을 것이다. 그리고 그런 변화의 가능성을 아주 미술관의 건축에서 느낄 수 있다.

이 글은 전시공간이 가지고 있는 기획성의 의미에 초점을 맞추어 미술관 건축의 구조 역시 이를 실현하듯이 철저하게 계획되어 있다는 것을 비판하고 있다. 이 학생은 미술관을 비롯한 전시공간은 대중들이 보고 싶은 대로 보고 맘껏 즐기고 싶은 대로 감상할 수 있는 공간이어야지, 기획자의 의도에 따라 동화되는 식으로 구조화되어서는 안 된다는 관점을 가지고 있다.

위의 글은 글쓴이 자신이 미술관에 대한 뚜렷한 인식을 가지고 있음을 보여주고 있다. 건축의 구조를 기획자의 기획의도와 연결시켜 파악한 것은 이 필자의 훌륭한 안목이다. 다만 아쉬운 점이 있다면, 작품에 대한 묘사 부분이다. 건축의 구조에 들어 있는 기획의도와 작품 전시의 기획의도를 같이 설명했더라면 더 좋은 탐방기가 되었을 것이다.

예문 2
미소짓는 가면을 쓰고

햇볕이 뜨겁던 지난 한가위. 연휴를 이용해 잠시 아주 미술관에 들렀다. 기숙사로 오는 길에 들른지라 양손에 옷 짐을 바리바리 싸들고 찾아갔는데, 연휴라 그런지 의외로 사람들이 많았다. 보라색 스카프를 두른 중년 아주머니가 드레스를 입은 아이들의 손을 잡고 우아하게 미술관에 들어가는 모습이, 구겨진 남방을 걸친 내 모습과 대조적이어서 기분이 나빴던 것일까? 나는 유난히도 사람들이 없는 외진 곳만 찾아서 구경하고 다녔다.

소장품전의 주제는 'Human'이었다. 2층에 별도로 마련된 공간이어서 그런지 정말 사람이 아무도 없었다. 깜깜하고 외진 분위기가 오히려 운치를 더하는 듯했다. 커다란 유리상자 안에 작은 조소작품들이 전시되어 있었는데, 놀랍게도 기원전 경 만들어진 작품부터 가깝게는 14세기경의 작품까지 다양하게 전시되어 있었다. 주제에 걸맞게 대부분의 작품들은 인간의 형상을 하고 있었다. '인간의 첫 작품은 누구를 닮은 것이며, 무엇을 표현하려 했을까' 팸플릿에서 나에게 던진 질문이었다. 몇 차례 관람을 하고 구석에 마련되어 있는 의자에 앉아 생각을 해 보니 결국 그들이 표현한 것은 자기 자신의 모습이 아니었나 하는 생각이 들었다. 흙으로 빚은 소조는 인간이 가장 간단하게 할 수 있는 예술 중 한가지였을 것이다. 그저 강가에 있는 진흙으로 몇 번 주무르면 그것은 동물이 되었고, 그릇이 되었다. 그들이 굳이 자신의 모습을 닮은 것들을 만들어낸 것은 자기 자신에 대한 사랑의 표현이 아니었을까?

하지만 하나같이 순수한 미소를 짓고 있는 작품들을 보면, 왠지 모르게 무언가 꾸며진 듯한 느낌이 강하게 들었다. 작품을 만든 사람의 입장에서 보면, 특별한 작가정신에 의한 변덕이 아닌 한, 스스로의 모습을 거울삼아 만드는데 찡그린 얼굴을 빚어 넣고 싶지는 않았을 법도 하다. 예술 앞에서는 한없이 순수할 것이라고 생각하는 대부분의 사람들의 뒤통수를 치고, 그들은 가면을 쓴 채 거울을 보고 자기 자신을 빚었다. 결국 인간의 초창기 예술은 어찌 보면 자신에 대한 사랑의 표현이요, 어찌 보면 스스로에 대한 미화인 것이다. 매우 자연스러운 듯 보이고 매우 순수한 듯 보이나, 그 본질은 결코 순수하지만은 않을 수도 있다는 생각이 들었다. 우리가 주목해야 했던 것은 '무엇을 표현하려 했을까?'가 아니라 '왜 이렇게 표현했을까?'였던 것이다.

　2층에서 출구를 따라 나오니 미술관 앞에서는 보이지 않던 풍경이 펼쳐져 있었다. 한옥을 뿌리째 옮겨놓은 듯한 아담한 찻집과, 모던한 분위기로 꾸며진 테이블들. 잠시 쉬었다가 가고 싶은 생각이 들어 테이블에 앉아 디지털 카메라를 꺼내 들었다. 여기저기 풍경을 담다 보니 미술관 뒤에 숨겨져 있는 그늘을 볼 수 있었다. 미술관 울타리 너머 뜯겨져 있는 비닐 조각들과 생쌀처럼 부서지는 모래흙에 박혀 바싹 마르고 있는 이름 모를 농작물들. 절벽이 깎여 뿌리가 앙상하게 드러난 소나무와, 그 한가운데에 어색하게 인테리어되어 있는 살진 장독대(과연 그 안에 고추장, 된장이 들어 있었을까?). 이것이 인간이 말하는 자연미와 조형미의 조화라면, 단연코 아름답지 않다고 말할 수 있다고 생각한다. 이러한 풍경을, 나름대로 아름답게 꾸몄다고 생각했을 어느 이름 모를 건축가의 오만한 센스에 탄숨이 나왔다. 결국, 인간은 고대부터 지금까지 줄곧 가면을 쓰고 세상을 꾸며 온 것이다. 겉으로는 예술적이고, 모던함이 넘치는 아주 미술관. 그러나 그 뒤편에는 예술의 가면 속에 숨겨져 있는, 어색한 메이크업이 넘치는 공간이 숨겨져 있었다.

이 학생의 글은 시종일관 가면과 그 의미에 관심을 두고, 가면이 뜻하는 바가 무엇인지를 깨닫는 것의 중요성을 강조하고 있다. 이 학생은 스스로 연출하지 않은 외모 때문에 외모를 연출한 듯이 차려입은 사람들을 보며 가면을 쓰고 있는 것으로 보았고, 미술품들의 의미 역시 그렇게 느꼈던 것이다. 연출의 이유가 바로 미술관의 정체라고 파악한 학생의 관점이 투영된 글이라고 할 수 있다.

미술관 탐방기를 통해 똑같은 대상을 본다 하더라도 그 대상의 의미는 보는 사람마다 각각 달라진다는 것을 알 수 있다. 이처럼 각자의 눈으로 보고 관찰하면 다른 시각을 갖게 된다. 그 각자의 눈이라는 것은 사물의 의미를 재구성할 수 있는 힘이다. 이를 통해 글쓰기란 대상의 기존 의미를 파악하고 대상의 새 의미를 구성하는 것임을 확인할 수 있다. 글쓰기 주체가 대상으로부터 창의적으로 구성해야 하는 의미는 대상 자체에 내포되어 있지만 아무도 도출해 내지 못한 것이어야 한다.

미술관 탐방기의 경우 작품에 대한 묘사가 필수적이다. 묘사의 방법에 관해서는 다음 내용을 참고하라.

묘사는 여러분이 독자에게 어떤 경험을 주고 싶은지를 떠올려보는 것에서 시작된다. 그리고 마음속에 떠오른 모습을 말로 표현하는 것으로 끝난다. (중략) 묘사가 빈약하면 독자들은 어리둥절하고 근시안이 된다. 묘사가 지나치면 온갖 자질구레한 설명과 이미지 속에 파묻히고 만다. 중용을 지키는 것이 요령이다. 그리고 어떤 것은 묘사하고 어떤 것은 그냥 내버려둬야 하는지를 아는 것도 중요하다.[5]

탐방기에서 특히 주의해야 할 사항은 다음과 같다.

① 자신이 본 것이 무엇인지를 독자에게 묘사를 통해 설명할 수 있어야 한다. 묘사만으로 독자에게 자신이 본 것을 전달할 수 있도록 인상적인 그림 2~3편을 묘사해 본다.

② 미술 해설가의 설명과 내 생각, 감상의 경계를 경확히 해야 한다. 새롭게 알게 된 내용, 미술 해설가의 설명이나 해설과의 차이를 써도 좋다.

③ 묘사(30~50퍼센트), 내 생각 혹은 느낌(50~70퍼센트), 미술 해설가의 설명(10~20퍼센트) 이 정도의 비율을 염두에 두어 특정한 부분만으로 글이 구성되지 않도록 유의한다.

④ 미술관 전시 기획자의 의도는 무엇일까를 생각해 본다.

⑤ 감상은 대체로 과거 자신의 경험, 현재 자신의 상황, 미래 자신의 꿈과 비전 등에 의해 이루어진다. 이들 요소와 작품을 적극적으로 연관시켜 감상해 본다.

탐방기의 경우 일방적인 첨삭 지도보다는 다음과 같은 방법으로 조별 학습을 해보는 것이 효과적이다.

조별로 돌려 읽기(일정한 방향으로)를 한다. → 토의를 거쳐 좋은 탐방기의 평가 기준을 3가지 정도 만든다. →조원들의 글 중 기준에 맞는 글 1편을 선정한다. 선정 이유를 써본다. →선정된 글 중 가장 잘 쓴 2단락을 정해 놓는다. →조별로 선정된 글에 대해 발표한다.

칼럼과 설득의 힘

사고의 폭과 깊이를 넓혀주는 칼럼 쓰기

칼럼이란 칼럼니스트가 쓰는 글로, 독자를 논리적으로 설득하고자 하는 글이다. 주로 시사적인 문제에 대한 올바른 시각의 제공을 목적으로 한다. 간혹 대중들이 전혀 인식하지 못하고 있는 문제를 제기하여 왜 지금 이 문제가 중요한 것인지 알려주는 역할도 한다.

칼럼니스트는 대체로 특정한 분야의 전문가들이지만, 칼럼 쓰는 연습을 해보면 시사적인 문제에 대한 자신의 입장을 점검할 수 있을 뿐만 아니라 자료를 정리하여 관점을 정한 후 글을 쓰는 연습도 할 수 있다. 자신이 논증하는 바를 독자로부터 인정받으려면 어떤 식으로 글을 써야 하는지 구체적으로 경험해 볼 수 있다는 점에서 칼럼 쓰기는 소통을 위한 글쓰기로 바람직하다.

또한 리포트 쓰는 과정을 압축적으로 경험한다는 점에서도 의미 있는 글쓰기 유형이다. 비판적인 시각을 견지하고 자신의 가치관을 정립하여 특정한 문제에 대한 깊이 있는 사유와 글쓰기가 요구되는 것이 칼럼이다.

특정한 문제에 대한 입장이 정해졌을 경우, 그 입장에 관련된 내용만 서술해서는 독자를 설득하기 어렵다. 반론의 여지가 있는 부분을 불러 들여 논박을 하는 것이 칼럼에서는 반드시 이루어져야 한다. 따라서 자료를 모을 때 자기 입장에 관련된 것뿐만 아니라 반대 견해도 수집하여 분석한 뒤 글을 쓸 필요가 있다. 이러한 이유 때문에 주제별로 칼럼을 써 보면 사고 범주 확대는 물론 사회 문제에 대한 관심도 깊어질 수 있다.

1872년부터 57년간 편집국장으로 재임하면서 「가디언Guardian」의 기반을 닦은 찰스 스콧은 1921년 유명한 에세이에서 "코멘트는 자유다, 하지만 팩트는 신성하다, 지지자와 마찬가지로 반대자의 목소리에도 귀를 기울여야 한다"고 썼다.[7]

'사실'과 '의견'의 분리는 신문뿐만 아니라 모든 글쓰기의 기본이다. 칼럼에서 시작하여 대학교 리포트 작성, 비즈니스 타이팅business writing 의 경우도 이 원칙은 적용되어야 한다. 또 토론을 위한 전제이기도 하다. 사실은 내 의견의 근거로 작용하기 때문에 사실이 잘못 보도되면 내 의견은 성립할 수 없다. 사실이 의견으로 둔갑하여 쓰여 있을 경우 사실은 사실로서의 힘을 발휘할 수 없다. 또 의견이 사실처럼 쓰여 있으면 이 진술 때문에 엉뚱한 결론에 도달할 우려가 있다. 사실은 사실대로, 의견은 의견으로 정확하게 써야 한다.

반대자의 목소리에 귀를 기울여야 한다고 하는 것은 어떤 글을 쓸 때도 염두에 두어야 하는 부분이다. 반대자의 목소리를 알기 위해서는 내글에 대한 반론의 여지는 무엇이며 어떻게 나타날가를 고민해 보아야한다. 그러면 실제로 나타나거나 예상되는 반론의 여지를 반박하여 내논지를 강화할 수가 있다. 이봉수 기자의 다음 언급에 주목해 보자.

세계적 명성의 칼럼니스트들이 읽히는 칼럼을 쓰기 위해 동원한 수법의 키워드는 'i'로 시작하는 다음 네 단어 '4i'로 요약된다. 첫째, informative. 새로운 정보가 있어야 한다는 것이다. 둘째, intellectual. 지적인 욕구를 충족시켜야 한다는 것이다. 셋째, interesting. 흥미로워야 한다는 것. 넷째, influential. 영향력이 있어야 한다는 것이다.

「가디언」 홍보부장 다이앤 히스는 26일 전화 인터뷰에서 "논평과 분석은 신문의 핵심 역할이 됐으며, 독자들이 세상을 더 잘 이해할 수 있게 하기 위해서는 알리는 것 외에도 교육하고 자극하고 도울 의미가 있다"며 「가디언」의 전략을 자세히 전했다. 그는 또 "논평은 쌍방향적이어야 하기에 '논평은 자유(Comment is Free)'라는 온라인 플랫폼을 만들었다"며 "매일 50건 이상 다양한 목소리가 실리는 플랫폼을 통해 독자들은 우리 필진과 경쟁하고 토론한다"고 설명했다.

「가디언」은 물론이고 오피니언 저널리즘을 추구하는 「르몽드」, 「인디펜던트」 등 유럽의 권위지들한테 꼭 배워야 할 것은 사실과 의견의 분리다. 스트레이트 기사에 기자 의견이 마구 뒤섞이고, 사실의 자의적 해석이나 왜곡까지 서슴지 않는 한국 신문과는 판이한 점이다.

스트레이트 기사에서 남의 말을 인용할 때조차 「한겨레」도 누가 말했느냐에 따라 서술어가 달라지는 경우가 흔하다. 기자가 진영논리에 빠져 자기 편으로 여기는 사람의 말 뒤에는 '강조했다' '지적했다' '꼬집었다' '통박했다' 등으로 말에 무게를 실어주고, 반대 진영 사람의 말 뒤에는 '주장했다' '강변했다' 등으로 말의 권위를 허무는 서술어를 붙이는 식이다.[8]

다음은 경희 사이버대학교 정치학과 이현우 교수가 쓴 칼럼(『조선일보』, 2005. 7. 29)이다.

통계의 마술에서 벗어나려면…

다렌돌프라는 학자는 1954년에 '통계의 마술How to Lie with Statistics'이라는 책에서 세상에는 3가지 형태의 거짓말이 있다고 했다. 선의의 거짓말white lie, 악의의 거짓말red lie, 그리고 통계를 이용한 거 짓말이 그것이다. 그 중에 통계수치를 이용한 거짓말은 교묘하고 가 장 그럴듯해 보인다. 그래서 다른 사람을 설득할 때 적당한 정도의 수치를 나열하는 것이 효과적인 방법이 되기도 한다. 가장 흔한 예가 선거 때 후보들이 자신에게 유리한 각종 수치를 게시하면서 자신의 주장을 펼치는 것이다.

예를 들어보자. 1989년에 미국 해군은 해군의 사망률은 1000명당 9명으로 뉴욕시의 사망률 1000명당 16명보다 낮다는 기사를 낸 적 이 있다. 마치 군대에 가는 것이 더 안전하다는 메시지를 전달하는 것 같았다. 당시는 모병제를 택하고 있는 미국사회에서 군대에 지원하는 젊은이들이 감소한 상황이었기 때문에 그런 기사가 제공되었다. 그런 데 사실은 군대는 건강한 젊은이들이 모여 있는 집단이고, 사회는 노 령층이 포함되어 자연히 사망률은 군대가 낮은 것이다.

권위주의 시절 반정부집회에 모인 사람의 수를 보도하면서 경찰의 추산과 언론의 보도 사이에 열 배 이상 차이가 나는 경우가 많았다. 경찰에서 진실을 알리기보다는 정치적 의도에서 그 수를 애써 축소하려 했기 때문이다. 전체 군중의 사진을 찍어 부분을 세어 전체를 곱했다면 경찰과 언론의 추산 사이에 그런 큰 차이는 없었을 것이다. 같은 자료를 가지고도 이처럼 왜곡된 인식을 가져올 수 있는 것이 통계이다.

초등학교 시절에 사칙연산을 배우면서 검산을 위해 더하기 문제는 빼기로, 곱셈은 나눗셈으로 다시 계산해 보면 신기하게 틀리고 맞은 것을 확인할 수 있었다. 이처럼 숫자는 올바른 방식을 거친다면 누구에게나 같은 값을 준다. 숫자는 의미를 전달할 수 있는 가장 추상적이고 객관적인 기호이다. 그리고 통계자료가 신빙성을 갖는 것은 누구나 동의할 수 있는 방법과 절차를 거치기 때문이다.

며칠 전 정부에서 소수에게 토지소유가 집중되어 있다는 것을 보여주기 위해 제시한 통계자료는 참 실망스럽기 그지없다. 가구당 계산해야 할 것을 개인당으로 통계를 작성하여 토지소유 집중도를 과장한 것이다.

누구나 자신의 주장을 증명하기 위해 유리한 자료만을 제시할 수는 있다. 그러나 통계자료를 원하는 입맛대로 왜곡한다면 결국은 그 효과는 부메랑이 되어 자신의 신뢰성에 치명적인 손해를 끼치게 된다.

지난 2월 미 항공우주국은 올여름에 100년 만의 무더위가 있을 것이라고 예보했다. 그런데 얼마 전 그런 무더위는 없을 것이라는 보도가 새로 나왔지만 누구도 항공우주국을 비난하지 않았다. 제한된 지식을 가지고 최선을 다한 예측이 틀릴 수도 있다고 생각하기 때문이다. 그러나 의도를 가지고 왜곡된 통계를 제공한다면 이는 분명히 책임을 따져야 한다.

04

편지 쓰기의 힘

독자 감화력이 큰 편지 쓰기

편지는 지금도 여전히 우리를 감미롭게 한다. 1920년대 젊은이들은 연애편지에 열광했다. 노자영의 연애서간집 『사랑의 불꽃』을 베스트셀러로 만든 독자가 한국 문학의 주된 독자층으로 성장하였다고 해도 과언이 아니다. 이들은 대중적이었지만 고급 독자가 되기도 했다.

디지털 시대인 요즈음, 편지라는 글쓰기 형식은 사라지고 있지만, 편지는 여전히 진정성을 전달하여 소통의 진폭을 크게 하는 데는 유용한 글쓰기 방식이다. 일본 도쿄대 나카무라 유지로中村雄二郎 교수와 우에노 치즈코上野千鶴子 교수의 왕복서간집 『인간을 넘어서』를 비롯하여 연세대 조한혜정 교수와 우에노 치즈코 교수의 왕복서간집 『경계에서 말한다』는 토론으로 이루어진 편지 모음집이다.

왕복서간집을 읽고 학생들에게 편지글로 감상문을 쓰라는 과제를 주면 학생들은 자신이 읽은 책의 구조를 그대로 반복하려고 하는 경향이 있다. 글쓰기 방식뿐만 아니라 문체까지 저자의 것을 그대로 흉내 내는 경우도 있다. 물론 이는 대상이 편지글이어서 더 직접적이며 즉각적으로 영향이 드러나는 경우겠지만, 이 전염성에 대해서는 주의를 기울여 볼 만하다. 내용뿐만 아니라 글쓰기 방식, 문체에 이르기까지 독자들에게 어떤 책을 권하느냐에 따라 독자들이 어떻게 달라지리라 예상해 볼 수 있기 때문이다.

위 두 권의 왕복서간집은 일본 철학과 교수와 사회학과 교수, 한일 두 여성 페미니스트 간에 이루어진 왕복서간을 묶어놓은 것이다. 공개되는 서간이지만 편지이기 때문에 전제되는 사적 문체의 친밀함은 상념을 자유롭게 만들어준다.

다음은 한 학생이 『경계에서 말한다』를 읽고 편지글로 쓴 글이다.

『경계에서 말한다』의 작가 우에노 치즈코 선생님께

선생님, 안녕하세요.

전 이번 해에 성균관대학교에 입학한 새내기 ○○○이라고 합니다. 과제 준비를 하면서 우연치 않게 선생님의 작품을 접하게 되었습니다. 일상적 논문도 아닌, 단지 편지글만으로 선생님의 생각과 사상을 사회에 접목시켜 이런저런 활동들을 펼쳐내셨다는 점에서 정말 존경의 뜻을 표하고 싶습니다. 저는 선생님과 한 번도 만나뵌 적도 없고, 책을 접하기도 이번이 처음입니다. 하지만 선생님께서 조한혜정 선생님과 주고받은 6편의 편지만을 보면서 선생님의 모습 하나가 제 머릿속에 크게 클로즈업되는 이유는 무엇일까요.

조한혜정 선생님의 편지는 강속구를 연신 전력투구하는 투수의 모습이라 해야 할까요? 반면에 초장엔 한수 굽히고 들어가시지만, 곧장 그에 응하는 날카로운 반격으로 쐐기를 박아 넣는 선생님의 편지에 저는 더 큰 매력을 느꼈습니다. 매 편지마다 인상 깊었던 선생님의 말씀을 하나씩 되돌아보고 싶습니다. 괜찮겠죠?

우선 선생님의 첫 편지에서 제게 던져주셨던 메시지는 "바이링궐이 되어라"라는 생존 전략입니다. 살아남기 위해서 강요된 언어를 사용하는 것이 아니라, 그 언어를 거꾸로 사용해 다른 이들이 알지 못했던 현실을 읽어 나가는 것. 아! 정말 저의 머리에 강한 충격을 주었습니다. 어떻게 보면 간단하면서도 사회 분위기에 억눌려 미처 생각하지 못했던 것을 저에게 던져주셨기 때문이죠. 어떤 한쪽의 입장만을, 한쪽만의 언어로 느끼다 보면 사고가 편협해지기 일쑤죠.

지금 남성들은 남성들 자신만의 언어로 여성들을 해석하고 있습니다. 아직도 한국의 사회는 가부장적 제도와 더불어 남자들에 맞춰서 사회 질서가 짜여 있구요. 저는 남성이라서 그런지 그런 사안에 대해 신중하게 생각해볼 기회가 없었습니다. 물론 이번 선생님의 편지를 통해서 여성의 권익에 대해서 신중하게 생각해 볼 수 있었지요. 무조건 순종만을 강요당하는 여성들에게 교수님의 메시지는 참신하면서도 큰 힘이 될 것이라 확신합니다.

두 번째 편지에선 글로벌리제이션이 영어화를 의미하는 현실 속에서 느끼는 선생님의 안타까움에 공감할 수 있었습니다. 단지 편리하기 위해서만이 아니라 사고나 표현의 방식마저도 영어에 맞춰야 하는 지금 우리 시대를 생각하니 씁쓸한 웃음을 짓지 않을 수 없네요. 사실은 저도 졸업 후의 진로를 고민하면서 미국 로스쿨에 진학하는 과정을 늘 필수로 넣었습니다. 은연중에 늘 유학과 더불어 미국에 대한 동경이 담겨 있는 것이죠. 눈에 보이는 물질적인 것부터 시작해서 이제는 눈에 보이지 않는 사상이나, 지식들조차도 식민지화가 될 위기에 처해 있습니다. 선생님의 편지 속에서 아시아 안에 속해 있는 우리나라가 약소하다는 편견과 더불어 서양이나 미국에 대한 무분별한 동경을 했던 제 자신을 반성해 보았고, 늘 마음속에 담아야 할 대한민국에 대한 자긍심과 내셔널리즘에 대해서 다시 한 번 깊게 생각해 볼 수 있었습니다.

세 번째 편지에서는 페미니즘에 대한 선생님의 입장이 눈에 띄네요. "나는 국가보다 소중하며, 나의 목표에 우월하는 어떤 집단 목표도 없다"라는 선생님께서 말씀하신 페미니즘의 정의는 다소 강력하면서도 저에게 고개를 끄덕이게 했습니다.

저의 꿈은 인권변호사입니다. 다소 이상적일 수도 있겠지만, 어떤 외압에도 굴하지 않는 청렴한 변호사가 되어서 소외 계층의 삶의 질 향상에 최선을 다하고 싶다고 늘 말합니다. 우리 사회의 약자를 꼽으라면 노인, 장애인, 그리고 여성들을 꼽을 수 있습니다. 여성은 늘 사회 속에서 남성에게 종속되어서 자신들만의 만족된 삶을 영위하지 못하고 있습니다. 선생님의 편지 속에는 그런 약자를 위해 제가 미래에 걸어야 할 길의 방향이 담겨 있었습니다. 선생님의 책 한 권을 접함으로써, 정말 제 마음속에 많은 변화가 생겼네요. 추상적이고 막연하기만 했던 제 꿈을 구체적이고 확고한 신념으로 바꾸어 주셨습니다. 하하하.

선생님의 네 번째 편지부터 마지막 편지를 보면서는, 지금 우리 사회가 겪고 있는 비혼화, 저출산화 등의 문제점을 사회 분위기에 비춰서 생각해 볼 수 있었습니다. 양친의 결혼생활을 쳐다보면서 딸들이 결혼 자체를 회피해 버리는 상황. 선생님의 편지를 보면서는, 한 구절 한 구절이 남자인 제 가슴을 콕콕 찌르네요.

제가 생각하기에 지금의 사회는 여성의 자기희생으로 지탱되어 온 것 같습니다. 여성은 단지 여성이기 때문에 자녀 양육이나 가사노동, 노인 봉양 등을 떠맡아 왔고, 조금이라도 자기 자신을 챙기면, 이기적이라고 비난을 받기가 일쑤였죠. 저는 발군의 능력과 열의를 가진 많은 여성들이 사회적으로 아무 지위를 갖지 못하고 있는 현실이 너무나 안타깝습니다. 그리고 이런 상태로는 앞으로의 희망도 없을 거라고 생각합니다. 저 혼자만으로는 분명히 턱없이 부족할 것입니다.

제가 변호사가 되어서 혼자 발버둥친다고 해도, 근본적 사회 구조를 개혁하기에는 분명히 무리가 따를 것입니다. 하지만, 선생님의 편지 속에서 큰 희망을 발견했습니다. 사회구성원들 스스로의 필요에 의해서, 서로의 유대감을 통해서 이뤄냈던 개호보험제도를 통해서 말입니다. 저는 이렇듯, 서로 함께하고 서로 마음속으로 느끼며 바꿔가는 커뮤니티를 만들기 위해 노력할 것입니다. 그리고 저와 함께하는 커뮤니티의 사람들이 늘어나면서 분명 사회의 일부분은 변화할 수 있을 것이라고 생각합니다.

선생님께서 선생님이 원하시는 사회를 이야기하시면서 '몽상이라고 웃을 테지요?'라고 했던 말씀이 생각나네요. 몽상이라도 좋다고 생각합니다. 제가 목표를 가지고 최선을 다하고, 조금이라도 더 훌륭하게 성장하려는 것도 그런 몽상을 위해서니까요.

이런 의미에서 선생님의 편지는 저의 삶을 소외된 사람들을 위한 길을 걷도록 하는 데 굳은 신념을 불어넣어 주었습니다. 그리고 이런 다짐이 오로지 계기로써 멈추는 게 아니라 다시금 제 자신이 한 발 도약할 수 있는 기회가 되도록, 다시 한 번 마음을 다잡아봅니다.

나중에 한번 기회가 된다면 선생님을 꼭 만나 뵙고 싶습니다. 물론 제가 일본어가 유창하게 습득된 이후에야 가능하겠지만요. 종이로써 풀어내지 못한 많은 이야기들을 웃으면서 나눌 그날을 기약해 보겠습니다.

2007. 4. 8.

책상 위에서 깊은 생각과 함께, ○○ 올림.

05

독서감상문과 '읽고 쓰기'의 힘

독서감상문 쓰기

감상문은 어떤 식으로 써야 하느냐는 물음처럼 어리석은 질문은 없다. 본인이 느끼고 생각하는 대로 쓰면 된다. 막상 지침을 주면 학생들은 이게 무슨 감상문이냐, 왜 감상문을 이렇게 써야 하느냐는 반응을 보인다. 글을 써서 자신의 글에 어떤 문제가 있는지 확인하기 전엔 '저 교수의 경향이 그렇구나' 정도로만 이해하려고 한다.

학생의 지나친 권리 주장이 글쓰기 능력을 신장시키지 못하도록 하는 요인이다. 학생들은 적극적인 자세로 자신의 사고와 인식의 발전을 위하여 과제에 집중해야 할 필요가 있다. 새로운 지침이 주어지면, 그 까닭에 대해 곰곰이 생각한 뒤 자신의 글을 읽는 독자와 어떻게 소통할 것인가를 궁리하기보다는 불만을 먼저 표한다. 평가를 잘 받으려면 어떻게 해야 하는지 구체적인 지침을 달라는 것이다.

독서감상문의 네 가지 조건

① 내가 읽은 책을 한 문장으로 요약하여 어떤 책인지 보여주라.

② 내가 읽은 책 중 내가 인상적이라 생각한 것 두세 가지를 소개해 보라. 책을 읽지 않은 사람도 어떤 내용인지 이해할 수 있을 정도로.

③ 인용을 활용하라. 구체성을 구비한 글쓰기에 필요하다. 막연한 느낌이 아니라, 저자는 이렇게 말하고 있고 내 생각은 어떠하다는 것을 보여주라.

④ 책에서 읽은 내용과 내 생각이 어디에서 만나는지 그 접점을 잘 보여주어라. 여기서 내 생각이란 내가 본 영화, 내가 들었던 강의 내용, 내가 겪은 일, 내가 읽었던 다른 책 등에 의해 이루어진 것이라고 간주하면 훨씬 수월하다.

위의 지침은 독서감상문을 쓸 때 막연하게 감동적이라거나 재미 또는 의미가 있다고 쓰지는 말라는 것이다. 자신의 감상대로 쓰되, 위 지침에 주의하면 더 구체적인 내용의 감상문을 쓸 수 있다.

피라미드 구조로 쓰는 서평

맥락이란 무엇인가? 내가 읽은 모든 글과 책을 한 줄로 요약할 수 있어야 한다. 그 다음 중요한 순서대로 내용을 확장해 가며 요약을 한다. 즉, 피라미드 구조의 글을 쓴다는 것이다. 피라미드 구조의 글쓰기 방식은 원래 전보로 기사를 송고하던 시대에 비롯된 것이었다.

전신은 글쓰기에도 변화를 가지고 왔다. 특히 신문의 '6하 원칙'이라는 독특한 문체는 전신 때문에 발달했다. 원래 신문기사는 소설처럼 늘어지는 것이 보통이었는데, 기자들이 비싼 전신을 이용해서 기사를 송고하는 일이 잦아지고 특히 미국의 남북전쟁 중에 전신선이 자주 절단되자 기자들은 기사 첫머리에 언제, 어디서, 누가, 무엇을, 어떻게, 왜 했는지 간단히 요약하고, 그 다음 문단에 이를 조금 서술하고, 다음 문단에 더 자세한 서술을 붙이는 피라미드 형태의 문체를 자연스럽게 사용하기 시작했다.[8]

인터넷 사용과 같이 통신수단이 발달한 지금에도 이와 같은 글쓰기 방식은 여전히 신문 기사문을 쓰는 중요한 지침이 되고 있다. 6하 원칙과 피라미드 구조로 글쓰기를 하다 보니 표제를 정하기가 용이했다. 또한 전신선이 절단되기 전에 중요한 내용을 빨리 전달하기 위해 동원된 이런 방식은 생활에 바쁜 독자에게도 유용했다. 표제어를 보고 몇 줄만 읽어보고도 어떤 사건이 발생했는지 기본적인 정보를 얻을 수 있기 때문이다.

한 문장 요약에는 그 글의 중요한 내용이 모두 담겨 있어야 한다. 제목을 정하기 쉽지 않을 때는 한 문장으로 요약을 한 후 그 중에서 핵심어를 골라 제목을 만들면 훨씬 수월하다는 것도 여기서 알 수 있는 지침이다.

서평을 쓸 때 피라미드 구조의 글쓰기 방식을 염두에 두면서 책의 내용을 적절히 요약한다면, 독자들에게 책에 대한 정보를 쉽고 적절하게 줄 수 있을 것이다. 요약은 선택과 해석을 토대로 이루어지기 때문에 필자의 비판적 관점이 무엇인지도 알려준다.

가상글 살펴보기

김진명, 「미리 가본 2020년 한국」, 『조선일보』 2005.2.186

서경식, 「2018년, 내가 만나고픈 이런 조국」, 『한겨레신문』 2008.3.29

2018년 4월 초 어느 날 나는 인천공항에 내렸다. 지난번 안식년으로부터 10년이 지나 마침내 두 번째 안식년을 얻을 수 있었다. 당시 50대 후반이었던 나는 이제 70 가까운 나이가 됐다.

하늘에서 내려다본 조국의 풍경은 10년 전과는 달라져 있었다. 서해안을 따라 많은 풍차들이 늘어서서 돌고 있었다. 풍력발전이 급속히 보급돼 있었던 것이다. 산악지대의 양지바른 남쪽 사면에는 태양열 발전기 집열판들이 여기저기 눈에 띄었다. 5년 전에 탄생한 현 정부는 에너지 정책의 극적인 전환을 호소해 국민의 압도적인 지지를 얻었다.

인천공항에서 서울 시내까지는 새로 개통된 고속철도로 겨우 30분. 서울역에서 거리로 나서자 광고판들이 크게 줄어 차분한 인상을 주었다. 횡단보도가 부쩍 늘었고 지하철역에는 모두 에스컬레이터가 완비돼 있었다. 노인이 걷는 데 이전과 같은 불편은 없었다. 휠체어를 탄 장애인들 모습이 많이 눈에 띈 것은 장애인들 수가 늘어서가 아니라 그들이 외출하기 쉬워졌기 때문임에 틀림없다.

놀라운 건, 밤거리가 어두운 점이다. 어둡다고는 해도 물론 길거리엔 불이 켜져 있어서 안전에 불안을 느낄 정도는 아니다. 이것도 정부가 주도한 대대적인 에너지 절약 캠페인에 민간이 호응한 결과다. 10년 전에 1배럴당 100달러를 돌파했던 원유가격은 그 뒤에도 계속 올라가 기업활동과 시민 생활을 크게 압박했다. 그 때문에 한국 정부는 에너지 절약을 강력하게 추진했고 그 결과 남은 에너지는 '북'에 원조하는 정책을 추진했다. 국민 다수도 이 정책을 호의적으로 받아들였고, 에너지 절약형 라이프스타일을 실천하게 됐다.

복원된 남대문이 보이는 레스토랑에서 늦은 저녁을 먹으면서 오랜 벗인 한씨의 얘기를 들었다. 한씨는 일찍이 신문에 연재한 내 칼럼을 번역해준 인물이다.

"우리가 밤늦게까지 정신없이 돌아다녔던 건 근본적으로는 노동시간이 이례적으로 길었기 때문이죠. 밤늦게까지 일하고 한잔 마시면서 그 스트레스를 풀어버리려 했기 때문에 귀가시간도 늦어졌어요. 하지만 지금은 대부분의 기업체들이 오후 6시까지의 근무시간을 지키고 있을 뿐 아니라 적지 않은 기업들이 오후 5시 내지 4시로 퇴근시간을 앞당기고 있습니다. 시민이 일찍 귀가하게 돼 거리는 조용해졌습니다. 그에 못지않은 극적인 변화는 학생들이 일찍 집으로 돌아가게 됐다는 겁니다. 학벌 폐해가 완화되고 과열된 입시경쟁이 가라앉았기 때문이지요. 그때는 심야까지 학원에 다니는 게 당연했지요. 이상한 시대였어요." 한씨는 그렇게 말했다. 그때는 높은 대학진학률이야말로 국가 발전을 견인하는 힘이라고들 했다. 그러나 많은 돈까지 빌려 석사에 박사까지 취득해봤자 마음에 드는 직장을 얻을 수 있는 사람은 극소수에 지나지 않는다는 단순한 사실을 많은 시민들이 마침내 깨닫게 된 것이다. 유명기업 입사나 사회적 지위를 높이려고 해서가 아니라 정말로 학문 연구에 뜻을 둔 학생들만 대학원에 진학하게 돼 오히려 연구의 질은 향상됐다.

징병제와 국가보안법이 폐지된 이 나라는 평화국가로 나아가고 있다. 세계 각지서 모여든 코리안 디아스포라들도 이 사회의 평등한 구성원으로 생활을 즐긴다. 내일 우리는 자동차로 개성에 가 점심을 먹을 예정이다. 이 세상과 이별을 고하기 전에 이런 조국을 볼 수 있게 돼 다행이다.

10년 전에는 50%를 넘었던 비정규직 비율은 한때 70% 가까이까지 올라갔으나 새 정부 정책 덕에 30%까지 내려갔다. 학력에 따른 임금 격차도 시정되고 있었다. 고학력이 아니더라도 인간다운 대우와 임금을 받을 수 있다는 사실이 알려지면서 결국 미친 듯한 교육열에도 브레이크가 걸렸던 것이다.

"그러고 보니 젊은이들의 표정이 밝아진 듯하군요." 내가 말하자 "그렇습니다" 하고 한씨는 몸을 앞으로 내밀었다. "역시 징병제 폐지도 영향이 컸어요. 그때까지 젊은이들이 무의식중에 얼마나 중압감에 시달리고 있었는지 이젠 잘 알고 있습니다. 보수파 쪽 반대가 거세서 힘들었지만 징병제를 폐지한 건 잘한 겁니다. 10년 전에는 양심적인 병역 거부자가 수백 명이나 감옥생활을 하고 있었다니, 흡사 거짓말 같아요."

징병제에서 지원병제로 전환하는 것을 실행에 옮긴 정부는 장기적으로는 군대 자체를 폐지해서 국경 경비나 재해 구조를 목적으로 한 경찰부대로 대체할 구상을 세워놓고 있었다. 일본은 5년 전에 헌법을 개정해 군대 보유 국가가 돼버렸으나 이 나라는 스스로 군대를 폐지하는 평화국가로 나아가고 있었다.

　재작년 국회에서 국가보안법이 마침내 폐지되도 형법상의 간통죄도 철폐됐다. 국회에서는 북유럽 나라들을 모델로 한 쿼터제가 도입돼 여성의원 수가 50% 가까이 급증했다. 그 영향으로 민간기업체에서도 간부 직원 중 여성 점유율이 착실하게 늘고 있다. 공공 탁아소, 보육원이 대량으로 설립돼 여성의 사회 진출이 촉진됨과 동시에 출산율 저하에도 쐐기를 박았다.

　정주 외국인 수는 계속 늘었고 그에 따라 다문화·다언어 교육이 널리 시행되고 있었다. 10년 전의 정부는 영어 조기교육을 강행하려다 비웃음을 샀으나 지금의 정부는 영어만이 아니라 중국어, 러시아어, 일본어, 지역에 따라서는 베트남어도 학교교육에 도입하도록 했다. 공공시설 안내판이나 팸플릿도 한글과 이런 외국어로 된 다언어 표기가 정착됐다. 정주외국인 노동자나 세계 각지에서 모여든 코리안 디아스포라들도 이 사회의 평등한 구성원으로서 나날의 생활을 즐기고 있다.

　"그럼, 내일 아침 9시에 자동차로 모시러 오겠습니다." 한씨가 작별인사를 했다. 내일 우리는 자동차로 북상해서 개성에서 점심을 먹을 예정이다. 10년 전에는 태백과 안동 답사여행을 함께한 옛 벗들이 이번에는 개성 평양 답사여행을 기획해 내게도 권했던 것이다. 10년 전한씨는 나를 임진각과 통일전망대까지 안내해준 적이 있다. 거기서 우리는 말없이 강 건너편을 바라봤다. 지금은 남북간 화해와 교류가 비약적으로 진전돼 평화적 관계가 정착해 있었기에 간단한 수속만으로 왕래할 수 있게 됐다. 이 세상과 이별을 고하기 전에 이런 조국을 볼 수 있게 돼 다행이다. 방에 돌아온 나는 만족스런 기분으로 잠자리에 들었다. ─눈을 뜨자 여전히 2008년 3월이었다. 이른 봄 따사로운 햇볕 속에 그만 낮잠에 빠져든 모양이다. 허전한 기분으로 세수를 하고 일본에 돌아갈 이사준비를 시작했다.

위의 두 편을 읽고 쓰기를 한다고 할 때 가상 글쓰기는 어떻게 해야 하는가 하는 질문을 해볼 수 있다. 읽으면서 쓰기의 한 예로 이 두 편을 분석하면서 가상 글쓰기를 어떻게 해야 하는지 살펴보기로 하자.

서경식의 열망은 현재 한국 사회가 처한 여러 가지 문제를 긍정적으로 해결해야만 가능한 미래를 그려놓은 반면, 김진명의 우려는 한국 사회의 문제를 단순히 개인의 탓으로 돌려 문제의 해결을 더욱 어렵게 하는 경향이 있다. 개인의 의식은 자발적이거나 사회의 토대가 바뀌지 않으면 쉽게 변화하지 않는다.

서경식의 우려는 무엇인가? 김진명의 열망은 무엇인가?

가상공간에 대한 글쓰기를 할 때는 왜 2018년이나 2020년으로 설정되었는지 해명할 수 있어야 한다. 김진명의 2020년은 "인구가 4900만 명을 정점으로 줄어들기 시작했습니다"라는 아나운서의 반복되는 방송에 기대고 있다. 인구가 줄어들기 시작한 시점을 기준으로 출산율 저하와 그에 수반되리라 생각되는 사회적인 문제들을 짚어가며 쓰고 있는 것이다.

서경식의 글은 2018년, 김진명의 글은 2020년, 리들리 스콧 감독의 영화 「블레이드 러너」는 2019년 11월, 영화 「아일랜드」 역시 2019년을 설정하고 있다. 미래를 가상하는 글 혹은 영화가 2013년, 2019년, 2020년인 이유는 무엇일까?

재일조선인 서경식은 두 번째 안식년을 맞이하는 해가 2018년이기 때문에 조국으로 다시 돌아온 심경을 그린 글을 쓰고 있다. 김진명은 인구 감소 시점이라는 것이 기준이 되었다. 리들리 스콧 감독의 영화 「블레이드 러너」 역시 노동력 감소로 노동자가 필요하기 때문에 복제인간이 활약하게 된 시점을 2019년으로 본 것이다. 단지 '그냥'이라는 이유로 시기를 설정할 수는 없는 법이다. 그럴 경우 필연성을 지닐 수 없다.

이처럼 가상을 하는 글을 쓸 경우, 반드시 '왜 ○○○○년인가?'라는 질문에 대한 논리가 뒷받침되어야 설득력을 지닐 수 있다. 설득력은 소통을 위한 중요한 조건이다.

자료 읽고 쓰기

첫학기강의 때 '진단평가용 글쓰기'를 시행하는데, 이 진단평가용 글쓰기는 서울대에서 강의하던 시절 공통 교안教案에 있던 것이었다. 글쓰기의 유형은 관찰문이며, '강의실'을 대상으로 쓰게 한 적이 있다. 담당교수를 묘사한 글을 써서 당혹스러운 경우도 있었기에 그것만은 제외하라는 조건을 붙여두었다. 학생들은 무엇을 써야 좋을지 몰라했다. 그러는 중에 지금도 기억에 남는 글은 사회복지학과 흐생이 쓴 '선풍기의 경제학'이라는 글이었다. 그 학생은 강의실 한 귀퉁이에 궁색하게 놓여 있던 고정된 선풍기 한 대를 묘사한 후, 선풍기의 혜택을 누리고 있는 학생과 선풍기에서 소외된 곳에 있는 학생을 설명했다. 강의실 안에서의 작은 발견이지만 좋은 주제를 이끌어낸 경우였다.

　그 다음해부터는 글쓰기 유형이나 주제를 바꾸어 진단평가용 글쓰기를 진행해 보았다. 내가 가장 많이 쓰는 방법은 최근의 신문에 게재된 글을 자료로 읽게 하고 써보도록 하는 것이다. 이 방법은 자료를 읽고 주제를 스스로 정하여 한 편의 글을 쓰는 작업이어서 어느 정도 주제가 제한되지만 자유로운 글쓰기이다. 이때 주어진 자료는 2~3편의 기사 혹은 칼럼이다. 한 편에 대해 써도 좋고, 주어진 2~3편을 읽고 비교하며 써도 좋다고 제시한다. 비판적으로 분석한 글도 물론 허용한다.

　이러한 글쓰기를 학기 초에 하고, 학기 말에 수정하거나 다시 써서 제출하도록 하여 자기 글쓰기의 변화를 목도하도록 한다. 학기 초와 학기 말에 쓴 자신의 글을 비교해 보면서 학생들은 스스로 자신의 변화를 확인하기도 하고, 자신이 글쓰기에 얼마나 무지했던가를 깨닫고 자신감을 획득하기도 한다.

　글쓰기를 두려워하거나 생각이 없어 글을 잘 못쓴다고 생각한다면 다양한 읽기 자료를 가지고 여러 분야의 글을 써볼 필요가 있다. 다양한 분야에 대해 자신의 생각을 점검할 기회가 주어지기 때문에 이는 자기 자신의 정체성과 세계관을 확인해 가는 과정이기도 하다. 자료를 읽고 글을 쓰는 것은 대학교 글쓰기의 기본이다. 자료를 읽고 특정한 문제에 대해 생각하고, 생각의 결과를 독자가 수용할 수 있도록 써보는 것이다.

　다음은 여러 가지 자료가 주어졌을 경우 자료를 어떻게 분류하고 판단할지를 연습하기에 적절한 글쓰기 한 편을 소개해 보겠다. 과제의 내용은 다음과 같다.

자신이 역사학자라 가정한 후, 다음 자료를 읽어보자. 역사학자라면 어떤 자료를 선택해서 어떻게 서술하는 것이 좋겠는지 자료를 분석한 후 이준 열사의 죽음을 어떻게 서술하는 것이 바람직하겠는지, 왜 그렇게 판단하는지를 드러내는 한 편의 글을 써보세요.

〈이준 사망 관련 자료〉

1907년 7월 16일 헤이그發 1907년 7월 17일 東京着 전보 (헤이그주재 일본대사 츠즈키(都筑) → 동경 하야시(林) 외무대신)

한국인 이준의 얼굴의 종기를 자른 결과 단독을 입어 그저께 사망하였다. 이로 인하여 오늘 아침 매장을 하였다. 매장에 참여한 자는 호텔 종업원과 동행한 한국인뿐이다. 자살이라는 흉설을 말하는 자도 있으나 전기한 사실은 점차 세상에 판명될 것이라고 믿는다.

(단독:피부의 헌데나 다친 곳으로 세균이 들어가서 열이 높아지고 얼굴이 붉어지며 붓게 되어 부기(浮氣), 동통을 일으키는 전염병)

『대한매일신보』, 1907년 7월 19일자

「의사자재義士自裁」 전 평리원 검사 이준 씨가 현금 만국평화회의에 한국 파견원으로 간 일은 일반 세상 사람이 모두 아는 바이거니와 어제 동경전보를 보니 이 씨가 충분忠憤한 의기義氣를 이기지 못하고 그로 인하여 자결하여 만국 사신의 앞에 열혈을 한 차례 뿌리고 만국을 놀라게 하였다더라.

「헌신보국獻身報國」, 『대한매일신보』 1907년 7월 19일

평화회의에 나타났던 한국 밀사 이준 씨는 사망하였다는 보도가 있는데 한국 황제의 비밀스런 명에 의하여 독살함이 아닌가 의심한다 하였다더라.

「擊劍而歌칼춤 추며 노래부르다」, 『대한매일신보』 1907년 7월 19일

전 평리원 검사 이준 씨가 헤이그 회의장에서 자살하였다는 전보가 도착하였으니 그는 대한세계에 열혈남아라. 국가의 독립을 홀로 만회코저 하다가 시기가 이르지 않아 대사를 이루지 못하니 결국은 몸속에 가득한 붉은 피를 만국이 회동하는 자리에 통쾌히 뿌렸으니 동씨의 충절은 만고불변이오.

「이씨자살설」, 『황성신문』 1907년 7월 19일

금번 헤이그만국평화회의에 이상설 이위종 이준 등이 참여하고자 하다가 거절당하였다 함은 본보에 이미 게재하였거니와 다시 들은즉 그 세 사람 중에 이준 씨는 분함을 참지 못하여 자기의 복부를 가르고 자살하였다는 전보가 동우회로 도착하였다는 설이 있다더라.

「자재명확自裁明確」, 『대한매일신보』 1907년 9월 5일

헤이그평화회의에 갔던 이준 씨가 별세한 보도내용이 병으로 죽었다 하기도 하고 자살했다 하기도 하여 혼란스럽더니, 며칠 전 헤이그에서 온 전신에 의거한즉 이 씨가 음력 6월 6일에 회석에서 통곡 자살한 사실이 명확한 고로 해씨의 부인이 발상하였다더라.

『이상설 일기초日記抄』

각국 신문이 매일같이 한국사정을 논의하여 '일본을 억누르고 한국을 도와야 한다'는 여론이 일어남에도 불구하고 각국 위원은 그간의 관례를 빙자하여 막연히 응하지 않았다. 그러므로 이준은 '걱정스럽고 분하고 우울'하여 음식을 끊기에 이르렀고 그로 말미암아 병이 생겨 7월 14일에 불행히 사망에 이르렀다.

『헤이그 평화회의보』, 1907년 7월 20일자, 이위종의 증언

이준을 잃는 것은 내게 큰 손실이나 그보다는 우리나라로서 아주 큰 손실이다. 그는 강철 같은 체력의 소유자였다. 그러나 일본의 무도無道가 그의 애국혼愛國魂을 너무나 상하게 해서 더 이상 목숨을 부지할 수가 없었다. 종기를 앓기는 했으나 그것은 별로 중요한 것이 아니었다. 이준은 죽기 전까지 여러 날 동안 아구 음식도 들지 않았다. 운명하던 날 그는 의식을 잃은 것처럼 잠들어 있었다. 그러다가 갑자기 벌떡 일어나더니 부르짖었다. ……우리나라를 도와주십시오. 일본이 우리나라를 짓밟고 있습니다! ……이것이 마지막 유언이었다.

『매천야록』, 제5권 광무 11년 정미(1907년)

검사였던 이준이 헤이그의 평화회의에 우리 국변國變을 호소한 후 자결하였다.

이에 앞서 구주인歐洲人들은 만국평화회를 설치하였다. …(중략)… 이때 네덜란드의 헤이그에서 회의를 개최하자 고종은 이 소식을 듣고

은밀히 이준 등에게 어인御印이 찍힌 문서를 주어 그가 해삼위海蔘威로 가서 이상설李相卨과 함께 러시아를 경유하여 헤이그로 가게 하였다. 이때 이범진李範晉의 아들 이위종李瑋鍾의 나이는 21세였다. 그는 7세 때 그의 아버지를 따라 구미를 두루 다녔으므로 서양어를 잘하여 이때 그도 이준을 따라갔다. 그들이 헤이그에 도착했을 때 이위종은 우리 한일간의 변란에 관한 전말을 일일이 역설하였는데, 그 회원들이 한국인은 외교권이 없다고 하면서 연설을 듣지 않으려고 뿌리치자 이준은 분통을 참지 못하고 스스로 할복割腹한 후 그 피를 한줌 쥐어 그들이 앉은 자리에 뿌리며 "이렇게 해도 믿지 못하겠습니까?"라고 하였다. 그 피는 뚝뚝 떨어지고 그는 이미 땅으로 쓰러졌다. 이때 그 회원들은 크게 놀라 서로 돌아보며 "천하의 열장부烈丈夫다. 일본은 참으로 아무 형편이 없다"라고 하였다.

이때 일본은 우리 한국을 그들의 부속국附屬國으로 만들기 위해 만국을 속이고 있었으므로 구미인들은 반신반의하고 있었는데, 이때 그들의 기만성이 모두 탄로되었다. 그러나 일본인들은 아무 변명을 하지 못하고 부끄러움을 느낀 나머지 화를 내며 이상설 등을 살해하려고 하자 미국 공사가 그들을 붙들고 그곳을 떠났다.

이준은 북관北關 사람이다. 그의 몸은 신장이 짧고 살이 쪘으며, 성품은 강직하여 언제나 술이 취하면 주먹을 불끈 쥐고 "죽어도 어찌 그냥 죽을 수 있겠는가?"라고 하였는데, 이때 그의 마음을 알 수 있었다.

『기려수필騎驢隨筆』, 이준李儁(一) 丙午海牙密使

7월5일 이상설이 평화회의장에 찾아가서 3개조의 호소문을 보냈다. …(중략)…그러나 각 위원들은 이 호소문을 보고 그 고충은 이해하였지만 이에 의거하여 처분은 하지 않았다. 서로 얼굴만 쳐다보면서 퇴장하였다. 이준은 분격하여 마침내 할복하고 피를 뿌리고 죽으니 회의장에 있던 이들이 모두 경탄하였다. 그러나 역시 회의에는 참석할 수 없었다. 이후 이상설과 이위종은 모두 미국으로 갔다.

『한국일보』, 1956년 7월 18일자, 김수산 씨(월남한 항일투사)의 증언

몇몇 동지들과 함께 애국지사유해 반장회返葬會를 발기하여 이준 선생의 유해를 본국 땅에 이장하려 하였으나 일본인의 방해로 실패했고 해삼위(하바로프스크)를 기지로 삼아 러시아의 남하 기세가 차츰 노골화함에 따라 다른 우국지사들과 함께 만주로 갔는데, 그곳에서 우연히 영국인 베셀 씨와 함께 대한매일신보를 경영하던 우강 양기탁 씨를 만나게 되어 이준 선생의 분사憤死에 대한 당시의 신문 보도가 왜곡된 것임을 알게 되었다. 즉 당시 신문주필이던 단재 신채호 씨는 전기 양 씨 및 베셀 씨와 이준 선생의 분사를 민족적 금지로서 만방에 선양할 목적으로 할복자살로 만들어 신문에 쓰게끔 하였다는 것이다. 8·15해방이 되자 나는 소련군에게 체포되어 중공 치하에 투옥되었다가 탈주한 일이 있는데 그 옥중에서 혁명 투사로 용맹을 떨친 황운전 씨를 만나 이준 선생에 관한 이야기를 듣게 되었다. 그는 해방 후 함남 북청에 있던 이준 씨의 사인을 할복자살로만 믿고 있었는데, 그의 선친이 이준은 병사한 것이라고 말해 주었다는 것이다.

『매천야록』: 한말의 시인·학자·우국지사인 황현黃玹이 기술한 한말비사韓末秘史.

필사본. 6권 7책. 1864년(고종 1) 흥선대원군興宣大院君의 집정으로부터 1910년(순종 4) 국권피탈에 이르기까지의 47년간의 한국 최근세 사실史實을 기술한 편년체의 역사책으로, 모두 황현 자신의 견문을 기록한 것이나, 끝 부분인 10년 8월 29일부터 9월 10일 순절殉節할 때까지는 문인 고용주高墉柱가 추기追記한 것이다.

원본은 권1이 상·하 2책으로 나누어져 있으며, 내용은 흥선대원군의 집정과 김씨세도金氏勢道의 몰락, 흥선대원군 집정 10년간의 여러 사건 등 혼란한 정국과 변천하는 사회상 및 내정·외교의 중요한 사실을 거의 시대순으로 빠짐 없이 기록하고 있다. 1955년에는 국사편찬위원회에서 한국사료총서韓國史料叢書 제1로 간행하면서 황현의 자손들이 작성한 부본副本도 실었다.

『기려수필』: 송상도宋相燾가 대한제국 말기부터 일제강점기까지 민족운동가들의 사적을 수집, 편찬한 책. 원래 5권 5책의 정고본整稿本과 한 묶음의 기록지로 남아 있던 필사본으로, 그의 후손들이 보관해오던 것을 1955년 국사편찬위원회에서 활자본으로 간행하였다.

저자는 괴나리봇짐을 걸머지고, 걸어서 독립투사의 유가족 또는 친지를 일일이 방문하여 사적을 기록하였다. 거기에 사건 당시의 신문과 그 밖의 자료를 수집하여 편찬하였다.

권두에는 권상익權相翊의 서문과 저자의 범례가 있으며, 권말에는 저자의 발문이 있다. 본문은 1866년 병인양요 당시 강화에서 순절한 이시원李是遠의 사적으로부터 시작하였다. 내용 가운데 대표적인 것으로는, 한말 의병장의 사적과 일제강점기에 일본의 요인 및 친일파들을 저격했던 안중근·강우규·이봉창·윤봉길 등의 사적 등이 있다. 이 밖에 1926년의 고려혁명당 사건, 6·10만세사건, 29년의 광주학생운동 등에 관련된 사적들까지 수록되어 있다.

위의 자료를 토대로 한 편의 글을 쓰기 위해서는 다음과 같은 방식의 연습이 필요하다.

① 내 힘으로 자료를 2~3회 읽어본다.

② 자료를 분류한다.

③ 분류된 자료의 기준을 중심으로 각 자료의 특징을 살핀다.

④ 파악된 자료의 특징을 중심으로 추론해 본다. 이준 열사의 죽음이 어떻게 서술되어 있는지, 이준 열사의 죽음을 보도하고 있는 매체의 성격과 그 내용에 근거하여 자료가 믿을 만한 것인지 판단해 본다.

⑤ 자료 간의 상관관계를 검토해 본다.

⑥ 이 분석 추론 결과 가장 믿을 만한 자료는 무엇인지 판단해 본다.

⑦ 내가 역사학자라면, 어떤 판단을 내릴지 정리해 본다.

⑧ 역사학자가 지녀야 하는 태도, 또는 역사 서술의 근거를 토대로 어떻게 정리되어야 하는지에 대해 상위범주의 문제의식에 근거해서 이 자료들을 바라보고 있음을 표명한다.

이러한 글을 잘 쓰는 학생과 그렇지 않은 학생의 차이는 상위범주의 문제의식을 언급하느냐 않느냐에 있다. 좋은 글의 조건에서 상위범주의 문제의식은 매우 중요하다.

다음에 소개하는 글은 역사학자가 사료를 선택할 때 무엇을 중요하게 고려해야 하는지를 중심으로 사료를 분석한 학생의 글이다.

1. 2차 사료와 저자의 시대적 위치 그리고 역사 서술

역사 자료를 선택할 때에는 자료를 집필 혹은 편집한 주체가 누구인가를 우선적으로 고려해야 한다. 제시된 자료들을 보면 '헤이그 발전보'와 '평화회의보'를 제외한 대한매일신보, 황성신문, 한국일보의 기사들과 매천야록, 기려수필은 모두 한국인에 의해 제작된 자료다. 이를 먼저 분류하는 이유는 역사적인 사건에 대하여 기술하는 주체의 국적 역시 사료의 신뢰도에 많은 영향을 미친다는 것이다. 당시 국제 정세에 의하면 피해자와 피의자의 관계가 명확하기 때문에 집필자의 국적이 중요하다.

또한 살펴보아야 하는 것은 사료의 성격이다. '헤이그 발 전보', '대한매일신보의 기사들', '황성신문', '한국일보', '매천야록', '기려수필'의 특징은 이들이 실제사건을 직접 경험한 것이 아니라 소식을 통해 전해 들은 것을 다시 설명한 것이라는 점이다. 즉, 2차 사료라는 것이다. '역사학 입문(담당교수: 임송자)' 수업을 들었을 때, 나는 사료를 구체적으로 구분할 때 1차 사료와 2차 사료로 나눈다는 것을 배웠다. 2차 사료는 해당 사건과 직접적으로 연루된 사람이 만들어내는 '1차 사료'와는 달리 '1차 사료를 토대로' 하여 기술하였거나 '기존의 의견이나 자료들을 재구성하여 편집'한 것이기 때문에 1차 사료(혹은 원사료)가 빈약할 경우 2차 사료의 내용이 일정한 틀을 잡지 못하게 된다. 그러한 예가 바로 '대한매일신보 헌신보국' 기사다. 여기에서는 '고종황제에 의한 독살일 것이다'라는 주장을 펴고 있는데 이는 원사료의 부족으로 루머에 가까운 추측까지도 돌출될 수 있다는 점을 보여준다. 반면 '이상설일기초'와 '헤이그 평화회의보'는 당시 헤이그에 파견되었던 이위종과 이상설의 직접적인 진술로, 이들은 1차 사료로써 2차 사료에 비해 신빙성이 높은 자료라고 볼 수 있다.

지금까지는 사료의 신뢰도를 파악하기 위해서 사료들을 당시에는 정치적 입장과 서로 상통하는 국적이라는 개념과 1, 2차 사료라는 두 가지 기준에 따라 분류하였다. 지금부터는 보다 구체적으로 개별 사료들을 관통하는 일관된 흐름을 추적하고 그에 따라 문제가 되는 사료를 비판하도록 하겠다.

먼저, 제시된 사료들 모두가 하나의 일관된 흐름을 갖고 있지는 않다. 따라서 가장 신뢰도가 높은 '이상설일기초'와 '평화회의보'의 내용을 중심으로 살펴보면 이준의 죽음은 정신적인 충격과 같은 요인에 의한 것이라고 설명되어 있을 뿐, 그 안에서 자신의 의사로 칼을 들어 할복하거나 극약을 먹어서 사망에 이르렀다 하는 내용은 나타나 있지 않다. 궁극적으로 이 사실은 이준 열사의 죽음을 이슈화시킨 근본적인 원인이 된다. 그런 점에서 이 두 자료는 이준 열사 사망사건의 진위를 판별하기 위해서 필요한 가장 기초적인 자로가 되는 것이다. 이러한 사실은 '헤이그 발 전보'를 부정한다. 만약에 '헤이그 발 전보'가 사실이라면 애초에 이준 열사의 죽음은 이슈화되었을 리가 만무하다. 하지만 이슈화된 역사적 사실이 분명한 만큼 '헤이그 발 전보'는 부정되는 것이다.

이와 같은 사실 외에 우리가 또 짚고 넘어가야 칼 것이 있다. 먼저 자신의 몸에 상처를 가하고 죽는 것은 그들을 지배하고 있던 윤리정신과 맞지 않다는 점이다. 유교사상의 가장 기초적인 문헌 중 하나인 『효경』에는 신체의 모든 것은 부모가 준 것이기 때문에 감히 훼손하지 않는 것이 효의 시작(身體髮膚受之父母 不敢毁傷孝之始也)이라고 규정하고 있다. 충효의 관계에서 무엇이 우선하느냐 하는 문제는 다소 깊이 있는 고찰이 필요하겠지만 이준 열사 사망사건과 비슷한 시기에 충보다는 효를 중시했다는 점을 단적으로 보여주는 좋은 사건이 있었는데, 그것은 바로 서울진공작전에서의 이인영 총대장의 행동이다. 그는 을사조약에 대한 반발로 전국적으로 일어난 의병들을 모두 모아 서울로 진격하는 임무를 수행하고 있었는데 아버지가 돌아가시자 서울진공작전이라는 막중한 책임을 뒤로하고 낙향해 버렸다. 이 사건은 충과 효가 갈등을 일으킬 때 효가 우선한다고 당시 사람들이 여겼다는 것을 여실히 보여주는 것으로 오늘날에도 회자되고 있다. 따라서 이준이 할복을 해서 자살했다는 것은 분명 '의로운 일'이 될 수 있으나 그것이 '효'에 부합하는 행동은 아니었기에 마냥 명예로운 것은 아니게 된다. 그런데 대다수의 자료가 언급하듯이, 잔혹한 '할복'이라는 방식을 통해 장부의 기개를 보여줬다는 것은 양반사대부들이 가지고 있다는 관념을 크게 벗어나기 때문에 신빙성이 떨어진다.

이러한 관념 하에서 문제가 되는 사료가 있다. 바로 『대한매일신보』 1907년 7월 19일자 사료이다. 이 사료에서는 '동경전보를 보니'라는 대목이 있다. 제시된 자료들에 한정하여 생각해볼 때 '동경전보'라는 것은 '헤이그 발 전보' 같은데 '헤이그 발 전보'에서 분기를 못 이겨 자살했다는 내용은 찾을 수도 없고 만일 다른 전보문을 봤다고 하더라도 일본 측에서 국제정세 상 이준이 을사조약 무효를 주장하고 싶었으나 이것이 좌절되어 분기를 못이겨 자살했다고 전보문을 썼을 가능성은 매우 낮다. 덧붙여 살펴보면 '대한매일신보'와 '황성신문'은 기사를 쓸 때 어조가 확연히 다르다. 두 신문 모두 2차 사료이고 불명확한 자료에 근거하고 있음에도 불구하고 '황성신문'은 '설이 있다'는 식으로 다른 가능성을 열어둔 반면 '대한매일신보'는 이준의 자결에 대해 거의 확신하고 있고 '열혈남아'라는 식으로 이준의 죽음을 충의로서 승화시키는 모습을 보인다. 물론 『대한매일신보』 1907년 7월 19일 「헌신보국(獻身報國)」 기사는 예외적으로 추측하는 식으로 서술하고 있지만 이 기사가 구체적인 증거를 제시하지 못한 점과 그외의 기사는 모두 이론의 여지를 남겨두지 않고 선동적인 어휘를 선택하고 있다는 점이 더 중요하다고 여겨진다. 따라서 불명확한 자료를 토대로 하였음에도 불구하고 불명확한 자료의 전문조차 제시하지 못한 점, 지나치게 선동적인 어휘를 구사한 점이 『대한매일신보』의 자료들을 신뢰하기 어렵게 만든다.

이러한 문제점에 대한 해답을 제시하는 것은 바르『한국일보』 1956년 7월 18일자 김수산 씨(월남한 항일투사)의 증언이다. 이 자료에서 할복자살이라는 보도는 신채호가 반일의식과 민족정신을 강화시키기 위해 고의로 왜곡시킨 것이라고 밝히고 있다. 이 기사 하나로 '대한매일신보'에서 제기된 할복설은 거짓이 된다. 다른 측면에서 생각해보면 『기려수필』, 『매천야록』의 집필자들이 생존했을 당시 그들의 국외정보는 순전히 대중매체인 '대한매일신보'에 의존할 수밖에 없었다. 그들의 집필 내용 역시 '대한매일신보'의 영향을 강하게 받았을 것이고, 그 결과 다시 한 번 사실이 왜곡되어 전해지는 것이다.

결국 이준 열사의 사망사건은 이준 열사가 분기에 못이겨 병이 나죽었다고 결론지을 수 있다. 이는 '한국일보' 기사가 '대한매일신보'와 '헤이그 발 전보'를 부정하고, '이상설 일기초'와 '평화회의보' 기사를 뒷받침해 주기에 내릴 수 있는 결론이다. 이런 점에서 '한국일보' 기사가 제시된 자료들 중에서 가장 결론에 가까운 자료라고 할 수 있다. 하지만 이것만으로 그 기사가 모든 판단 기준의 잣대라고는 말할 수 없다. 나는 위에서 집필자의 국적과 사료의 성격에 대하여 언급하였다. 이는 곧 아무리 기존의 사실들을 근본적으로 부정하는 자료가 있다고 하더라도 그것이 판단의 잣대가 되고 안 되고는 **집필자의 위치와 1차 사료인지 2차 사료인지에 의해 좌우됨을 말하기 위함**이었다. '한국일보' 자료는 엄연히 2차 사료이다. 2차 사료는 사료가 토대로 한 것이 무엇인가와 그 무엇인가가 갖는 신뢰도가 이중적으로 검증되어야 하기 때문에 2차 사료 자체는 신뢰도가 1차 사료에 비해 떨어질 수밖에 없다. 그렇기 때문에 1차 사료인 '이상설 일기초'와 '평화회의보'에 우선적인 가치를 둘 수밖에 없는 것이다. 다만 두 자료에 기초하여 자료들을 큰 범주에서 분할한 뒤에는 타당하다는 사료를 취사선택하고 각 자료 간에 논리적인 정합성과 근거하고 있는 자료들을 비교해야 한다. 그 과정에서 '한국일보'의 자료는 당시대에 나돌던 자살설의 근본원인을 지적하고 그 원인이 거짓된 것임을 밝힘으로써 자살설의 발생 원인을 부정하여 해소시켰기 때문에 결론도출에 결정적인 영향을 미친 것이다.

내가 만일 당시에 기사를 썼던 사람이었다면 이렇게 작성하였을 것이다.

헤이그에서 열린 만국평화회의에서 특사들은 을사조약이 무효임을 열국에 알리려 하였으나 일본의 방해와 열강의 비협조적인 태도로 인해 그 뜻이 좌절되었다. 이로 인해 이준 선생은 분을 이기지 못하여 병이 나 마침내 이역만리에서 숨을 거두셨다고 한다.

기사작성에 들어가는 육하원칙은 '누가', '언제', '어디서', '무엇을', '어떻게', '왜'가 해당한다. 나는 기사에서 '이준(누가)', '만국평화회의(시점의 의미로서의 언제)', '헤이그(어디서)', '분을 이기지 못하여(왜)', '병이나(어떻게)', '숨을 거두셨다(무엇을)'라고 적용하여 원칙을 따랐다. 그리고 출처가 간접 경험에 의한 것임을 밝히기 위해 '~ㅆ다고 한다.'라고 어미를 정했다. 이렇게 하면 사료의 성격이 2차 사료임을 자인할 수 있고, 사건의 본말이 드러나므로 적절하다고 생각한다.

책 읽고 쓰기

대학에서 가장 많이 하는 글쓰기는 책을 읽고 쓰는 것이다. 책을 읽고 글을 쓰기 위해서는 기본적으로 책을 요약할 수 있어야 한다. 일단 책을 제대로 이해한 후, 필자의 관점이 무엇인지를 파악하고 이에 대한 자신의 생각을 정리해볼 필요가 있다. 어떤 분야의 책인지에 따라 읽기의 방법이 달라질 수 있으나, 기본적으로는 다음 사항에 유의할 필요가 있다. 조지 레이코프의 『코끼리는 생각하지 마』를 읽은 후를 가정해서 구체적으로 사항을 지적해 보자.

① 충실한 읽기가 필요하다.

이 책에서 가장 중요한 개념은 '프레임'이므로 프레임이 무엇인지를 설명하는 것은 기본이다. 정책 설명 혹은 선거에서 제시되는 프레임의 예가 어떤 것이 있는지를 정리한 후, 미국의 진보와 보수에 대한 이해, 유권자에 대한 이해로 연결시켜 본다.

② 책을 읽으며 자신의 생각이 발생하는 부분에 주목해 본다. 자신의 경험이나 읽었던 책, 예전에 본 영화 등을 떠올리며 관련되는 사항을 호출해 본다.

③ 읽은 내용과 자신의 생각을 정확히 구분하여 서술한다. 인용을 해본다. 간접인용은 내용 요약으로, 직접인용은 그대로 정리하는 것이다. 인용이 완성되려면 인용의 이유를 설명해야 한다.

④ 프레임이 작동하는 방식을 알고 이를 비판적으로 수용할 필요가 있다.

⑤ 상위범주의 문제의식으로 사고와 언어 표현의 관계, 논리와 언어 표현의 관계, 개념 형성의 방법, 대중 정서의 움직임 등에 대해 검토해 본다.

다음 두 편의 글은 『코끼리는 생각하지 마』를 읽고 쓴 글이다.

새로운 코끼리를 생각해 봐!
－『코끼리는 생각하지 마』를 읽고

최근, 교육과학기술부가 30일 발표한 고교용 근현대사 교과서 수

정권고안으로 인해 찬반양론이 팽팽하게 맞서고 있다. 발표된 수정권고안에는 신미양요 관련 부분에서 프랑스 함대의 '진로'라는 표현을 '침입로'로 수정하라거나 6·25 관련 부분에서 북한을 지지하는 '무장 유격대'란 표현을 '좌익 유격대'로 바꾸라는 등 일부 단어 내지는 문구 수정을 요하는 내용이 다수 포함돼 있다. 단순한 단어일 뿐이라고 수정을 하느냐 마느냐를 따지지 않고 넘길 수도 있는데, 왜 많은 사람들은 이러한 단어 하나에 집착하고 격한 논쟁을 벌이는 것일까. 언제부터 시작되었고, 또 어디서부터 시작되었는지 확실하지는 않지만 '된장녀'라는 개념이 등장한 이후 명품을 소지하고 있거나 스타벅스 커피를 들고 있는 젊은 여성들을 보면 사람들은 자신도 모르는 사이에 '저 여자는 된장녀다'라는 생각을 하고 한심하고 근심어린 시선으로 그들을 바라본다. 이렇듯 언어와 관련하여 우리도 모르는 사이에 우리의 의식을 지배하고 있는 것은 도대체 무엇일까.

조지 레이코프가 지은 『코끼리는 생각하지 마』라는 책에서는 이러한 문제들에 대한 해답을 제시해 준다. 조지 레이코프에 의하면 우리가 세상을 바라보는 방식을 형성하는 정신적 구조물인 프레임이 존재하고, 그 프레임은 우리가 추구하는 목적, 우리가 짜는 계획, 우리가 행동하는 방식, 그리고 우리 행동의 좋고 나쁜 결과를 결정한다. '된장녀'라는 단어를 들었을 때 자신도 모르게 한심하고 근심어린 시선이 생겨나고 나쁘다고 생각하는 것은 그 단어와 결부된 프레임이 작동하는 것이다. 근현대사 교과서에 등장하는 사소한 단어 하나에도 뜨거운 논쟁이 생겨나는 것도 별 것 아닌 것처럼 보이는 그 단어 하나에 인지할 수는 없지만 머릿속에선 일종의 프레임이 형성되고 쉽사리 사라지기 힘든 그 프레임으로 정치, 경제, 문화, 사회 등을 판단하고 우리의 행동방식을 결정짓기 때문이다.

이 책에서 저자는 이 프레임이라는 개념으로 미국의 진보 세력이 왜 선거에서 패배하는가를 분석하고 있다. 또한, 보수주의적 가족 가치와 진보주의적 가족 가치를 분석하고 이것이 어떻게 각각의 정치에 적용되는가를 설명하고 있다. 이러한 분석을 바탕으로 저자는 진보주의자들이 보수주의자들에게 올바르게 대응할 수 있는 방식을 제시하고 있다. 그는 이 책에서 가난한 서민이 부자와 대기업의 이익을 대변하는 보수 정당에 투표하는 이유는 유권자들이 반드시 자기 이익에 따라 투표하지 않고 자신의 정체성과 가치관에 따라 투표하고, 그들의 프레임에 맞지 않는 것은 받아들이려 하지 않기 때문이라고 밝히고 있다. 또한, 진보 세력에게 보수 세력의 주장을 부정하고 그들의 거짓말에 대해 보수 세력이 만들어놓은 프레임 안에서 공격하는 것은 보수주의자들이 만들어놓은 프레임을 강화시켜 결국 또다시 그들을 승리로 이끄는 원인이 되므로 그에 대응하는 새로운 프레임을 재구성하라고 말하고 있다. 프레임을 재구성하는 것이 바로 사회적 변화라는 것이다.

『코끼리는 생각하지 마』의 저자가 제시한 '프레임'이라는 개념은 미국 사회의 정치 문제뿐 아니라 현대 사회의 다양한 분야의 문제나 현상과 결부해서 적용시킬 수 있다. 얼마 전, '글쓰기의 기초와 실제' 강의의 과제로 다녀왔던 라틴아메리카 거장전이라는 미술전에서도 프레임이라는 개념은 유감없이 발휘되었다. 라틴아메리카 거장전에서 나도 모르는 사이에 나의 머릿속에 형성되어 있었던 '서구 중심적'인

프레임을 확인할 수 있었다. 학교에서 배울 때나, 주변에서 쉽게 접할 수 있었던 것은 전부 서양의 작품들이었기 때문에 처음 미술관에 들어서서 미술 작품들을 봤을 때 모든 것들이 매우 생소하고 낯설었다. 원색적인 색체, 그동안 보아오지 못했던 라틴아메리카만의 이야기를 담고 있는 미술작품의 주제들로 인해 '이상하고 낯설다'라는 인식이 머릿속을 강하게 지배하기 시작하였고 나도 모르는 사이에 어느덧 나는 이전에 내가 미술책이나 다른 미술 전시회에서 보아왔던 서구의 작품들과 내가 보고 있는 작품들을 비교하고 있었다. 그리고 작품들을 보고 있지만 그 작품 자체에 온전히 빠져들어 감상하고 느끼는 것이 아니라 기존에 형성되어 있던 나의 지성과 감성에 익숙한 서양 미술의 특징들을 그림 속에서 발견해내려 하고 있었다. 또, 나의 발길을 무의식적으로 잡아끄는 작품들은 다른 작품에 비해서 서양 미술작품에서 나타나는 특징들을 많이 가지고 있는 것이었다. 라틴아메리카 거장전을 볼 때 내가 인지할 수는 없지만 내 속에 존재하고 있었던 프레임이 작동을 해서 나의 행동과 미술작품 감상에 영향을 끼쳤던 것이다.

프레임은 미술작품을 감상하는 비교적 단순하고 개인적인 행동뿐만 아니라 어떠한 사건이 언론을 통해 전달될 때도 작용한다. 이준 열사의 죽음과 관련한 부분에서 고등학교 한국 근현대사 교과서에서는 1907년 고종의 밀지를 받고, 헤이그 만국평화회의에 이상설, 이위종과 함께 참석하여 일본의 침략 행위를 규탄하여 전 세계에 알리려 하였으나 일본의 방해로 참석을 거부당하고 이 사건으로 국내에서는 궐석 재판이 진행되어 이준에게는 종신형이 선고되었다는 내용만이 등장한다. 이는 이준 선생의 죽음에 대한 의견이 분분한 가운데 고등학생들이 객관적인 프레임을 갖도록 하기 위한 역사가의 배려라고 생각한다. 하지만, 헤이그 만국평화회의가 일어났을 그 당시의 언론인 황성신문과 대한매일신보에서는 이준이 헤이그 만국평화회의에서 분함과 울분을 참지 못하고 할복자살하였다고 말하고 있다. 이준 선생이 정말로 헤이그 만국평화회의에서 할복자살을 했을 수도 있지만, 이는 어쩌면 그 당시 독립운동 의지를 고취시키고 민족적 긍지를 끌어올려 단합시키게 하기 위해 언론이 만들어낸 사건일 수 있다. 그리고 이로 인해 사람들의 머릿속에는 허구이지만 진짜보다 더 진짜 같은 프레임이 깊숙이 자리를 잡아 그들의 행동과 사고방식에 영향을 끼쳤는지도 모른다. 그 추측을 뒷받침이라도 하듯, 한국일보의 1956년 7월 18일자 기사에서 김수산 씨의 증언에 의하면 이준 선생의 분사를 민족적 긍지로서 만방에 선양할 목적으로 할복자살로 만들어 신문에 쓰게끔 하였고 실제로 이준은 병사하였다고 말하고 있다. 이준 선생이 어떻게 죽었는지에 대한 정확한 판단을 내릴 수는 없지만 확실한 것은 이준 선생의 죽음과 관련한 다양한 의견들로 다양한 프레임들이 형성되고 그것이 독립운동이라는 중요한 행동을 일으키기도 하고, 이준 선생을 이준 열사라고 칭할 만큼의 영웅으로 생각하게도 한다는 것이다.

미술 감상이나 언론뿐만 아니라 경제, 정치, 사회, 문화 등 다양한 분야에서 프레임은 형성되고 그 프레임으로 사람들은 사고를 하고 행동을 한다. 책의 본문에도 나오지만 이미 한번 형성된 프레임은 그것이 옳은 프레임이건 옳지 못한 프레임이건 깨기 어렵다. 하지만, 중요한 것은 프레임이 깨지기 힘들다는 사실을 인정하되, 다양한 경험과 시각들을 바탕으로 기존에 형성되어 있던 프레임을 재구성해 보는 것이다. 라틴아메리카 거장전과 같이 아무렇지 않게 생각했던 기존의 서구 중심의 전시에서 탈피한 새로운 지역의 미술전시회에 가보거나 이준 선생의 죽음을 서로 다른 시각에서 서술된 다양한 사료들을 통해 객관적으로 바라보려는 등의 노력을 할 수 있다. 정치권에서 아무렇지 않게 생각하는 '단어'들을 그것이 어떠한 이념이 반영되어 있는 말인지를 객관적으로 생각해 봐야 한다. 일상생활에선 다른 사람을 비판할 때 그 사람이 정립해 놓은 프레임 속에서 그 사람의 말을 단순히 부정하는 것으로 비판하는 것이 아니라 자신만의 새로운 프레임을 만들고 재구성하여서 비판하여야 한다. 언론에서 사용되는 개념들에 대해서도 이것이 은연중에 우리의 프레임을 의도된 방향으로 구성하게 하는 것은 아닌가라는 생각에 늘 비판적이어야 한다.

우리는 우리의 생각과 행동을 변화시키기 위해 프레임을 재구성해야 한다. 코끼리(공화당의 상징동물)는 생각하지 말고 대신에 기존의 코끼리와 전혀 다른 새로운 코끼리를 생각해야 한다 그것도 아니라면, 당나귀(민주당의 상징동물)를 생각해 보자.

이 글은 『코끼리는 생각하지 마』를 읽고 한 학기 과제들을 모두 연관시켜 통합적인 사고를 하고 있는 것이 가장 큰 장점이다. 라틴아메리카 거장전 탐방기, 이준 열사와 관련된 사료를 통한 분석, 그리고 최근의 시사적인 문제 등 연관되는 것들을 프레임이라는 화제 속에 소화해내는 능력이 상당한 수준이다.

진보주의자 어린 왕자에게

-조지 레이코프의『코끼리는 생각하지 마』를 읽고

책 제목인『코끼리는 생각하지 마』를 처음 들었을 때 나는 순간 생텍쥐페리의 소설『어린 왕자』를 떠올렸다. 어린 왕자가 보아 뱀에게 잡아먹히는 코끼리를 그냥 모자로 보고 지나쳐버렸다거나, 여우가 어린 왕자를 설득해서 코끼리가 뱀에게 잡아먹히도록 내버려두었다거나 하는 '동심 파괴적인' 내용을 상상해 보았던 것이다. 그런데 부제와 서문을 보면서, 이러한 나의 예상은 깨졌다. 이 책은 미국의 보수 세력이 진보 세력을 누르고 대중의 지지를 얻은 배경과, 진보 세력이 대중적인 정책 프로그램에 몰두하는데도 선거에 패배하는 이유를 언어학적·인지과학적 측면에서 분석한 글이다.

인간에게는 각각의 프레임frame이 존재한다. '프레임'이란 인간이 세상을 바라보는 관점으로, 쉽게 말하면 '생각의 틀'이다. 진부한 프레임 속에서 사고하는 것을 우리는 상식적 차원에서 생각한다고 말한다. 대중들은 각자의 프레임을 통해서 세상을 분석 이해하기 마련이다. 프레임을 재구성한다는 것은 사람들이 세상을 보는 방식을 바꾸는 것을 의미한다. 인간은 프레임 속에서 사고하는 습성을 지니기에 만약 프레임과 일치하지 않는 개별적 사실과 프레임이 충돌할 경우, 대개 사실은 사라지고 프레임은 계속 남는다. 이것이 프레임의 힘이다. 또한 어떤 사람의 프레임을 부정하려면 그 프레임을 끌어와야 하며, 이는 어떤 사람의 프레임을 옹호하는 언어를 사용해야 하기 때문에 프레임의 부정을 더욱 어렵게 한다.

이 책에서는 미국의 공화당이 국가를 엄격한 아버지를 지닌 가족에 비유한다고 본다. 험난한 세상에서 가족들이 살아가기 위해서는 권위적인 아버지에게 순종해야 하며, 아버지에게 복종하지 않거나 규율을 어길 때에는 처벌을 받아야 한다는 것이다. 이는 개인과 국가, 나아가 국가 간의 관계를 어떻게 이끌어야 하는지 설명하기 위한 언어적 은유이다. 이 프레임을 사회 정책에 적용하면 복지 정책은 사람을 의존적으로 만들므로 비도덕적인 행위다. 엄격한 아버지에 해당하는 국가는 복지 정책을 줄이고 자녀에 해당하는 노동자들이 자유로운 경쟁 시장에서 일하도록 내몰아 버린다. 왜냐하면 이 경우, 자녀들이 자본주의와 자유주의의 규율을 익히고 경쟁에서 이기는 것이 최대 선이자 도덕이기 때문이다. 미국의 공화당은 이러한 프레임을 20년이 넘는 세월 동안 전파했다. 그 결과, 사람들은 '엄격한 아버지' 모델을 무의식적으로 수용했고, 보수적인 시각을 가지게 되었다. 이 때문에 민주당은 진실을 가지고 있으며 창의적인 정책 프로그램을 제시함에도 불구하고 공화당에게 선거에서 패배한다는 것이 이 책의 저자 레이코프의 주장이다.

나 또한 프레임과 관련된 그리 좋지만은 않은 기억이 있다. 지난 1학기에 나는 ○○○ 교수님의 '스피치와 토론' 강의를 수강했다. 수업 중에는 각 조별로 토론을 하는 실습 시간이 있었는데, 나는 "기여입학제의 허용 여부"에 대해 찬성 측 팀장을 맡게 되었다. 나의 개인적인 정치 성향과는 반대의 입장을 맡게 되었고, 또 아무리 봐도 기여입학제에는 찬성보다 반대가 많을 수밖에 없어 보였기 때문에 처음엔 매우 걱정이 되었다.

조원들과 여러 번의 회의를 거치고, 또 기여입학에 관한 해외 사례나 논문 등을 분석하면서, 이 토론에서 이기기 위해서는 어떻게 해야할지 수십 번 고민했다. 나는 결국 그 해답을 얻었다. 다행히 찬성 측인 우리 팀에게 먼저 입론의 기회가 주어졌다. 기여입학제를 어떻게 정의하느냐가 관건이라고 생각되었다. 4분 정도의 짧은 시간 동안, 어떻게든 반대 측과 청중, 교수님을 내가 원하는 논리 구조에 몰입시키기만 하면 된다고 판단했다. 그것만 성공하면 최소한 1시간 20여 분정도 주어진 토론 시간 내에 반대 측이 우리가 제시한 논리의 거대한결함을 눈치채지 못할 것이므로 충분히 승산이 있었다.

　　나는 이 토론에서 공론화될 주요 가치, 즉 반드시 우리가 지켜야 하는 가치를 조작했다. 반대 측 주장의 핵심에는 인간 모두가 재산 유무에 상관없이 똑같이 교육받아야 할 평등권, 학벌 지위의 세습으로인한 계급 구조 고착화의 반대가 있었다. 따라서 우리 조원들은 이러한 가치를 대체할 만한 가치를 내세웠다. 첫 번째 입론에서 모두가 풍족한 교육 환경에서 교육받아야 함에도 재정적 문제로 인해 현실화되지 않음을 강조했고, 이것이 국가경쟁력의 위기와 연결될 수 있음 또한 강조했다. 또 기여입학제의 존재로써 가난한 대학생들의 등록금을덜어줄 수 있음을 들어, 대학생들을 등록금 폭탄에서 해방시킬 수 있다고 선전했다. 그리고 질의 시간에는 기여입학제를 통해 자녀를 대학에 입학시키는 부자의 행위를 진정한 노블리스 오블리주를 실현하는부자의 사회 기여라고 목소리 높여 이야기했다. 이런 식으로 기여입학제 논쟁의 핵심 단어를 교묘히 조작하고, 찬성 측에게 주어진 선제 입론 기회를 활용함으로써 찬성 측의 프레임을 청중들에게 효율적으로 주입했다. 우리 팀은 그 토론에서 결국 이겼고, 나는 '스피치와 토론' 과목에서 A+를 받았다.

그렇지만 나는 기분이 좋지 않았다. 오히려 내가 토론했던 동영상을 되돌려보면서, 한없이 부끄러웠다. 비록 토론에서 승리하긴 했지만 나는 나 자신의 승리를 위해서 다른 학우들이 인간의 본질적 가치를 이해하지 못하도록 여론을 호도했다. 자기 스스로를 인간으로 정의하고, 다른 인간들과 대등한 위치에서 살아가게 만든 평등의 권리를 사람들이 포기하게 만들었다. 그리고 소수에게만 혜택이 돌아가는 극우 보수적 입장을 공리주의적 입장으로 잘 포장해서 제공했다. 진짜 논리로써 이긴 것도, 정당한 승리도 아니었다. 나는 단지 대중 선동 기술을 잘 이용한 것일 뿐이었다. '내가 가야 할 길을 버리고 학점에 '+'를 달기 위해서 진정한 문제 해결에는 전혀 도움이 안 되는 극우 세력의 입장을 대변해 버리다니!' 하면서 자책했건 적이 한두 번이 아니다.

'스피치와 토론' 수업에서 어떤 언어로 내용을 표현하는지, 그리고 공론화된 가치가 무엇인지가 대중들의 정체성을 조작할 수 있음을 충분히 느껴봤기 때문에, 나는 정말로 조지 레이코프의 『코끼리는 생각하지 마』를 공감하면서 읽었다. 극우 보수주의자들이, 자신과 경제적으로 반대 위치에 있는 수많은 노동자들을 어떻게 보수주의자로 재탄생시키는지 정말로 뼈저리게 반성하면서 느꼈다. 내가 토론 시간에 해냈듯이, 조지 부시가 대통령 후보 합동 토론회와 대국민 연설에서 해냈다. 그리고 이명박 대통령 또한 작년 대선에서 해냈다. '리더십 있는 엄격한 아버지의 모델'을 담당한 이명박 현 대통령은 대운하를 통한 국가 경제의 회복을 중심 가치로 삼고, 생존을 위한 규제 완화와 글로벌화를 강조했다. 실제로 그가 내세운 주요 정책 프로그램과 경제 회복, 글로벌화는 그다지 큰 관련이 없었으며, 오히려 그것은 세계화에 역행하는 소수 부자들만을 위한 정책이었다. 신문 방송 등의 매스컴을 활용하여 제대로 국민들을 휘어잡은 것이다.

그에 반해 진보 진영의 대항은 너무도 약해 보인다. 그들은 정작 대중들을 장악하고 있는 프레임이 무엇이며 그것을 어떻게 다루어야 하는지에 대해서 무관심하다. 한국의 진보적 지식인들은 왜 노원구 국밥집 할머니가 자신의 이익과 반대되는 세력인 이명박을 지지하고, 길거리 노숙자들이 보수주의를 외치는지 이해조차 하지 못하고 있다. 2004년에 미국 민주당이 겪었던 것보다도 훨씬 심각하다.

조지 레이코프는 이 책을 통해서 진보 세력이 이에 대응하여 나아가야 하는 길을 제시한다. 물론 그 길은 완벽하지 않다. 또한 그의 제안은 많은 시간과 자본을 필요로 한다. 그렇지만 지금처럼 과거 계몽주의에만 얽매어 있는 것보다는 훨씬 낫다.

지금까지 진보주의자들은 어린 왕자처럼 너무도 순진무구했다. 소설 속 어린 왕자는 그림을 보며 "코끼리가 보아 뱀에게 잡아먹히고 있어요!"라고 소리치지만, 다른 누구도 그렇게 생각하지 않는다. 그들에겐 그것이 모자로 보일 뿐이다. 어린 왕자의 말이 틀린 것은 절대로 아니다. 어린 왕자의 말은 논리적으로 매우 설득력이 있다. 그러나 그것만으로는 대중을 설득할 수 없다. 그들의 뇌에는 코끼리와 보아 뱀이 아닌, 모자가 있을 뿐이니까. 어린 왕자가 해야 할 일은 다시 긴 시간 동안 노력하여 뇌 속 깊숙한 곳에 숨어 있는 코끼리와 보아뱀을 다시 중심으로 이동시키는 것이다. 그리고 그것을 사람들이 상식으로 받아들이도록 강화하여 전파해야 한다. 이것이 뒷받침되지 않는다면, "보아 뱀에게 코끼리가 잡아먹히고 있어요!"라는 어린 왕자의 외침은 공허한 메아리가 될 뿐이다.

이 예문은 『코끼리는 생각하지 마』를 읽고 자신의 경험을 토대로 이 책을 읽고 느낀 바를 정리하고 있는 글이다. 이 글어는 책의 요약, 책의 핵심어에 대한 배려, 현재 사회 문제와의 연관성 등에 기초하여 이전에 읽은 『어린 왕자』를 호출하며 프레임의 중요성을 언급하고 있다. 이 글에서 가장 주목해 볼 만한 부분은 '스피치와 토론' 수업에서 토론이 진행되는 과정에서 활용한 프레임의 힘 부분이다.

직접 써보지 않으면 늘 제자리다

일본의 수사학자로 유명한 코자이 히데노부香西秀信는 『논쟁기술』(한스미디어, 2003)의 머리말에서 다음과 같은 내용의 말을 했다. 해마다 수많은 영어 교재가 쏟아져 나오는데도 그 많은 책들이 팔리는 이유는 그 교재를 구입해 읽는 사람들의 실력이 별로 늘지 않기 때문이라는 것이다. 사람들의 영어 실력이 눈에 띄게 늘어난다면 영어 교재는 그만큼 덜 팔려야 하는 것 아니겠느냐고. 새로운 수요층이 생겨나기 때문이라는 반문과 다양한 변수를 고려한다고 해도, 교재는 쏟아져 나오지만 실력이 눈에 띄게 늘지 않는 것을 설명해 주지는 못한다고 한다. 이로 미루어 볼 때 분명한 사실은, 많은 사람들이 영어 교재를 '읽기'는 하지만 '공부'할 시간이나 끈기는 없다는 사실을 알 수 있다.

  글쓰기 관련 서적도 마찬가지다. 최근 글쓰기 관련 책이나 번역서가 많이 쏟아져 나오고 있다. 그런데 사람들의 글쓰기 능력은 그다지 달라지지 않는 것 같다. 글쓰기 교재를 '읽기는 하지만 실습을 하지 않는' 모양이다. 수학 문제를 눈으로 풀어서는 수학 실력이 향상되지 않는 것처럼, 글쓰기 또한 실습을 거치지 않으면 큰 향상을 기대할 수는 없을 것이다. 어려운 수학 문제 하나를 제대로 풀기 위해 얼마나 많은 시간을 들였는지 생각해 보라! 써보지도 않고서 글을 못 쓴다고 말하는 어리석은 사람이 되지는 말자.

1. 『레토릭 탐구법』, 69~72면.
2. 사이토 다카시, 『읽고 쓰기의 달인』, 최수진 역, 비즈니스 맵, 2009, 175~176면.
3. 위의 책, 176면.
4. 위의 책, 177~178면.
5. 스티븐 킹, 앞의 책, 212면.
6. 이봉수, 「칼럼과 여론면 혁신으로 진보신문 활로 찾아야」, 『한겨레 신문』 2009.8.27.
7. 위의 글.
8. 홍성욱, 「기술 속 사상/(17) 통신기술의 발달」, 『한겨레신문』 2006.8.11.

7부

대학생을 위한 리포트 작성법

학생들은 리포트의 독자가 교수라고 해서 검열과 삭제를 거듭할 것이 아니라, 자신이 무엇을 알고 있는지를 교수에게 확인시키는 기분으로 써야 한다. 건너뛰지 말고 나보다 지적 수준이 한 단계 낮은 사람에게 자상하게 설명하듯이 쓰면 된다.

01

리포트란 무엇인가?

리포트의 세 가지 단계

대학에서 리포트를 쓰도록 하는 이유는 무엇일까? 시험을 치르는 방식으로도 충분할 텐데, 굳이 리포트를 과제로 주는 이유는 글쓰기를 통해 수강 과목에 대한 학습을 이끌기 위해서다. 미국에서는 이미 논의된 바 있지만, 최근 한국의 대학 글쓰기 교육 종사자들에 의해 'write to learn'이냐, 'learn to write'를 구분하는 논의가 이루어지고 있다. 논의 과정에서의 편리를 위해서라면 몰라도 이분법적으로 어느 쪽이 옳다고 주장하는 것은 무의미한 작업이라 생각된다. 올바른 글쓰기 교육이란 글을 잘 쓰기 위한 기술적인 부분에 대한 교육뿐만 아니라, 쓰는 과정을 통해 학습하게 되는 교육적 성과 역시 무시할 수 없기 때문이다. 학습자나 교수자나 평소에 의식하고 있지 않다 해도, 리포트를 쓰는 과정이 인문학적 사유를 가능하게 하는 것임은 틀림없다. 홍성욱의 다음 언급을 상기해 보도록 하자.

인문학적 사유는 텍스트를 읽고, 질문을 던지고, 그 질문에 대한 설명을 찾기 위해 또 다른 텍스트를 읽고, 다양한 가능성에 대해 생각해 보고, 다양한 설명의 차이의 근원에 대해 생각해 보고, 한 단계 높은 차원에서 이를 결합시켜 보고, 이런 이해를 바탕으로 한 단계 더 높은 질문을 던지는 나선형의 과정의 끊임없는 연속이다. 질문의 깊이와 이에 대한 설명의 설득력은 인문학도의 능력과 경험이 얼마나 풍부한가에 따라서 달라질 수 있다. ……인문학적 사유는 상징과 언어로 이루어진 세상에서 우리가 부닥치는 수많은 수수께끼를 푸는 매우 강력한 방법을 제공한다.[1]

대학에서 과제로 부과되는 리포트는 무엇인가? 각자 지난 학기까지 냈던 과제의 내용을 하나씩 생각해 보자. 주제가 정해져 있는 것이었는가? 아니면 자신이 주제를 선택하여 과제를 수행해야 했는가? 대학에서 과제로 주어질 법한 것들을 구체적으로 한번 제시해 보자.

① 지정된 책을 읽거나 영화를 보고 과제를 내야 하는 경우
② 미술관(박물관, 법원, 도서관 등) 탐방 후 과제를 내야 하는 경우
③ 강의 내용을 토대로 자신의 경험을 분석해야 하는 경우
④ 주어진 주제에 대해 자료를 수집하고 정리하여 보고하는 글
⑤ 주어진 주제에 대해 설문조사 후 그 결과를 토대로 내용을 정리하여 결론을 도출하는 경우
⑥ 범위만 주어진 상태에서, 주제를 선정하여 리포트를 써야 하는 글
⑦ 범위도 주어지지 않은 상태에서 주제를 선정하여 리포트를 써야

하는 글

대학에서 학생들이 수행해야 하는 과제 중 가장 비중이 높은 것은 책을 읽고 쓰는 과제일 것이다. 소박한 감상문, 분석 비판이 필요한 서평, 논리적 사유가 기반이 되는 리포트를 써야 하는 경우 모두 기본적으로는 텍스트를 읽어야 이루어질 수 있는 작업이다. 홍성욱 교수가 인문학적 사유의 출발점으로 제시한 다음 내용을 보며, 텍스트 읽기의 중요성을 상기해 보자.

중요한 것은 텍스트를 독창적이고 창조적으로 읽는 것이고, 같은 텍스트를 읽은 다른 사람들이 지금까지 보지 못했던 그 '무엇'을 발견하는 것이다. 새로운 문제의식을 가지고, 항상 질문을 던져가면서, 컨텍스트를 고려해 보고, 네가 읽는 텍스트를 다른 텍스트와 비교하고 결합시켜 보면서 읽고 생각하다 보면, '새로운 것'을 발견할 수 있다. 인문학의 연구는 지금까지 수많은 사람이 읽었던 데카르트의 『방법서설』이나 뉴튼의 『프린키피아』와 같은 고전적인 텍스트에서도 새로운 것을 발견할 수 있다는 가정에 근거하고 있다.[2]

홍성욱은 덧붙여 인문학의 대상이 되는 텍스트는 고전만이 아니라 법정문서, 탐험일지, 신문, 논문, 책, 영화 등에 걸쳐 있다고 한다. 실제로 대학의 과제에서도 이를 망라하고 있다. 자, 그렇다면 이제 리포트란 무엇인가를 정의해 보자. 많은 대학 교재에서 정의되고 있는 리포트의 의미는 다음과 같다. 넓은 의미의 리포트는 대학교 강의에서 부과되는 과제물 전체를 가리키며, 좁은 의미의 리포트는 조사, 답사, 관측, 실험 등의 활동을 통해 얻어진 사실이나 결과를 정리하여 보고하는 글로서 논문의 일종이다. 리포트의 의미를 단순히 자료 정리로 한정해 놓은 교재도 있긴 하지만, 인터넷 세상에서 리포트가 단순한 자료 정리에 그치는 것이라면 인터넷 검색만으로도 손쉽게 해결할 수 있다. 그러나 몇몇 교재가 강조하는 것처럼 리포트에서 중요한 것은 새로운 시각의 확보여야 한다. 홍성욱 교수가 언급한 대로 텍스트를 창조적으로 읽어내는 능력이야말로 리포트에서 강조되어야 할 요건이다.

홍성욱 교수가 제시한 인문학적인 사유를 훈련시키는 다음 세 단계와 그에 대한 설명을 따라가보기로 하자.[3]

① 주어진 문제에 대해 좋은 답을 얻는 단계
② 흥미 있고 의미 있는 문제를 찾아내거나 만들고, 이에 답하는 단계
③ 사소하게 보였던 문제를 중요하고 의미 있는 것으로 변환하는 단계

첫 번째 단계는 주어진 주제에 대해 괜찮은 보고서를 작성하는 단계로 홍 교수가 든 예는 다음과 같다. '과학과 사회'라는 주제로 강의하는 교수가 "인터넷 혁명이 과학자들의 실험에 어떤 영향을 미치는가"라는 과제를 냈다면, 우선 인터넷 혁명이 무엇인지 알아야 하고 과학자들의 실험이 어떤 특성을 가지고 있는가를 이해해야 한다. 이 주제와 연관된 참고문헌 찾는 법을 알아야 하고, 이를 위해서 도서관이나 인터넷의 자료를 이용하는 법을 알아야 한다.

책이나 논문 등 자료를 찾은 후라면 자료를 정확하게 읽고 요약할 수 있어야 하며, 입장이 다른 관점으로 쓰여진 것들을 비교 분석할 수 있어야 하고, 이를 바탕으로 어떤 구조의 리포트를 쓸 것인지 생각할 수 있어야 한다. 서론/본론/결론은 어떻게 써야 하는지, 다른 사람들의 주장을 소개하고 이를 비판할 때 어떻게 해야 하는지, 표절이 무엇인지, 인용은 어떻게 해야 하는지, 각주와 참고문헌 작성은 어떻게 하는지 알아야 할 뿐만 아니라 때로는 외국어 능력도 필요하다.

다음은 리포트를 쓸 때 텍스트를 읽는 과정에서 이루어져야 할 것들에 대한 지적이다.

텍스트들을 읽고, 이를 컨텍스트 속에 위치시켜 이해하고, 요점을 파악하고, 이를 자신이 알고 있는 다른 텍스트와 비교하거나 연결해 보고, 문제점을 찾고, 그 문제를 설명할 자신의 가설이나 주장을 생각해 보고, 이를 뒷받침할 증거를 찾아보고, 이러한 자신의 생각이 다른 사람에 의해 이미 제기되었는지 확인해 보고, 비슷한 주장과 무엇이 다른지 살펴보고, 글을 엮어보고, 그 글을 고치고, 보충 자료를 읽어 첨가하고, 또 고치는 것과 같은 일은 인문학을 업으로 하는 학자들이 매일 하는 일 아닌가.[4]

내가 이 글을 본 것은 카이스트에서 '논술' 강의를 할 무렵으로, 글쓰기 강의를 어떻게 구체적으로 접근해야 할지에 대한 시사를 얻었던 글이다. 홍 교수가 지적하고 있는 것처럼, 인문학을 업으로 하는 학자들이라면 매일 하는 일인데도 이를 의식의 수준으로 끌어올리지 못하고 있는 상황에 다소 자극이 되었던 글이다. 현재 많은 대학에서 글쓰기 강의가 요약, 논증, 첨삭지도 등의 구체적인 내용으로 본격적으로 시행되고 있는 것을 보면 홍 교수와 같은 생각을 한 사람이 한둘이 아니라는 생각도 든다.

홍 교수가 제시한 두 번째 단계로 가보자. 이 단계는 "인터넷 혁명이 자연 과학자들의 실험에 미치는 영향"이라는 문제 자체를 스스로 찾아내고 이에 대해 좋은 리포트를 쓰는 단계다. 그 예로써 교수가 "인터넷 혁명에 대해 한 가지 주제를 잡아서 논문을 써오라"고 했을 때, "20세기 인터넷 혁명의 제반 특성에 대한 일반적 고찰"과 같은 주제가 아니라, "인터넷이 휴먼 게놈 계획에 미친 영향"과 같이 구체적이고, 다룰 만하고, 의미 있는 주제를 잡아내어 연구를 수행함으로써 독창적인 결과를 내놓는 경우가 그러하다.

넓은 주제에서 더 중요하고 가치 있는 주제가 무엇인가를 골라내는 안목을 지녀야 하는데, 이를 위해서는 자신이 다루는 분야의 연구 현황에 대한 이해는 물론이고 이들 중 중요하지만 아직 충분한 연구가 되어 있지 못한 분야나 주제가 무엇인가를 포착할 수 있는 비판적 시각이 필요하다. 이런 비판적 시각에서 출발해서 큰 주제를 새로운 각도에서 조망해 줄 수 있는 작은 연구 주제를 찾아 나서야 하고, 그런 주제를 찾았으면 첫 번째 단계에서처럼 연구를 수행해야 한다.

주제를 선정하는 단계에서는 무엇보다 자신의 견해에 대한 평가를 받아보는 것이 필요하다. 독서와 토론을 통해 텍스트를 읽고, 질문을 던지고, 이에 답을 제시해 보고, 자신의 견해에 대한 다른 사람의 견해를 들을 기회를 가지고 다시 자신의 견해를 반성적으로 성찰하는 태도가 필요하다. 주어진 것만 암기하거나 자료 정리만 하는 데서 끝나는 것이 아니라 이와 같은 과정을 거쳐보면 사유 범주는 반드시 확장된다.

홍 교수가 제시하는 마지막 단계는 창조성이 가장 높은 단계로, 새로운 대주제 자체를 만들어내는 것이다. 마르크스, 푸코, 하버마스, 토마스 쿤과 같은 소위 '대사상가'들이 이루는 업적이다. 작고 사소해 보이는 것에서 출발해서 우리가 보는 세상을 뒤집어놓는 능력으로, 쿤이 제시한 '새로운 패러다임'을 만드는 것을 말한다. 홍 교수의 말대로 작고 사소해 보이는 것에서 출발하다 보면 예기치 않은 훌륭한 결과에 도달하게 될지도 모르는 일 아니겠는가!

리포트의 독자는 누구인가

학생들이 글쓰기 과제를 어려워하는 이유는 교수로부터 평가를 받는다는 부담 때문이다. 물론 리포트의 독자는 당연히 강좌 담당 교수다. 글을 쓰다가도 교수가 읽을 것이라는 생각만 떠올리면 학생들은 위축되곤 한다. 교수는 자신이 쓸 내용을 이미 알고 있을 것이라고 생각하기 때문이다. 이러다 보면 교수가 알고 있는 내용을 굳이 쓸 필요가 있을까?, 교수가 유치하다고 비웃지 않을까? 하는 상상을 하기도 한다. 이러한 자기검열과 삭제의 흔적은 읽어보면 금방 알 수 있다.

학생들은 리포트의 독자가 교수라고 해서 검열과 삭제를 거듭할 것이 아니라, 자신이 무엇을 알고 있는지를 교수에게 확인시키는 기분으로 써야 한다. 건너뛰지 말고 나보다 지적 수준이 한 단계 낮은 사람에게 자상하게 설명하듯이 쓰면 된다.

내 경험에 의하면 학생들은 수업 시간에 글을 더 잘 쓴다. 수업 시간의 긴장감과 약간의 불안, 수강생 전원이 같은 작업을 하고 있다는 알 수 없는 안도감, 성적 평가로 이어질 것이라는 기대 등이 과제보다 수업 시간 중 글쓰기 결과를 좋게 하는 요인이다. 평가 대상이 되는 글을 쓸 때는 누구나 긴장되고 불안하기 마련이다. 그런데 약간의 긴장과 불안이 오히려 능력을 발휘하게 만드는 힘이라는 연구 결과도 있다. 이를 믿고 즐기는 것이 좋은 대안이다.

02

리포트 작성에 필요한 몇 가지 팁

주제 설정과 자료 수집

큰 주제만 주어져 있어 학생들이 리포트 주제를 선정해야 하는 경우에는 다음과 같은 사항에 주의해야 한다.

① 주제는 너무 광범하거나 모호한 것은 피해야 한다.

② 새로운 내용과 정보에 관한 것일수록 더 좋다.

③ 학생 자신뿐만 아니라 다른 사람들도 흥미롭그 의미 있는 것이면 더 좋다.

④ 학생 자신의 능력 범위 안에서, 주어진 시간에 해결할 수 있는 것이어야 한다.

학생들에게 리포트 주제를 정해 보라고 하면 대개 광범위한 주제를 가지고 온다. '한국 음악과 사회의 관련성에 대한 고찰'을 예로 들어 설명해 보자. 이 주제는 무엇을 내용으로 할 것인지가 분명하여 꽤 한정적인 듯하지만 '한국 음악'의 범주가 분명하지 않다. 음악의 종류 및 시기를 한정할 필요가 있는 것이다. 한국 음악이 비롯된 시점부터 현재까지를 다 살펴보려면 박사논문이나 책 한 권으로 구성되어야 한다. 또한 '음악과 사회의 관련성'이라는 부분에서도 '사회'가 함축하고 있는 범위는 어떻게 되는가? 정치, 경제, 문화, 교육 등 모든 범위에 걸친 문제인가?

이런 정도의 문제가 발생하기 때문에 주제는 좀 더 구체적이고 한정적일 필요가 있다. 다음은 학생들이 주제를 한정해 나가는 과정에 참여하여 교수자로서 주제를 구체화시킨 예다. 이러한 방식으로 스스로 질문을 던져 주제를 구체화시키면 된다. 구체화된 주제를 정한 순간, 리포트를 쓰기는 훨씬 쉬워진다.

- 휴대폰에 대한 주제로 글을 쓰고 싶다.
  :휴대폰의 무엇에 관심이 있는가?
- 휴대폰 사용 중 특히 문자 메시지 사용에 관심이 있다.
  :문자 메시지의 무엇을 다루고 싶은가?
- 문자 메시지가 인간관계를 각박하게 만드는 듯하여 다루고 싶다.
  :그렇다면, '휴대폰의 문자 메시지 사용이 인간관계에 끼치는 영향에 대한 고찰'이라고 주제를 정하면 학생 자신의 생각을 담을 수 있는가?

자료 수집 및 정리

주제에 따라 필요한 자료를 수집하고 이를 비판적으로 검토해야 한다. 인터넷 검색 엔진에서 키워드 검색을 해서 자료를 목록화하고, 각종 블로그나 카페에 올라 있는 자료가 신뢰할 만한 것인지를 판단할 수 있어야 한다. 전문 자료 중 학술논문과 간행된 책을 중심으로 자료를 읽어 나가는 것이 학술적 글쓰기를 할 때 신뢰도 문제를 해결할 수 있는 가장 좋은 방법이다. 가장 최근의 연구 결과를 꼼꼼히 볼 필요가 있다. 리포트의 출발점은 대체로 최근 연구 경향을 확인한 후, 거기에서 발전된 문제의식으로 구성되기 때문이다.

자료 찾기에서 알아둘 사항

- 인터넷 검색엔진을 충분히 활용한다.
- 검색 후 그 내용을 베끼는 것이 리포트가 아니라는 점을 명심해야 한다.
- 논문 검색은 교육학술정보원(http://www.riss4u.net/), 역사 자료 검색은 한국역사정보통합시스템(http://www.koreanhistory.or.kr/), 국립중앙도서관(http://www.nl.go.kr/), 국회도서관(http://www.nanet.go.kr/) 등을 활용한다.

  각 대학 도서관, 각 구청 도서관 등을 활용하도록 한다.
- 자료가 정확하고 신뢰할 만한 것인지 자료마다 확인해야 한다. 컴퓨터 파일 중 html문서보다는 pdf파일이 더 신뢰할 만하다. 그 이유는 html문서는 가변적인 데 비해, pdf파일은 자료를 활용하는 사람이 자료에 변형을 가할 수는 없기 때문이다.

개요 작성

① 논문 주제와 관련하여 자신이 생각한 바를 가능하면 문장 단위로 적어 본다.

② 내용의 유사성, 논리적 전개 과정을 고려하여 분류하고 체계를 세운다.

③ 분류체계에 근거하여 간결하고 적절한 제목을 붙인다.

초고 집필–체계적인 내용과 논리적 전개

- 서론 : 리포트의 주제를 제시하는 것. 즉 문제제기가 서론의 가장 큰 역할이다. 이 주제로 보고서를 작성하는 이유, 대상 자료의 한정, 논의의 순서, 주제의 중요성을 언급한다. 리포트 주제로 다루는 특정한 문제의 핵심과 주변에 어떤 문제가 있는지에 대한 개괄적 소개를 하여, 상위범주의 문제의식이 무엇인지를 알고 있음을 표현한다.
- 본론 : 서론에서 밝힌 방법에 따라 자료를 분석하고 정리된 자료에 근거하여 논증을 한다. 사실과 의견을 구분하고, 참고한 내용과 내 견해의 경계를 분명히 밝힌다.
- 결론 : 본론에서의 논의과정을 요약하며 주제의 중요성을 강조하고 그 의미를 밝힌다.

인용

리포트의 구체성을 확보하는 방안. 인용을 지나치게 많이 할 경우 자기 견해가 별로 없는 듯 보이지만, 적절히 활용하면 더 구체적이고 객관적인 글로 만들 수 있다. 인용을 할 때는 자료의 출처를 정확히 밝힐 필요가 있다. 인용에는 직접인용법과 간접인용법이 있다. 직접인용의 경우 간단한 내용은 큰 따옴표(" ")를 사용하고, 인용 분량이 세 줄 이상일 경우 본문에 노출시켜 쓰는 방법을 택한다.

리포트 작성의 주의사항

제목 정하기

제목이 갖추어야 할 요건은 다음과 같다.

① 전체 내용을 포괄할 수 있어야 한다.

② 내용을 압축적으로 전달할 수 있어야 한다.

③ 간결하게 표현해야 한다.

반면, 학생들이 내는 리포트의 제목 유형을 분류해 보면 다음과 같다.

① 레포트

② 문학의 이해 레포트

③『무정』

④ 이광수의『무정』

⑤ 이광수의『무정』을 읽고

⑥ 이광수의『무정』에 나타난 '무정'의 의미

①은 표지 중간에 '레포트'라고 크게 써놓는 경우다. 이는 '레포트'의 외래어 표기법이 '리포트'라는 것조차 모르고 있음을 드러내는 제목이다. ②은 수강 강좌명을 붙여놓은 경우인데, 이 경우 역시 바람직하지 않다. 대상 텍스트를 읽고 써내는 과제의 경우 ③처럼 책 제목만 써놓는 경우가 있는데, 이는『무정』을 제출자 본인이 썼다는 뜻이 되므로 바람직하지 않다. ④도 본인이 '이광수의『무정』'을 썼다는 뜻이므로 이것도

적절하지 않다. ⑤은 '이광수의『무정』을 읽고'인데, 이 정도가 일단 기본적인 조건은 갖춘 셈이다. 그러나 제목을 이렇게 설정할 경우, 말 그대로 이광수의『무정』을 읽고 생각나는 것 이것저것을 쓸 확률이 높은 제목이다. ⑥과 같이 자신이 쓸 내용을 한정하여 구체적인 제목을 쓸 수 있다는 것은 리포트의 내용을 장악하고 있음을 말해 준다. 자신이 무엇을 쓸 것인지를 명확히 알고 있는 경우 제목은 정확할 수밖에 없다.

리포트가 아니라도 글에는 반드시 제목을 달아야 한다. 제목은 글의 첫인상을 결정짓는 것이므로, 특정한 목적을 지니는 글쓰기인 경우에는 더욱 중요하다. '보이는 것과 보이지 않는 것', '10년 전, 10년 후'와 같은 제목은 어떠한가? 이 제목들의 특징은 대조법을 구사하면서도 궁금증을 자아내는 기법을 활용하고 있다. 보이는 것은 무엇이고 보이지 않는 것은 무엇인지에 대해 호기심을 갖게 하면서도 그 둘을 나누는 기준은 과연 무엇일지를 생각하게 하는 다소 사색적인 제목이다. '10년 전, 10년 후'라는 제목은 10년을 전후하여 어떤 변화가 생겼을지에 대해 떠올려보게 한다. 10년이라는 시간은 어떤 함의일까? 하는 것을 "십 년이면 강산도 변한다"라는 속담과 함께 생각해 보게 하는 것이다.

다음 글은 '10년 전, 10년 후'(『조선일보』, 2009.9.23)라는 제목으로 발표된 윤제균 감독의 에세이다. '나에 대한 글쓰기'를 할 때 쓸 수 있는 유형이다. 제목이 얼마나 적절하게 쓰여졌는지 음미하면서 글을 읽어보도록 하자. 이 글은 자신의 체험을 토대로 한 진실성이 큰 매력이며, 10년이라는 화두를 한 편의 글에서 일관되게 변주하고 있는 글이다.

나의 영화 「해운대」가 기대 이상의 사랑을 받으면서 여러 매체들과 인터뷰를 하게 됐다. 수많은 질문들에 대답하는 시간은 내 삶을 되돌아보는 과정이기도 했다. 얼마 전 한 인터뷰에서 이런 질문을 받았다. "당신은 10년 후에 어떤 모습일 것 같습니까?" 순간적이었으나 그 짧은 시간 동안 많은 생각들이 스쳐 지나갔다. '난 과연 10년 후에 어떤 모습이 되어 있을까?' 그 대답을 하기에 앞서 이렇게 말했던 기억이 난다. "제 인생을 돌이켜 생각해보면 새옹지마塞翁之馬란 말이 생각이 납니다." 그것은 사회생활을 시작한 뒤 내 인생을 가장 정확하게 묘사하는 단어였다.

10년 전인 1999년, 나는 지극히 평범한 샐러리맨이었다. 아니, 경제적으로 상당한 어려움을 겪고 있던 가난한 샐러리맨이었다. 그에 앞서 98년 4월에 결혼을 했고 그해 8월엔 한 달간 집에서 월급도 받지 못하고 쉬어야 했다. 우리나라가 IMF 구제 금융을 받는 외환위기를 겪으면서 내가 다니던 회사에서 무급휴직 제도를 실시했기 때문이다.

비록 월급은 나오지 않았지만 직장인들에게 한 달간의 휴가란 평생 다시 오기 어려운 소중한 기회이다. 나의 회사 동료들은 대부분이 휴직 기간에 해외여행을 떠났다. 나도 아내와 함께 외국여행을 가고 싶었으나 그럴 수 없는 중요한 문제가 하나 있었다. 돈이 없었던 것이다. 해외는커녕 3박 4일짜리 국내 여행 갈 만큼의 여유도 없었다. 나는 그런 나 자신이 너무나 한심했다. 머릿속에는 '나는 왜 이렇게 가진 게 없는가'라는 생각만 맴돌았다. 하루 종일 집에만 틀어박혀 있다 보니 자연스레 아내와의 다툼도 잦아졌고 또 커졌다. 다툼을 피하려면 외출해서 친구들이라도 만나야 할 텐데, 친구에게 소주

한잔 살 돈조차 없는 처지가 한심해서 그러지도 못했다. 그때 할 수 있는 일이라곤 골방에 처박혀 글을 쓰는 일뿐이었다. 어려서부터 영화를 좋아했던 나는 소설을 쓸 수는 없었지만 시나리오를 쓸 자신은 있었다. 그해 여름 한 달간, 나는 골방에서 시나리오를 썼다.

이것이 내가 영화감독이 된 첫걸음이다. 그때 썼던 시나리오 한 편이 다음 해인 99년 시나리오 공모전에 당선이 됐고 다른 감독에 의해 영화로 만들어졌다. 그 다음 썼던 시나리오 「두사부일체」로는 감독 데뷔를 하게 됐다. 그때 회사에 사표를 내고 영화에 모든 것을 걸게 됐다. 내 인생이 크게 원을 그리며 선회하기 시작했다.

만약 우리나라에 IMF 사태가 없었더라면 나에게 한 달간의 무급휴직도 없었을 것이다. 설령 무급휴직을 해야 했더라도 내가 돈이 많았더라면 해외여행을 떠났지 골방에 처박혀 시나리오를 쓰지는 않았을 것이다. IMF와 무급휴직, 그리고 골방에서의 한 달이 결국 내가 1000만 관객 영화의 감독이 되는 시발점이었던 것이다.

10년 전 그 당시 나의 꿈은 무엇이었던가. 아마 그 당시 나의 꿈은 하루빨리 승진해서 좀 더 풍족한 급여를 받는 임원이 되는 것이었을 것이다. 만약 그 당시 내가 "1000만 명 관객을 동원하는 영화감독이 되고 싶다"고 말했다면 아마 주위 모든 이들의 비웃음거리가 되었을 것이다. 그것은 흡사 초등학생 아이가 아무 생각 없이 "나의 꿈은 대통령"이라고 얘기하는 것과 별반 다를 게 없지 않았을까.

하지만 10년이 지난 지금 나는 회사 임원이 되고자 했던 그때의 꿈과는 전혀 다른 길을 가고 있다. 그것도 100% 내 의지가 아니라 어쩔 수 없는 상황이 새옹지마 격으로 연달아 벌어져 지금의 내가 된 것이다. 내가 잘났다는 말을 하려는 것이 아니다. 10년 후의 자신의 모습은 그 누구도 모른다는 것이다. 당장 1년 후의 모습은 어느 정도 예측할 수 있겠지만 10년 후의 모습은 정말 아무도 모르는 것이다. 그래서 솔직히 10년 후의 내 모습은 가늠이 되지 않는다. 어쩌면 지금보다 훨씬 성공한 감독이 되어 있을 것 같기도 하고, 아니면 다시는 재기하기 어려울 정도로 힘들어질 수도 있을 것이다.

　그런 생각을 하면 정말 아찔하기도 하다. 그러나 나는 성격이 예민하지 않고 비교적 낙천적이며, 긍정적으로 살려고 하는 사람이기에 큰 걱정을 하지 않으려 한다. 다만 단 두 가지만 마음에 두고 살아가려 한다. 하나는 어떤 일을 하든 최선을 다하는 것이고, 다른 하나는 최선을 다한 다음의 모든 결과는 운명에 맡기는 것이다. 최선을 다할 때는 분명히 목표가 있겠지만 설령 실패한다 해도 낙담하거나 절망하지 않으려 한다. 하느님은 벌 받아야 할 인간을 파멸시키는 도구로 교만과 낙담을 이용하신다고 한다. 그렇기에 지금 내가 잘됐다고 교만해서도 안 되고 앞으로 하는 일이 실패하고 잘되지 않는다 해서 낙담할 필요도 없다. 교만과 낙담은 곧 내 인생을 파멸 쪽으로 몰고 갈 것이기에.

　지금 나는 태어나서 가장 행복한 시기를 보내고 있다. 내 영화가 생각보다 훨씬 흥행도 잘됐고 언론과 평단으로부터도 과분한 격려의 말을 듣고 있다. 하지만 나는 10년 전 샐러리맨이었던 그 시절의 마음가짐으로 돌아가려 한다. 그리고 다시 한 번 꿈을 꿀 생각이다. 가난한 샐러리맨이 1000만 영화감독이 됐듯이, 내가 처한 상황에서 최선을 다하다 보면 10년 후에는 내가 가늠할 수 없는 현실이 나를 기다

리고 있을 것이다. 그래서 "10년 후엔 어떤 모습일 것 같습니까?"라는
질문에 대한 나의 대답은 "나도 정말 궁금하다"일 수밖에 없다.

목차 정하기

목차를 정할 때 지켜야 할 요건은 개요 작성의 원칙과도 통한다. 목차
작성에서 가장 중요한 것은 다음 두 가지 요건이다. 이 두 가지 요건은
형식적인 것처럼 보이지만, 사실은 글의 논리적 구조를 마련하기 위한
가장 기본적인 방법이다.

① 동일 계통의 항목 번호를 가지는 항목들은 서로 대등한 관계를
유지하여야 한다.

② 상위 항목의 내용은 하위 항목의 내용을 포괄할 수 있어야 하며,
하위 항목의 내용은 모두 상위 항목 내용의 일부가 되어야 한다.

다음은 목차를 설명할 때 내가 10년이 넘도록 사용하고 있는 예문이
다. 매 학기 다른 예문을 써보려고 고민해 보나, 이 예문만큼 목차 작성
에서의 유의사항을 설명하기 적절한 예를 아직은 구하지 못했다. 이 예
문은 서울대『국어작문』책에 수록되었던 것이다.

* 다음 목차(개요)의 문제점에 대해 논하라.

제목 : 재생설화의 연구
1. 서론
2. 재생설화의 재생유형

2.1. 전설의 재생유형

2.2. 신화의 재생유형

2.3. 민담의 재생유형과 그 구조

3. 재생설화에 나타난 영혼과 내세

3.1. 내세관

3.1.1. 내세의 형태

3.1.2. 내세 설정의 이유

3.2. 영혼관

3.2.1. 영육靈肉의 이원적 사고

3.2.1.1. 영혼불멸관

3.2.2. 영혼의 형태

4. 고대소설의 재생유형

4.1. 재생설화의 문학

4.2. 시가 속의 재생설화

5. 결론

제목 : 재생설화의 연구

1. 서론

2. 재생설화의 재생유형

2.1. 전설의 재생유형

2.2. 신화의 재생유형

2.3. 민담의 재생유형과 그 구조　◎→민담의 재생 유형

3. 재생설화에 나타난 영혼과 내세

  3.1. 내세관   ①→영혼관

   3.1.1. 내세의 형태   ②→영육의 이원적 사고; 영혼불멸관

   3.1.2. 내세 설정의 이유   ③→영혼의 형태

  3.2. 영혼관   ④→내세관

   3.2.1. 영육靈肉의 이원적 사고   ⑤→내세 설정의 이유

    3.2.1.1. 영혼불멸관

   3.2.2. 영혼의 형태   ⑥→내세의 형태

 4. 고대소설의 재생유형   ⑦→재생설화의 문학에의 수용양상

  4.1. 재생설화의 문학   ⑧→시가에 수용된 재생설화

  4.2. 시가 속의 재생설화   ⑨→소설에 수용된 재생설화

 5. 결론

◎→민담의 재생 유형 : 2장의 제목은 '재생 설화의 재생 유형'으로 2장 1절~3절의 내용을 포괄할 수 있어야 하며, 각 절은 대등한 항목인 절과 절 사이의 대등함을 유지해야 한다. '설화'라는 상위개념 안에 전설, 신화, 민담이 있으므로 상위 개념과 하위 개념의 배치는 적절하다. 이 두 가지 조건을 충족시키는 방법은 장 제목을 '재생 설화의 재생 유형과 그 구조'로 바꾼 후, 1절과 2절에도 '-과 그 구조'를 붙이거나, 3절에 있는 '-과 그 구조'를 삭제하는 방법 두 가지가 있다. 이 리포트의 내용을 알고 있다면 명확하게 결정할 수 있겠으나, 목차만으로 볼 때는 두 가지가 다 가능한데 여기서는 더 간단한 방법을 취해 보았다.

3장 제목은 '재생설화에 나타난 영혼과 내세'인데, 1절은 '내세관', 2절

은 '영혼관'으로 되어 있다. 이는 마치 'a와 b에 대해 논의하기로 하겠다' 고 한 다음 b를 먼저 언급하고, a를 뒤에 언급하는 것이나 다름없다. 즉 논의의 순서가 틀렸기 때문에 문제가 된다.

'3.2.1.1. 영혼불멸관'은 하위 항목 번호가 하나밖에 없으므로 굳이 쓸 필요가 없어 삭제한다. 만약 꼭 써야 할 필요가 있다고 판단되면, 바로 위 항목의 부제로 처리할 수 있다. '영육의 이원적 사고 : 영혼불멸관' 이렇게 처리할 수 있다.

3장 1절과 3장 2절의 하위 항목을 비교해 보자. 비슷해 보이는 항목이 '내세의 형태'와 '영혼의 형태'인데, 하나는 1절에 하나는 2절에 있다. 1절에 두든 2절에 두든 통일할 필요가 있다. 이를 판단하는 기준은 3장 1절로 삼는 것이 더 편리하다. 논의 과정의 순서를 고려할 때 내세 설정의 이유를 밝힌 다음 '내세의 형태'를 논하는 것이 일반적으로 더 자연스럽기 때문이다. 그래서 '내세의 형태'를 2항으로 두어야 한다.

이렇게 정리를 해놓아도 만족스럽지 않은 부분이 생긴다. 이는 3장 1절과 2절 하위항목의 균형 문제 때문이다. 그런데 우리는 지금 목차만 놓고 논의 중이라 리포트의 내용에 대해서는 전혀 알지 못한다. 여기서 원칙에 맞추어 도식적인 구조를 만들어내려고 노력하며 목차를 작성해야 하겠지만, 어쩔 수 없는 부분이 존재할 수도 있다는 것, 즉 구조의 틈새를 확인하게 된다. 도식적으로 정확하게 정리되면 좋겠지만 구조가 내용을 다 장악할 수 없는 경우에는 최대한 도식을 존중해서 노력해 보고, 그래도 문제가 된다면 내용 위주로 작성할 수밖에 없다는 것이다.

4장에서는 장 제목이 2장 3장과 대등한지를 먼저 논의해야 한다. 그다음 장 제목에 있는 고대소설, 1절 제목에 있는 문학, 2절 제목에 있는 시가 개념의 층위에 주목해야 한다. 그 다음 조정할 필요가 있다. 2장 3장이 재생설화의 '무엇'을 다루고 있는데 4장 제목에서 갑자기 '고대소설의 재생유형'이 나올 수는 없다. 재생설화가 문학에 어떻게 수용되었는지를 시가와 소설을 통해 확인하는 방식으로 장과 절을 정리하면 된다.

수정한 결과는 다음과 같다.

제목 : 재생설화의 연구
1. 서론
2. 재생설화의 재생유형
   2. 1. 신화의 재생유형
   2. 2. 전설의 재생유형
   2. 3. 민담의 재생유형
3. 재생설화에 나타난 영혼과 내세
   3. 1. 영혼관
   3.1.1. 영육의 이원적 사고:영혼불멸관
   3.1.2. 영혼의 형태
   3. 2. 내세관
   3.2.1. 내세 설정의 이유
   3.2.2. 내세의 형태
4. 재생설화의 문학에의 수용양상
   4. 1. 시가에 수용된 재생설화
   4. 2. 소설에 수용된 재생설화
5. 결론

요약하기

요약은 어떤 텍스트를 대상으로 하든지 가장 먼저 이루어져야 하는 작업이다. 요약하기의 중요한 팁은 '소개한다'는 생각으로 써야 한다는 것이다. 소설이나 영화를 읽고 글을 써오는 과제를 할 경우 학생들은 대부분 인터넷에 소개되어 있는 줄거리를 복사해서 붙여놓는 경향이 있다. 이러한 자세는 큰 문제가 된다. 자신이 직접 읽어보고 머릿속으로 재구성하여 줄거리를 간추릴 수 있는 능력은 공부하는 데 가장 기본적인 과정이기 때문이다. 이것을 다른 사람이나 자료에 의존한다면 그 학생은 아무런 성장도 할 수 없을 것이다.

요약을 할 때는 다음과 같은 질문을 던져본 후, 그 답에 해당되는 내용을 모아 재구성해 본다.

① 이 글에서 다루고 있는 문제는 무엇인가? 이 글의 핵심어는 무엇인가?

② 그 문제에 대해 필자는 어떤 입장을 취하고 있는가?

③ 그 입장의 근거로 필자가 제시하고 있는 것은 므엇인가?

논평하기

논평comment은 대상 텍스트를 얼마나 창조적으로 읽어내는가와 연관되어 있는 작업이다. 논평을 하기 위해서는 다음과 같은 사항에 유의할 필요가 있다.

① 필자의 입장은 무엇인가? 그 입장에 대한 논거가 정확하게 설정되어 있는가?

② 필자가 제시한 정보는 정확한가?

③ 자신의 입장 혹은 보편적인 입장과 비교할 경우, 필자의 입장은 어떠한가?

인용하기, 표절과 인용

학생들은 자료를 읽고 적당히 짜깁기를 하여 자료에 있는 견해인지 자신의 입장인지 알 수 없도록 섞어서 쓰는 경향이 있다. 그런데 학생들이 간과하고 있는 사실이 하나 있다. 인용을 하여 자기의 견해가 아니라는 것을 밝히는 작업은 반대로 그 외에는 내 견해임을 알려주기도 한다는 사실이다. 적절한 인용이 본인의 생각을 파악하는 데 기여한다는 점을 기억하기로 하자. 그러니 인용은 자기의 견해인지 자료 내용인지 명확히 구분하기 위해 반드시 해야 하는 작업이다.

각주 작성

각주 작성의 기본 원칙은 다음과 같다.

　저자, 『저서명』, 출판지역 : 출판사, 출판연도, 인용면수.

　필자, 「논문명」, 『저서명』, 출판지역 : 출판사, 출판연도, 인용면수.

참고문헌 작성

리포트 작성할 때 참조했거나 내용상 도움을 받았던 서지사항들을 모아 참고문헌에 기재한다. 리포트의 객관성을 보여주는 데 중요한 역할을 한다.

　참고문헌에는 일련번호를 붙이지 않는다. 참고문헌의 순서는 한글 문헌의 저자명 가나다 순서, 서양문헌의 저자 성의 알파벳 순서로 배열

한다.

저자, 『저서명』, 출판지역 : 출판사, 출판연도.

필자, 「논문명」, 『저서명』, 출판지역 : 출판사, 출판연도.

팀별 리포트를 활용하라

글쓰기 강의 시간에 리포트 작성법을 가장 효율적으로 교육시키는 방법은 팀별 학습을 통해 리포트 쓰는 과정을 연습시키는 것이다. 팀별 연습에서는 시행착오를 거치며 자신의 실수를 교정해 나가는 과정이 특히 중요하다. 시행의 과정은 PBL(Problem Based Learning, 문제 중심 학습)이 부분적으로 적용된 수업 모델이다. 팀별 활동은 온라인과 오프라인 양방향으로 진행하여 시간을 단축시켜 문제를 해결하는 연습을 할 수 있다면 더욱 효과적이다. 다음과 같은 순서로 팀별 연습을 하면 효과가 있을 것이다.

리포트 계획서 작성

리포트 계획서는 제목, 연구 동기, 연구 내용, 연구 방법, 연구의 의의, 참고문헌 등으로 A4 용지 한 장 정도의 분량으로 팀별로 작성한다.

리포트 계획서 발표 및 검토→주제 확정

팀별 리포트 계획서를 수강생 숫자만큼 복사해서 강의 시간에 발표한 후, 수강생과 교수자가 질문과 답변을 나누며 문제가 되는 부분을 조정한다. 때로는 주제 변경도 가능하다. 주제가 지나치게 방대하게 선정된 경우에는 가능한 범위로 다시 조정한다.

자료 조사, 개요 작성, 초고 쓰기

팀별로 글쓰기를 어떻게 하느냐고 하지만, 글쓰기 과정을 절차대로 한다고 생각하면 별로 무리가 따르지 않는다. 주제문을 협의하여 정한 후 개요를 작성해 놓고 집필 부분을 구성원들끼리 나눈다. 서론은 공동으로 작성해·둔 후에 본론 내용 집필 부분을 분배하는 것이 문제의식을 공유한다는 점에서 더 현명한 방법이다. 결론은 본론을 다 쓰고 나서 다시 모여 내용을 읽어본 다음에 쓰는 것이 좋다.

자료 조사는 개요 작성 후 필요한 부분마다 하도록 한다.

리포트 평가표 작성

팀별 리포트를 작성하여 복사한 후 두 팀씩 짝을 지어 서로 다른 팀의 리포트를 평가한다. 이 평가 후 평가표를 서로 돌려주고, 상대 팀이 평가해준 평가표를 점검한 후 각 팀별로 다시 수정할 부분을 검토한다.

〈리포트 평가표〉

학번 (　　　　　) 이름 (　　　　　)

리포트 제목 :

평가 내용	평가 점수	판단 근거
제목은 리포트의 내용을 잘 보여 줄 수 있을 만큼 구체적으로 작성되어 있는가?		
목차는 작성 원칙에 맞게 제대로 구성되어 있는가?(구체성과 논리체계를 중심으로 판단할 것)		
서론은 리포트에 필요한 부분을 제대로 서술하고 있는가?		
인용법(간접 인용/직접 인용)은 제대로 실현되어 있는가?		
근거는 적절히 활용되어 있는가?		
본문의 내용이 자료 짜깁기로만 되어 있지는 않은가?		
각주는 작성 원칙에 맞게 쓰여 있는가?(약식 주석이 제대로 사용되었는지 확인)		
단락 구분은 제대로 되어 있는가?		
결론은 리포트의 내용을 제대로 요약하고 있는가? 리포트의 의의는 잘 정리되어 있는가?		
참고문헌은 원칙에 맞게 정리되어 있는가?		

평가표를 반영한 수정본 완성

돌려받은 평가표에 근거하여 팀의 리포트가 가진 문제점을 확인한 후 수정하여 완성한다.

2007학년도 1학기 조별리포트(수정본)

휴대전화 문자 메시지의 특성과 문자 메시지가 현대 사회에 미치는 영향 : 개인과 인간관계를 중심으로

과목명 : 글쓰기의 기초와 실제

담당교수 : ○○○ 교수

제출자 : ○○○대학교 ○○대학

학번   이름

목 차

1. 서론
2. 휴대전화와 문자 메시지의 보편화
3. 문자 메시지의 장·단점
4. 문자 메시지가 현대사회에 미치는 영향
   4.1. 개인의 심리적 측면

4.2. 인간관계적 측면

5. 결론

참고문헌

부록 : 설문지

---

1. 서론

반갑게 폴더를 열면

LCD화면 가득 어린

슬픔

"황화초교38회동창아

　무개부친노환으로별

　세발인:05년0월00일

　논산某某장례식장"

다량 배달되는

초고속 디지털부고장이다

부음도 시대따라 변하는구나

—윤여설, 문자 메시지·4(TmT)

위 시는 통신기술이 발달한 현대사회에서 부음까지도 문자 메시지로 통보받는다는 내용의 시다. 이런 시까지 나왔다는 것은 그만큼 휴대전화 문자 메시지가 현대인들에게 일상화되었다는 증거라고 볼 수 있다. 실제로 우리 사회에서 문자 메시지는 친목 도모, 재해 통보, 사업홍보 등 여러 분야에서 널리 쓰이고 있다. 또한 청소년들이 하루 평균 주고받는 문자 메시지는 60건에 달한다고 한다. 이러한 시기에 휴대전화 문자 메시지는 현대사회의 새로운 문화를 끊임없이 창출하고 있는 대학생들이 문자 메시지에 대해 연구하는 것은 큰 의미가 있다.

이 연구에서는 문자 메시지의 보편화 현상, 장단점 그리고 그에 따라 문자 메시지가 현대사회에 미치는 영향을 살펴보고자 한다. 이를 연구함으로써 휴대전화 문자 메시지의 특성과 더불어 문자 메시지가 현대인들에게 가지는 의미를 성찰할 수 있을 것이다.

2. 휴대전화와 문자 메시지의 보편화

문자 메시지는 이동전화의 급격한 확산과 함께 1997년 9월 SK 텔레콤이 액정화면을 통해 날씨, 뉴스속보 등의 생활정보와 전자우편 등의 문자 메시지 정보를 전달하면서 시작됐다. 개발자들은 휴대전화 통화에 필요한 대역폭(송신기나 증폭기 따위에서, 전기 신호를 흐트러지지 않은 상태로 보내기 위하여 전송계電送係가 지녀야 할 일정한 주파수대의 폭.-출처 국립국어원)외에 남은 여분의 대역폭을 어떻게 활용할까 고심하다가 문자 메시지를 고안했다고 한다.[1]

처음에는 전화통화 기능을 보조하는 역할에 불과했지만 지금의 현대인들은 휴대전화의 기능 중에서 문자 메시지 기능을 가장 많이 사용하고 있다. 대학생 141명을 대상으로 한 설문조사에서도 '휴대전화의 기능 중 가장 많이 사용하는 기능은 무엇인가?' 라는 질문에 '문자 메시지를 가장 많이 사용한다'(133명)는 응답이 가장 많았다. 또한 하루 40통 이상의 문자 메시지를 보내는 사용자도 141명 중 43%(60명)를 넘어서는 것으로 나타났다.

이동통신 회사에서도 소비자들의 문자 메시지 수요가 늘어남에 따라 다량의 문자를 무료 제공하는 요금제인 팅 문자 프리미엄 요금제, TTL 문자할인 요금제(SK텔레콤), 문자사랑 1100(KTF), 콩 조절 청소년 요금제(LG텔레콤) 등을 다투어 내놓고 있다. 소비자들의 요구에 부응해서 나온 요금제들이지만, 문자 메시지 혜택을 주는 요금제가 지나치게 많아져서 역으로 소비자가 그러한 요금제를 선택할 수밖에 없게 하는 경우가 많다. 따라서 사람들이 문자 메시지를 많이 사용하게 만들었고, 문자 메시지의 보편화에 기여했다고 할 수 있다.

3. 문자 메시지의 장·단점

대학생 141명을 대상으로 한 설문조사에서 문자 메시지 커뮤니케이션이 갖는 가장 큰 장점으로 시공간의 제약이 적다(72명), 신속성(42명), 간편성(16명)을 확인할 수 있었다. 이러한 특성들은 현대인의 생활에 많은 편의성을 가져왔는데, 예를 들면 통화가 될 때까지 기다릴 필요가 없고 자신이 편리한 시간에 확실한 의사전달을 할 수 있다는 것이다.

또 다른 장점으로는 사람들 사이의 친밀감을 더 강화시킨다는 것을 들 수 있다. 문자 메시지는 주로 비교적 가까운 관계에 있는 사람들과의 커뮤니케이션에 사용되며, 가깝지 않은 관계에 있는 사람과도 문자 메시지를 매개로 하여 부담 없이 생각을 주고받을 수 있어서 서로에게 친밀감을 느끼게 한다.

마지막으로, 문자 메시지가 오락, 즐김의 수단으로 사용될 수 있다는 것이다. 현대인들에게는 문자를 보내는 것 자체가 하나의 오락적인 측면으로 다가왔다. 그 대표적인 예가 문자 메시지에 사용되는 이모티콘Emoticon이다. 글만 나열되어 있으면 표정이나 기분을 표현할 수 없기 때문에 자칫하면 의사 전달이 무미건조하게 될 수 있다. 그러한 한계를 보완하기 위해 문자 메시지 사용자들은 다양한 표정, 기분, 몸짓을 표현하는 다양한 이모티콘을 함께 사용하여 좀더 생생한 커뮤니케이션을 하며, 그 과정에서 즐거움을 느끼게 된다.

문자 메시지의 단점으로는 한 번에 교환할 수 있는 정보의 양이 제한적이라는 것을 들 수 있다. 문자 메시지의 적은 용량에 최대한 많이 담기 위하여 자신의 생각을 지나치게 압축하여 표현해야 하거나, 띄어쓰기를 생략해야 하는 경우가 생긴다. 그러고 나서도 모자라 여러 건의 문자 메시지를 더 교환할 때가 많다. 따라서 긴 내용의 대화를 문자 메시지를 통해 주고받는 것은 불편할 수 있다.

또한 문자 메시지는 음성통화나 직접 대화하는 것과 비교해 볼 때, 문자 메시지는 상대방의 음성 또는 모습을 보면서 하는 것이 아니기 때문에 즉흥적이고 충동적인 정보 전달을 하게 된다.[2] 이것은 때로는 상대방의 기분을 상하게 할 수 있다는 점에서 단점으로 지적된다.

문자 메시지가 보편화되며 새롭게 생겨난 현상 중 하나인 '스팸 메시지'는 문자 메시지의 장점과 단점 모두를 드러내고 있다. 몇 년 전

이메일이 보편화되면서 스팸메일이 횡행했던 것과 같이 온갖 상업성 스팸 메시지가 넘쳐나고 있다. 수신자의 입장에서 원치 않는 광고성 메시지는 짜증과 불쾌감을 일으킬 뿐이다. 단순히 상업성을 띤 광고뿐만이 아니라 대량으로 보내는 연말연시의 안부문자나 정치인들의 의례적인 인사도 수신자의 스트레스를 더하는 데 한몫하고 있다. 그리고 인터넷 접속기능을 가진 휴대전화의 보급이 확산되면서, 스팸 메시지를 지우기 위해 확인을 눌렀다가 자동으로 인터넷이 연결되어 사용하지도 않은 인터넷 요금이 부과되기도 한다. 심지어 이동통신사에서는 스팸 메시지 차단서비스의 일부를 유료로 제공하여 이윤을 남기기까지 한다. 그러나 문자 메시지를 발신하는 입장에서는 간편하게 다수의 사람들에게 정보를 알릴 수 있다는 것이 큰 장점이 될 수 있다. 과거에 비해 사적인 공간의 분리가 명확한 현대사회에서 별다른 절차를 거치지 않고도 휴대전화 번호만 알면 바로 개인에게 메시지를 전달할 수 있다는 점은 광고자에게 아주 매력적이다.

4. 문자 메시지가 현대사회에 미치는 영향

4.1. 개인의 심리적, 신체적 측면

문자 메시지를 많이 사용하는 사람들은 타인과의 지속적인 대화 수단인 문자 메시지를 주고받지 못하면 심리적으로 안정을 찾지 못한다. 수시로 휴대전화에 문자가 와 있는지 확인해야 하며, 중요한 일(수업시간, 업무시간 등)을 할 때 문자 메시지를 주고받느라 정작 해야 할 일에는 집중하지 못한다. 심지어 문자 메시지가 오지 않았는데도 문자 메시지가 도착한 것을 알리는 벨이나 진동 등이 울렸다고 착각하며 휴대폰을 확인하는 경우도 있다. 또한 장시간 휴대전화를 확인하지 못하는 상황에서는 문자 메시지가 많이 와 있을 것만 같은 착각에 불안해한다. 마케팅인사이트가 조사한 결과에 따르면 '휴대폰 배터리가 부족하면 불안하고 초조' 하다는 대답은 68.1%에 달했다. '휴대폰을 집에 두고 왔을 때 좌불안석' 이라는 이도 67.9%였다.[3]

또한 문자 메시지는 개인에게 있어 자신이 타인과 연결되어 있다는 것을 즉시적으로 확인시켜준다. 그 때문에 자신이 기대했던 것만큼 문자 메시지가 자주 오지 않을 때에는 소외감을 느끼고, 자신의 인간관계가 좋지 않은 것은 아닐까 심각하게 고민하게 된다. 급한 용건이 아닌데도 자신이 보낸 문자 메시지에 상대방의 답장이 오지 않으면 계속 휴대전화를 붙잡고 초조해하면서 기다리며, 답장이 없을 경우 계속 문자를 보내거나 전화를 하여 상대방과의 연락에 집착하게 된다. 한편 문자 메시지를 받은 상대방은 보낸 사람이 자신의 신속한 답장을 원한다는 것을 알고 있고, 문자 메시지를 보낸 사람을 초조하게 만드는 것은 예의가 아니라고 생각하여 대부분 확인하는 즉시 답장을 보낸다. (대학생 141명을 대상으로 한 설문조사 중 121명이 '확인하는 즉시 답장을 보낸다' 고 응답했다.) 때로는 문자 메시지가 무의미한 내용을 담고 있다고 해도 상대방과 연락할 수 있다는 것에 대해 안심하면서 '답장이 1분 만에 오는 편지'를 계속 주고받게 된다.

이처럼 타인과 단절되고 싶지 않은 마음에서 별 의미 없는 문자 메시지라도 계속해서 주고받는 현상으로 인해 신체적으로 문제가 발생하기도 한다. 그 중 대표적인 것이 손목터널증후군으로, 휴대전화나 PDA를 이용해 문자 메시지 등을 자주 보내는 바람에 손과 팔에 극

심한 통증을 야기하는 것을 말한다.[4]

4.2. 인간관계적 측면

휴대전화 문자 메시지는 한 사람이 문자를 보내면 상대에게 바로 전달된다. 때문에 문자 메시지 사용자는 메시지를 받은 사람들이 취침 중이거나 일을 하고 있지 않는 한 항상 자신이 보낸 메시지를 확인하고 연락이 가능할 것이라고 가정하며, 용건이나 할 말이 생기면 바로 옆에 있는 사람에게 말하듯이 문자 메시지를 바로 보내게 된다.

이러한 특성은 사람들 사이의 약속 문화를 변화시켰다. 만나는 약속을 제안하는 수단이 다양한 것은 과거나 문자 메시지가 발달한 지금이나 똑같다. 약속 시간을 지키지 못할 것 같거나 사정이 생겨서 아예 만나지 못할 것 같은 경우에 변경이나 취소하는 것도 가능했다. 그러나 과거에는 지금처럼 자신의 상황을 실시간으로 알리고, 약속 시간을 즉각적으로 조정하여 상대방에게 통보한 후 신속한 답장을 받을 수는 없었다. 따라서 약속을 잡으면 그 시간까지 맞추어 가야한다는 심리적 압박감이 있었다. 그러나 휴대전화의 문자 메시지는 늦더라도 약속을 한 사람에게 문자 하나만 보내면 자기의 사정을 알릴 수 있는 편리성으로 인하여 정시에 꼭 나갈 필요는 없다는 인식을 갖게 했다. 약속시간에 맞춰가지 못하더라도 문자 메시지를 보내거나 전화통화를 해서 양해를 구하면 늦은 게 아니라는 현대인의 사고 방식을 '소프트타임'이라고 부른다.[5]

미국 러트거스 대학 제임스 카츠교수는 자신의 저서를 통해 휴대전화가 시간과 관계에 대한 근본적 정의를 바꿔놓았다고 주장한다.

한 통의 문자 메시지로 약속시간 직전에 만날 시간을 늦춰, 지각한다는 의미 자체가 없어지고 있다는 것이다.

한편 약속한 상대가 나오지 않을 경우 기다리는 사람은 매우 초조해진다. 약속시간을 지켜 나갔는데 상대방이 없다면 바로 문자를 보내어 어디 있는지, 오고는 있는지 확인을 한다. 모순적이게도 기다리는 사람은 상대가 늦게 나오는 것에 대해서 참지 못하는 경향을 보이고, 약속 시간에 늦게 나가게 된 사람은 문자 메시지의 편리성으로 인해 조금은 늦어도 괜찮다는 생각을 하게 된다. 그러나 문자 메시지로 자신의 사정을 간단히 설명할 수 있다는 것만 믿고 매번 약속시간에 늦는 것은 문제가 있다. 문자 메시지로 연락을 했더라도 자신이 지각했다는 사실과 상대방에 불편을 끼쳤다는 사실을 자각해야 한다. 자신이 항상 마지막 순간에 약속시간을 변경하는 사람이라면 스스로의 습관성 지각성향을 인정하고 약속시간 엄수를 위해 늘 노력해야 할 것이다.

문자 메시지는 설문조사 결과에서 드러난 바와 같이 전화기능보다 월등히 많이 사용되고 있다. 1건당 30원이라는 문자 메시지 요금이 싸다고 생각해서 많이 사용하는 사람도 있지만 그보다는 또다시 자기 자신을 드러내야 하고 새로운 관계를 맺는 것에 대한 부담이 적다는 요인이 더 크게 작용한다. 친하지 않은 사람에게 문자 메시지를 보내는 것은 전화를 하는 것보다 훨씬 덜 부담스럽다. 이러한 특성은 어색한 관계에 있는 사람과 문자를 함으로써 친해질 수 있는 계기를 마련한다. 학교 선배 같은, 나이가 많아 다가가기 힘든 사람들과도 문자 메시지를 주고 받다보면 친해지기도 한다. 또한 극단적인 경우로 만나지는 않지만 문자만 주고받는 문자친구라는 관계가 형성되기도 한다. 문자 메시지의 이러한 특성은 긍정적이라고 할 수 있다.

가족관계에서도 이와 같은 현상을 찾아볼 수 있다. 어버이날을 맞아 감사의 마음을 전할 때 문자 메시지가 유용하게 쓰이기도 한다. 쑥스러워서 평소에 표현하지 못했던 것을 문자 메시지로 전달할 수 있어 관계를 원활하게 하는 데 큰 도움이 된다.[6]

스승의 날이나 다른 기념일에 축하나 감사의 인사를 문자 메시지를 통해 쉽게 전할 수 있게 된 것도 같은 맥락에서 읽을 수 있다. 그러나 이러한 편리성과 용이성으로 인해 타인과의 진솔하고 충실한 대화는 사라지고, 오히려 마음이 담기지 않은 의례적인 인사로만 끝내는 피상적인 관계가 될 위험성도 배제할 수는 없다.

또한 현대인들은 문자 메시지를 매개로 한 모바일 공간에서의 친목은 돈독하게 다지지만, 정작 실생활의 인간관계에서는 오히려 함께 시간을 보내고 있는 상대방에게 집중하지 못하기도 한다. 대화 도중 문자 메시지가 오면 즉시 답장을 보내야 한다는 생각에 함께 있는 사람과의 대화를 건성으로 하거나, 대화를 중단하기까지 하는 경우가 생긴다. 절친한 사람과의 만남에서뿐 아니라 만나기가 어색하거나 할 말이 없는 상대와의 원치 않는 만남에서도 이러한 현상은 발생한다. 현대인들은 원치 않는 만남에서의 대화를 어렵게 지속하는 것을 피하고 싶어서 휴대전화 주소록에서 원하는 사람을 골라 문자 메시지를 주고받으며 불편한 시간을 때우려고 한다.

문자 메시지는 사람들 사이의 오해를 조장하기도 한다. 문자 메시지는 글로만 구성되어 있을 뿐 표정이나 말투, 눈빛, 몸짓, 목소리에 실린 감정을 표현하지 못하고, 용량이 작아서 내용을 줄여서 보낼 때가 많다. 문자 메시지에 감정 상태를 표현해주는 이모티콘이나 'ㅋㅋ' 'ㅎㅎ' 등 웃음소리를 나타내는 자음들이 포함되어 있지 않으면 보낸 사람이 화가 난 상태인 것으로 상대방이 오해를 하거나, 용건만 적은 딱딱한 문자 메시지에 기분이 상할 수도 있다. 또한 작은 용량에 내용이 함축되어 있거나 중요한 문장 성분이 빠져 있어서 의미 전달에 문제가 생기기도 한다. 그 때문에 서로의 상황을 이해하지 못한 사람들은 여러 건의 문자 메시지를 교환하며 상대방에게 되묻기도 하고, 전화를 걸어서 상대방의 목소리나 말투를 듣고 오해를 풀기도 한다.

5. 결론

이 연구에서는 현대 생활에서 필수적인 커뮤니케이션 수단의 하나로 쓰이는 휴대전화의 특성과 휴대전화에서 가장 많이 쓰이는 문자 메시지가 개인에게, 그리고 인간관계에 어떤 영향을 미치는지 알아보았다. 현대인들은 문자 메시지를 사용하여 타인과 좀 더 많은 대화를 나눌 수 있게 되었다고 할 수 있다. 그러한 대화의 성격은 안부 인사부터 여러 건의 문자 메시지를 교환해야 하는 긴 용건에 이르기까지 다양하다. 따라서 문자 메시지는 어색한 사람에게 자신의 용건을 친근하고 부담 없이 이야기할 수 있게 하고, 절친한 사람과의 대화의 양을 늘림으로써 인간관계를 더욱 원만하게 해주게 하는 측면이 있다. 또한 휴대전화 문자 메시지는 현대의 삶의 방식에 맞는, 언제든지 조정 가능한 유연성 있는 약속문화를 만들어내기도 했다. 하지만 과다한 문자 메시지의 교환은 사용자에게 부정적인 영향을 주기도 한

다. 문자 메시지의 사용량이 많은 사람의 경우, 문자 메시지를 주고
받지 않으면 타인과 단절되어 있다는 불안감을 느낀다. 또한 면대
면 커뮤니케이션이 아닌 '즉시적인 편지'인 '문자 메시지'라는 간접적
인 매체를 사용함으로써 인간관계를 더욱 피상적으로 만들 수 있다
는 점도 주목할 만한 부분이다. 이제 문자 메시지는 단순한 커뮤니케
이션 수단에 국한되지 않고, 현대인의 특성을 형성하는 문화현상의
하나로 자리 잡았다. 새로운 '문자 메시지 문화'는 현대인에게 유익한
측면도 있지만, 부정적인 영향을 주기도 한다. 그러므로 새로운 문자
메시지 문화' 경향을 비판 의식 없이 따라가려고 하는 것보다는 문자
메시지의 부정적 영향을 생각하며 문자 메시지를 이용하는 태도가 필
요하다.

각주

1. 김은미, 「휴대전화 문자 메시지의 이용에 관한 연구: 청소년의 인간관계 유지 행동을 중심
으로」, 『한국언론학보』 50권 2호, 한국언론학회, 2006, pp.91-92.

2. 위의 글, p.95.

3. http://blog.empas.com/plutoc/13496686

4. 김영상, 「당신도 혹시 휴대폰 중독증?」, 『헤럴드경제』, http://www.heraldbiz.com/SITE/
data/html_dir/2006/12/18/200612180125.asp

5. 윤명지, 「휴대전화가 지각 없애」, http://news.naver.com/news/read.
php?mode=LSD&office_id
=086&article_id=0000004218&section_id=102&menu_id=102

6. http://blog.joins.com/media/folderlistslide.asp?uid=ash1521&folder=10&list_
id=8108287

참고 문헌

김유정, 「미디어 선택과 이용에 따른 이용자의 미디어에 대한 태도 분석: 이동전화 문자메시지를 대상으로」, 한국방송학회, 2002.

김은미, 「휴대전화 문자 메시지의 이용에 관한 연구: 청소년의 인간관계 유지 행동을 중심으로」, 한국언론학보 50권 2호, 한국언론학회, 2006.

명동선, 「대인관계 및 충동성과 휴대전화 문자 메시지 과다사용의 관계」, 울산대 교육대학원, 2003.

윤여설, 『문자 메시지 : 윤여설 시집』, 서울 : 시문학사, 2005.

이지연, 「휴대전화 문자 메시지 기능의 인터페이스 이용성에 관한 연구」, 정보관리연구 35권 4호, 한국과학기술정보센터, 2004.

장상언, 「뉴미디어를 이용한 대학생들의 커뮤니케이션에 관한 연구: 이동전화의 문자 메시지 교환을 중심으로」, 『日語日文學』 제21집, 대한일어일문학회, 2004.

황유지, 「문자 메시지 매체의 기대 가치(Expectancy Value) 연구 : 휴대전화와 인터넷 메신저 비교를 중심으로」, 서울 : 성균관대 대학원, 2004.

전자 문헌

김영상, 「당신도 혹시 휴대폰 중독증?」, 『헤럴드경제』, http://www.heraldbiz.com/site/data/html_dir/2006/04/13/200604130201.asp,

2006.04.13

김윤미, 「어버이날 사랑 가득한 문자 메시지 보내세요」, JOINS.

http://article.joins.com/article/article.asp?ctg=12&total_id=2720544, 2007. 06. 12.

윤명지, 「휴대전화가 지각 없애」, NAVER, http://news.naver.com/news/read.php?mode=LSD&office_id=086&article_id=0000004218&section_id=102&menu_id=102, 2007. 06. 12.

이준혁, 엄지發 근육통증 '비상', 헤럴드경제,

http://www.heraldbiz.com/SITE/data/html_dir/2006/12/18/200612180125.asp,
2006.12.18

1. 홍성욱, 「인문학적 사유의 창조성과 '실용성' : 인문학의 위기 극복을 의한 한 가지 제
   안」, 『동향과 전망』 44, 2000, 222면.
2. 위의 글, 224–228면.
3. 위의 글, 226면.
4. 위의 글, 230면.